새로운 산학협력모델 "인문브릿지"

통일문화콘텐츠 희希스토리

새로운 산학협력모델 "인문브릿지"

통일문화콘텐츠 희希스토리

초판 인쇄 2016년 1월 04일
초판 발행 2016년 1월 10일

지은이 정진아 외
펴낸이 박찬익
편집장 권이준
펴낸곳 ㈜박이정
주소 02589 서울시 동대문구 천호대로 16가길 4
전화 02-922-1192~3
팩스 02-928-4683
홈페이지 www.pjbook.com
이메일 pijbook@naver.com
등록 2014년 8월 22일 제 305-2014-000028호

ISBN 979-11-5848-099-8 93800

*책값은 뒤표지에 있습니다.

이 저서는 2014년 대한민국 교육부와 한국연구재단의 인문브릿지사업의 지원을 받아 수행된 연구임 (NRF—2014S1A6A9072061)

새 로 운　산 학 협 력 모 델　인 문 브 릿 지

통 일 문 화 콘 텐 츠

희希스토리

정진아 외 지음

(주)박이정

인문학자가 주도하는 통일문화콘텐츠 개발의 첫걸음을 내딛으며

디지털시대에 사람과 사람 사이의 근본적인 문제를 다루는 인문학은 과연 어떠한 역할을 해야 할까? 그것이 우리의 화두였습니다. 사람(人)이라는 글자가 두 사람이 서로 기대고 있는 모양을 형상화했듯이, 과학기술 문명이 발달할수록 사람들은 오히려 감성을 통한 소통과 연대를 희구합니다.

건국대학교 인문학연구원은 오랫동안 전국을 찾아다니면서 식민과 이산, 분단과 전쟁을 경험한 사람들의 이야기를 수집해왔습니다. 그 과정에서 증오와 적대의 상처를 해원하는 열쇠가 그들의 이야기들 속에 있다는 것을 발견하고 그것을 '통합서사'라고 이름 붙였습니다. 우리는 '통합서사'를 수집하고 아카이빙하는 한편, 우리가 발굴해낸 역사경험담과 인문적 가치가 통일문화콘텐츠로 개발되고, 문화콘텐츠산업을 통해 대중들과 만난다면 분단과 전쟁의 상처 속에 살아가고 있는 한국사회에 큰 반향을 가질 것이라고 생각하였습니다.

그러나 문제는 어떻게 대중과 만날 것인가 하는 문제였습니다. 바로 그때 '2014 인문브릿지 사업'이 제안되었습니다. 인문브릿지 사업은 인문학자의 주도로 새로운 산학협력시스템을 구축하고, 전문지식이 반영된 양질의 콘텐츠를 개발하는 연구에 지원하는 사업입니다.

그간 신화나, 고전서사로 콘텐츠 개발 경험이 있었던 건국대학교 인문학연구원은 이 사업의 취지에 크게 공감하고, 이를 통해 한국인의 역사경험담이 대중적으로 확산될 수 있는 안정된 경로가 마련될 것이라고 확신하였습니다. 그렇게 2014년 12월부터 '통합서사 구술 아카이브 구축 및 통일문화콘텐츠(웹툰) 개발'이라는 이름으로 연구사업을 시작하게 되었습니다. 우리가 주안점을 둔 것은 두 가지였습니다.

첫 번째는 인문학자가 주도하여 원천자료를 발굴하고 콘텐츠 전반에 인문학 전문지식을 반영하며, 산업으로까지 연계할 수 있는 시스템을 만드는 것이었습니다. 그것이 바로 '통합서사 구술 아카이브'입니다.

웹사이트(http://tongilcontent.com)로 구현된 아카이브에는 식민과 이산의 아픔부터 탈북자들의 애환, 그리고 코리언 디아스포라의 이산 문제에 이르는 방대한 구술자료 가운데 서사적 매력과 통합서사적 가치가 있는 총 240여 개의 이야기 자료가 소개되어 있습니다. 그리고 콘텐츠의 원천자료로 활용될 수 있도록 2차 가공된 시놉시스가 게시되어 있습니다. 콘텐츠 원천자료가 대중적으로 공개되어, 일반인·콘텐츠 산업체·연구자 등이 자유롭게 접속하게 하여 인문학 성과가 사회적 확산으로 직결될 수 있도록 유용한 창구를 마련한 것입니다.

두 번째는 인문학자들이 발굴한 역사경험담을 통해 '통일문화콘텐츠(웹툰)'을 개발하는 것이었습니다. 우리는 한국인의 역사경험담이 지닌 통합서사적 가치를 실현하기 위해서는 구체적인 통일문화콘텐츠를 개발하고 그것을 확산하는 것이 가장 유력한 길이라고 생각했습니다. 그래서 역사적인 경험이 없는 후세대까지 조사현장의 연구진들이 경험했던 통합서사의 치유적 힘을 공감할 수 있는 통일문화콘텐츠 개발 방식을 고민하였습니다. 우리는 분단이나 이념 갈등을 직접적으로 경험하지 못했지만 통일이라는 큰 과제를 감당해야 하는 후세대를 위해서 청소년과 20~30대가 가장 열광하는 대중매체인 웹툰 개발에 도전하기로 하였습니다. 웹툰 〈희希스토리〉는 분단과 전쟁이라는 한국현대사의 파란을 온몸으로 겪어낸 전라도 보성 정씨 가문의 스토리를 뽑아내어 허구적 요소를 가미시킨 후, 대중의 흥미와 감동을 유발할 수 있도록 20화로 창작되었습니다.

웹툰 〈희希스토리〉는 원천자료 발굴에만 부여되었던 인문학자의 역할 범위를 확대시켜 시놉시스와 시나리오 창작·원화 제작에 관한 감수까지 인문학자의 주도로 이루어진 새로운 방식의 산학협력 성과물입니다. 우리는 인문학자와 산업체의 긴밀한 연계와 소통을 위해 각 팀 별 주간회의는 물론, 매달 산학협동검토회의를 개최하였고, 실시간 인터넷 메신저 프로그램을 활용하여 웹툰 개발에 관한 의견을 나누었습니다. 이러한 과정을 거쳐 2015년 12월 본 연구 사업팀은 통합서사 구술 아카이브를 웹사이트로 구현하였고, 총 20화에 해당하는 웹툰 〈희希스토리〉를 완성하였습니다. 더불어 2편 이상의 논문 발표 및 지적재산권 3종을 출원하였습니다.

이 책은 2014 인문브릿지 사업, "통합서사 구술 아카이브 구축 및 통일문화콘텐츠(웹툰) 개발" 연구사업팀 공동의 성과물입니다. 공동연구원으로 참여한 김성민·신동흔·김미림·김종군·박현숙 교수님은 철학·문학·예술의 영역에서 각각 연구사업의 중심을 잡아주셨고, 특별히 본 연구사업의 총괄을 맡아 묵묵히 작업해준 박재인 교수와 '통합서사'를 시나리오로 구현하는 힘든 작업을 도맡아준 이원영 연구원의 노고가 컸습니다. 또한 조배준·남경우·황승업·한상효·풍영순·강명 연구원은 역사경험담 수집과, 구술 아카이브 구축·통합서사 발굴·통일문화콘텐츠 개발이라는 본 연구사업의 모든 과정을 꼼꼼히 챙겨주었습니다.

인문브릿지 사업의 취지를 잘 이해하고 산업체와 연구사업팀의 이중 멤버십을 가지면서 '브릿지' 역할을 해준 이일섭 연구원과 웹툰이라는 매체를 솜씨 있게 다루면서도 '통합서사'의 의미를 작화에 풍성하게 담아준 이영민 작가에게 감사의 말씀을 전하고 싶습니다. 그리고 박이정 편집부에서는 이 책이 모양 있게 나올 수 있도록 애써주셨습니다. 이 자리를 통해 깊은 감사의 말씀드립니다.

이 책에는 인문학자들의 새로운 도전이 담겨 있습니다. 우리는 인문학과 문화콘텐츠 산업의 새로운 산학협력모델을 고민하는 분들에게 길잡이가 되기를 바라는 마음에서 이 책에 인문학과 문화콘텐츠 산업을 '브릿지'하는 구체적인 과정을 처음부터 끝까지 상세하게 기록하였습니다. 이를 통해 인문학자가 주도하는 산학협력 과정이 하나의 모델로서 정착되고, 인문학자들의 새로운 도전과 인문학의 실용화가 지속적으로 시도될 수 있기를 바랍니다.

2015년 12월
"통합서사 구술 아카이브 구축 및 통일문화콘텐츠(웹툰) 개발"
연구사업팀을 대표해서 정진아 씀.

CONTENTS

제3부
통일인문학의 사회적 확산 '통일문화콘텐츠'

제4부
인문브릿지 사업의 기대효과 및 정책 제언

제 **1** 부

인문학과
문화콘텐츠 산업의
상생을 위한
'인문브릿지'

01

문화콘텐츠 발전을 위한 새로운 산학협력 전략의 필요성

1.1. 문화콘텐츠 산업 및 문화콘텐츠학의 발전과 현황

영화 · 방송 · 음악 · 게임 · 애니메이션 · 캐릭터 산업 등을 포괄하는 문화콘텐츠 산업은 새로운 국내외 시장을 개척하며 신규 고용 창출이 유망한 분야로 주목받고 있다. 문화콘텐츠 기획 분야의 대표적인 전략으로 알려진 '원 소스 멀티 유즈(One Source Multi Use)'[1]를 통해 문화콘텐츠 산업이 가진 투자 대비 고효율의 수익 산출 가능성을 목도한 산업기관들은 자본을 적극적으로 투입하며 호응하였다. 이렇듯 문화산업의 고부가가치 창출 측면 이외에도 문화콘텐츠에 대한 관심의 배경에는 디지털 기술의 발달과 미디어 환경의 변화에 따른 콘텐츠 생산 · 유통 · 소비 방식의 변화, 그리고 창의성과 문화적 상상력을 강조하는 사회적 경향 등이 복합적으로 맞물려 있다. 2000년대 이후 문화콘텐츠 산업의 규모는 더욱 커져 벤처창업 투자 열풍과 맞물리며 새로운 부가가치를 생산할 수 있는 산업 분야로 정책적 지원을 받기 시작했다. 근래 빈번히 언급되는 '한류'의 영향력이 보여주듯 문화콘텐츠 산업은 이미 국가 산업의 새로운 활로이며 경제성장의 새로운 동력으로서 다양한 방안이 강구되고 있다.

---

1 하나의 원천 재료를 다양한 형태로 재가공하여 콘텐츠를 생산하는 방식을 가리키는 용어로서 학문적으로 엄밀하게 정립된 개념이라고 보기는 어렵다. 이러한 OSMU 전략에서 보듯이 산업적 연관효과가 다른 산업에 비해 매우 큰 '창구효과(window effect)'는 문화산업의 대표적 특성으로 간주되고 있다. 이는 초기 투자비용에 비해 콘텐츠가 일단 생산된 이후에는 그것을 가공하여 다양한 상품으로 재생산하는 한계비용이 극히 낮기 때문에 발생한다. 최근에는 이러한 특성이 반영되어 복수의 미디어 플랫폼을 통해 '하나'의 이야기를 경험할 수 있게 만드는 '트랜스미디어스토리텔링' 방식도 활용되고 있다.

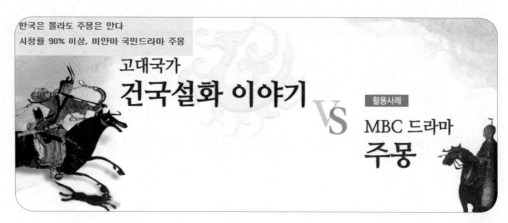

문화콘텐츠 성공 사례 〈출처: 문화콘텐츠닷컴〉

 이러한 산업적 활성화의 출발점은 과거 정부들의 관심과 정책적 지원에서 찾을 수 있다. 그런데 '문화콘텐츠 산업'은 사실상 우리나라의 용어로서 의미 사용에 있어 영국의 '문화산업', 미국의 '미디어엔터테인먼트산업', 일본의 '콘텐츠 산업'과 구별되는 큰 차이가 없고, 본질적인 의미도 유사하다고 할 수 있다(김규찬, 2011). 이 용어는 김대중 정부 출범 이후 문화콘텐츠 산업 진흥 정책이 적극 추진되던 과정에서 정착한 것으로, 학술적인 용어라기보다 정책적 필요성에 의해 조합된 용어로 이해하는 것이 적절하다. 그런 점에서 "문화 산업, 문화콘텐츠 산업, 엔터테인먼트 산업, 디지털콘텐츠 산업, 소프트웨어 산업 등이 확연하게 구분되는 절대적 범주를 가지고 있는 것은 아니며"(박상천, 2007) 생산·유통·향유 방식에 따라 그 명칭이 달라질 수 있다.

 이에 따라 '문화콘텐츠'라는 단어도 2001년 문화관광부 산하의 한국문화콘텐츠진흥원이 설립된 이후 공식적으로 사용되기 시작하였다. '문화콘텐츠'는 문화(culture)와 콘텐츠(contents)의 합성어로서 문화적 내용물이 다양한 미디어에 담겨 유통되는 것을 통칭한다. 이 독특한 용어는 영미권에서 유사하게 사용하는 'Cultural Content'나 'Content Industry'와는 다른 범주와 의미를 담고 있는 우리나라의 자생적인 용어이다. 사전적으로 '문화'는 "자연 상태에서 벗어나 일정한 목적 또는 생활 이상을 실현하고자 사회 구성원에 의하여 습득, 공유, 전달되는 행동 양식이나 생활 양식의 과정 및 그 과정을 이룩하여 낸 물질적·정신적 소득을 통틀어 이르는 말"이다(국립국어원, 2011). 즉 문화콘텐츠에서 활용되는 문화적 요소에는 생활양식·전통문화·설화·역사기록물 등 다양한 인문지식이 포함된다. 문화산업진흥기본법 2조 3항을 참고하면 '콘텐츠'는 "부호·문자·음성·음향 및 영상 등의 자료 또는 정보"로 정의된다.

 이런 두 가지 요소가 결합된 '문화콘텐츠'는 문화산업진흥기본법에 따르면 "문화적인 요소가 체화된 콘텐츠"로서, "문화, 예술, 학술적 내용의 창작 또는 제작물뿐 아니라 창작물을 이용하여 재생산된 모든 가공물, 그리고 창작물의 수집, 가공을 통해서 상품화된 결과물들을 모두 포함하는 포괄적 개념"(한국문화콘텐츠진흥원, 2003)이라고 규정하고 있다. 한편 "다양한 매체를 통해 구현되어 사람들에게 지적, 정서적 만족을 주는 창의적 가공물"(박상천, 2007)로 규정하는 연구도 있다. 이러한 정의에서는 '콘텐츠'가 "원재료 차원의 하위 콘텐츠가 아니라 매체를 통해 구현되는 상위 콘텐츠여야 한다는 관점"과 더불어 '창의성' 및 '지적, 정서적 만족'이라는 '문화적 기능'을 중시하는 시각이 담겨 있다. 이처럼 '문화콘텐츠'란 용어는 오늘날 사람들이 지적 · 정서적으로 생산하고 향유하는 모든 종류의 유 · 무형적 창작물을 포괄적으로 가리키는 의미로 통용된다.

구분	사업체 수 (개)	종사자 수 (명)	매출액 (백만 원)	부가가치액 (백만 원)	부가 가치율(%)	수출액 (천 달러)	수입액 (천 달러)	수출입 차액 (천 달러)
출판	26,603	193,613	20,799,789	8,760,871	42.12	291,863	254,399	37,464
만화	8,520	10,077	797,649	322,569	40.44	20,982	7,078	13,904
음악	36,863	77,456	4,277,164	1,704,877	39.86	277,328	12,961	264,367
게임	15,078	91,893	9,719,683	4,545,896	46.77	2,715,400	172,229	2,543,171
영화[1]	1,427	30,238	4,664,748	1,794,369	38.47	37,071	50,339	△13,268
애니메이션	342	4,502	520,510	219,232	42.12	109,845	6,571	103,274
방송[2]	928	41,522	14,940,939	5,291,458	35.42	309,399	122,697	186,702
광고[3]	6,309	49,114	13,356,360	6,146,969	46.02	102,881	652,701	△549,820
캐릭터	1,994	27,701	8,306,812	3,477,231	41.86	446,219	171,649	274,570
지식정보	9,046	71,591	10,388,176	4,391,082	42.27	456,911	597	456,314
콘텐츠솔루션	1,452	21,731	3,437,787	1,383,709	40.25	155,201	505	154,696
콘텐츠산업 합계	108,562	619,438	91,209,617	38,038,263	41.70	4,923,100	1,451,726	3,471,374

2014 콘텐츠 산업통계　　　　　　　　　　〈출처: 문화체육관광부〉

　문화체육관광부가 '2014 콘텐츠 산업통계'에서 밝힌 분류체계를 보면 최근 문화콘텐츠 산업의 동향이 쉽게 드러난다. 여기에서는 콘텐츠 산업을 출판 · 만화 · 음악 · 게임 · 영화 · 애니메이션 · 방송 · 광고 · 캐릭터 · 지식정보 · 콘텐츠솔루션 등 11개의 하위 분야로 분류하고 있는데, 이러한 분류체계는 현재 우리가 향유하고 있는 문화콘텐츠의 정체성과 가치를 명확하게 보여준다. 이처럼 우리나라의 문화콘텐츠 산업은 국가주도의 특화된 산업 분야로서 성장해 왔다. 문화콘텐츠 산업은 고부가가치 산업이자 국가 경제 및 문화 발전의 새로운 동력으로 인정되어 장기적인 정책 지원을 통해 성장한 것이다.

　한국의 국가정책에서 문화 부분이 독자적인 영역으로 등장한 것은 김영삼 정부(1993~1998) 시기였다. 문화관광부가 독립 부처로 승격하면서 문화 분야 정책이 보다 중시되며 독자적으로 집행된 것이다. 그 이후 한국 정부의 "문화정책은 비교적 일관된 방향성을 갖고 발전"(원도연, 2014)해 왔는데, 김대중 정부(1998~2003) 시기에는 '팔길이 원칙'이라는 예술지원 정책의 기조를 세웠고, 노무현 정부(2003~2008)에서는 '창의한국'이라는 문화정책의 새로운 좌표를 제시했다. 이후 이명박 정부(2008~2013) 시기에는 국정기조로 채택된 '창조적 실용주의'의 영향 아래에서 문화정책의 지원 방향을 '선택과 집중'의 전략으로 변화시켰다. 이렇듯 정권의 변화와 문화정책의 큰 흐름 속에서도 한국 정부에서 지속적으로 관심을 두고 강조했던 점은 바로 '문화 산업'의 중요성이었다. 한류 문화의 성장과 더불어 문화 및 디지털 콘텐츠의 개발과 확산을 통해 국가성장의 새로운 동력이 될 문화 산업의 잠재력을 높이 평가했기 때문이다.

이처럼 문화 산업에 대한 정부의 관심이 지속되었지만 문화콘텐츠가 "국가적 단위에서 산업적으로 육성되기 시작한 것은 김대중 정부에서부터"(원도연, 2014)라고 할 수 있다. 앞서 살펴봤듯이 한국에서 '문화콘텐츠'라는 용어는 문화산업진흥기본법이 1999년에 발의되고 문화산업기본진흥계획이 마련되면서 정부가 주도적으로 사용하였다. 당시 정부는 "21세기 산업을 주도할 핵심 동력 가운데 하나로 '문화 기술'을 지목하면서 대대적인 지원에 나섰다(한동현, 2013)."이 당시 영화와 게임 분야는 콘텐츠 산업의 중심 분야로 육성되기 시작했고, 이를 뒷받침하기 위해 영화진흥위원회 및 영화진흥기금, 한국문화콘텐츠진흥원(KOCCA) 등이 설립되었다. 한국문화콘텐츠진흥원에서 수행한 대표적인 지원 사업으로는 '우리문화원형디지털콘텐츠화사업'을 들 수 있는데, 사업의 주요 추진 과제로서 "창작인프라에 대한 지원 강화, 기획·창작의 연계 지원, 창작소재 수요 확산, 혁신체계 마련" 등이 설정되었다.[2]

콘텐츠 산업은 노무현 정부의 '10대 전략산업'에 이어 이명박 정부에서도 '10대 신성장동력 사업'으로 선정되면서 IT·게임·영상·애니메이션 등의 분야에서 '소프트 파워'가 강조되었다. 또한 이 시기 문화정책의 특징은 2011년 콘텐츠 산업진흥기본법을 통해 기존의 '문화콘텐츠'라는 용어 대신에 '문화콘텐츠 산업'이라는 명칭이 쓰이면서 산업으로서의 면모를 강조하기 시작한 것이다. 그리고 이에 따라 디지털 사업과 저작권 정책의 역할도 보다 강화되었다. 이러한 변화는 디지털 환경을 포함하여 대중문화 산업 전반을 포함한 문화산업진흥 전략의 일환으로 추진되었다.

---

2 이 사업을 통해 개발된 문화원형 디지털 콘텐츠는 문화콘텐츠닷컴을 통해 다운로드 받을 수 있도록 하였고, 오프라인 활용은 사업자간 계약을 통해 이루어졌다. 2006년 4월부터는 포털사이트인 다음(www.daum.net)의 '백과사전'에 '문화원형' 코너를 신설하여 서비스하였고, 일반인들에게 문화원형의 중요성에 대한 인식을 확산시켰다.(한동현, 「문화콘텐츠학의 새로운 포지셔닝: 디지털 인문학」, 『한국문예비평연구』 제40집, 한국현대문예비평학회, 2013, 309쪽 참조.)

기간	정부	예산비율
1974~1988	박정희, 전두환	1% 미만
1989~1998	노태우, 김영삼	1~15%
1999~2008	김대중, 노무현	15~30%
2009~2011	이명박	30% 초과

시기별 문화예산 중 문화콘텐츠 산업 진흥정책의 예산 범위

위의 표처럼 문화콘텐츠 산업은 우리나라의 새로운 성장동력으로 점점 더 각광받고 있다. 근래의 문화예산 전체에서 차지하는 문화콘텐츠 관련 예산은 30%를 넘어서고 있으며, 콘텐츠정책 문화체육관광부 일원화 방침에 따라 포괄하는 정책 범위도 확장되었다. 또한 2011년에는 국무총리 산하에 콘텐츠진흥위원회가 설치될 정도로 각별한 정책적 지원을 받았다. 이는 장기적인 경제침체 문제와 함께 세계적인 한류의 경험이 복합적으로 작용하여, 문화콘텐츠 산업 육성 정책이 보다 강화되었다고 할 수 있다(김규찬, 2011).

각 대학교에 개설된 문화콘텐츠학과

이러한 정부의 정책적 지원과 문화산업계의 노력을 통해 사회적 기대감을 갖게 된 문화콘텐츠는 산업 현장을 넘어 점차 학술적인 전문화 방향으로 추진되었다. '문화콘텐츠학'은 2000년대 들어 원래 인문학 전공 학자 중심으로 구축·편재되어 대학의 학과와 연구학문으로 자리를 잡았다. 2010년 현재 다양한 분야의 문화콘텐츠 관련학과를 보유한 학교는 372곳(2·3년제 대학 101, 4년제 대학 160, 대학원 111)에 이른다. 이처럼 문화콘텐츠학은 기존 인문학의 연구 분야 및 성과를 확장하는 신생 응용학문으로서 대학 및 학계에서 각광을 받기 시작했던 것이다. 그런데 문화콘텐츠 관련

학과에 대한 사회적·산업적 기대에 부응하기 위한 창의적 인재는 "폭넓은 안목과 시야를 지닌 '문화콘텐츠 기획자 육성'이라는 관점"에서 길러질 수 있다면, 문화콘텐츠 교육은 "문화콘텐츠의 생산, 유통, 소비 관련 제반 이해관계자들이 구축하고 있는 가치사슬의 시스템 관련 전문가를 양성"(이병민, 2013)하는 것을 목표로 한다고 볼 수 있다.

문화콘텐츠학은 학문적 정체성을 정립하는 시기에 그 동안 학문영역에만 머물렀던 문화적 가치들을 콘텐츠의 상업적 역량 강화를 위해 대중의 기호와 수요에 따라 상품화하는 전략을 세우는 데 집중했다. 그런데 오랜 시간이 지나지 않아 단기적 소비 위주의 콘텐츠가 가진 한계를 자각하게 된다. 이에 콘텐츠 개념을 보다 적극적으로 인문학적 사고 내에서 이해하려고 시도하는 연구자들의 노력을 통해 '인문콘텐츠' 개념이 대두된다. 그들은 "문화콘텐츠를 현대문명과 IT 테크놀러지와 연관시켜 문제의식을 공유"(김동윤, 2010)하려고 시도하면서, 디지털 기술과 인터넷의 유용성은 인정하지만 그것은 어디까지나 콘텐츠를 담는 수단과 공유하는 형식에 불과하다고 판단했다. 콘텐츠 분야에서 무엇보다 중요한 것은 "'대중을 위한 퀄리티 높은 작품 산출'이 가능해야 한다는 점"을 강조한 것이다.

그래서 '인문콘텐츠학'을 주창한 입장에서 콘텐츠 산업과 인문학이라는 양자의 관계는 "문화콘텐츠와 전통적인 인문학은 서로 견인하고 이끌어 주면서 시너지 효과를 발휘하고 결국 인문학의 역할을 증대시키며 사회발전에 기여하는 것"(김동윤, 2010)이라고 이해된다. '인문콘텐츠' 개념의 근본적인 지향은 문화콘텐츠를 인문학적 기반 위에서 연구·교육하는 점을 강조하는 것이다. 즉 인문학을 강조하는 문화콘텐츠 학문의 연구방향에서는 문화 및 문화콘텐츠의 핵심을 인문적 가치를 지향하는 것에 중점을 두는 바이다.

문화콘텐츠학에서 인문학의 역할을 보다 강조한 '인문콘텐츠'로의 구분 이외에도, 인문학과 정보학의 통합을 강조한 '인문정보학' 연구도 있다. 김현이 주장한 인문정보학은 인문학적 지식이 문화콘텐츠 산업에 효과적으로 기여하고자 하는 학문이다. 문화콘텐츠가 목표 지향적인 개념이라면, 그는 인문콘텐츠를 소재 지향적인 개념으로 정립해야 한다고 주장했다(김현, 2012). 한편 이에 대해 "인문정보학과 문화콘텐츠학은 사실 별개의 학문이 아니고, 인문정보학이 문화콘텐츠학을 보완하는 역할"(한동윤, 2013)을 한다는 분석이 잇따르기도 했다.

이처럼 콘텐츠와 인문학의 관계에 대한 논의는 그동안 '인문콘텐츠', '인문정보학', '디지털 인문학' 등의 개념을 중심으로 많은 논의(유동환, 2013)가 계속되고 있다. 그럼에도 아직 문화콘텐츠 분야에서 인문학을 둘러싼 정체성과 방법론에 관해 학계 전반이 합의하고 통용하는 통합적 관점은 존재하지 않는다고 볼 수 있다. 그동안 그 담론의 주요 방향은 디지털 혁명이라는 급격한 시대 변화 속에서 인문학과 콘텐츠의 공통점과 차이점을 서로 비교하여 양자 사이의 소통을 전망하는 것이었다. 그런데 문화콘텐츠학의 본질이나 관련 연구자들의 전공 학문이 인문학 영역에서 출발한다는 점은 부인될 수 없는 점이다. 결국 문화콘텐츠는 최근 인문학 영역에서 순수 학문 연구의 폐쇄성을 극복하고 인문지식을 현대 대중사회의 문화 현상과 문화산업에 활용하여, 인문콘텐츠를 생산 · 가공하려는 학문적 시도인 것이다.

인문학계의 이러한 전향적인 자세는 '인문학의 위기'에 대한 실천적인 대안이자 문화콘텐츠 산업 영역에서도 문화적 역량을 제고할 수 있다는 점, 또한 문화적 가치 구현의 방안에 대한 실천적 탐구와 문화콘텐츠의 문화적 의미에 대한 깊이 있는 연구를 수행할 수 있는 분야가 인문학이라는 점에서 환영받고 있다. 이렇듯 문화콘텐츠가 지닌 문화의 자본화 가능성은 문화적 가치를 구현하는 과정에서 경제적 가치를 얼마나 효과적으로 결합시킬 수 있느냐에 의해 좌우된다(박기수, 2006).

한편 문화콘텐츠의 외형적 성장과 정부의 지원에도 불구하고, 2000년대 중반 이후 문화콘텐츠학의 학문적 성과는 균형적인 성장을 이루지 못하였다. 그 이유는 인문학 지식을 활용한 문화콘텐츠 결과물은 대부분 정부지원 사업에서 이루어지는데, 이때 인문학이나 콘텐츠학의 역할은 프로젝트를 수주하기에 적합한 원천소재 제공에만 제한되어 있거나, 그마저도 일회성의 연구로 한정되어 있기 때문이다. 이 때문에 연구개발진들의 자생성은 미비하다고 할 수 있다.

문화콘텐츠의 정체성도 '경제적 · 산업적 가치'와 '학술적 · 문화적 가치' 사이에서 혼란을 겪었다. 문화콘텐츠학에 대한 학문적 기준조차도 명쾌하게 자리 잡지 못하여 연구자들마다 자신의 전공 분야를 중심으로 학문적 정체성을 편향되게 해석했다. 그래서 문화콘텐츠의 성격은 때에 따라 인문학적 관점이나 경제 · 경영학의 관점에서, 또는 디지털 기술의 측면이나 장르와 매체의 특성을 중심으로 달리 규정되었다.

이상의 논의에 따르면 문화콘텐츠학이 최근 정체성의 위기를 겪고 있는 이유는 다음과 같이 정리할 수 있다. 첫째, 다양한 분야의 지식과 연구대상을 포괄하며 장르와 매체를 넘나드는 통합적 연구가 부족하다. 그 특성상 주제와 방법론, 즉 내용과 형식 모두를 포함하는 총체적 응용인문학으로서의 위상을 정립해야 하지만, 실상 기존의 연구 성과들이 집약되지 못하고 있다. 이러한 문제는 객관적으로 정립된 내실 있는 교육콘텐츠의 부족 현상으로 이어지기도 했다. 물론 이것은 문화콘텐츠학문 · 학과 자체가 충분한 검토가 부족한 상태로 근래에 설립되어 오랜 연구 성과가 축적되어 있지 않음에서 기인하는 문제이기도 하다. 이러한 복합적인 문제로 인해 인문학 및 문화학 전반에 걸쳐 있는 여러 분과 학문의 연구들이 융 · 복합적 효과를 거두지 못하고 학제 간 연구 및 교육 방법이 분절된 상태이다.

둘째, 문화콘텐츠학의 학문적 · 교육적 지향점이 불분명하다. 물론 과정을 이수한 학생들은 인문학을 바탕으로 예술 · 디지털 기술 · 마케팅 및 홍보 등 문화콘텐츠와 연관된 다방면의 지식을 얻을 수 있다. 그러나 커리큘럼의 단발성과 편향성으로 인해 전문화된 지식을 갖고 있는 문화 산업의 고급 인력으로 성장하기 어려운 것이 사실이다. "결국 문화콘텐츠학을 전공한 학생들은 특정한 전문 지식을 갖추지 못한 채, 다만 문화 산업 전반에 대한 얇은 지식만을 얻고 졸업하게"(한동현, 2013) 되는 것이다. 이러한 결과는 문화콘텐츠학과 설립 배경 중에 하나인 인문학 전공자들의 극심한 취업난 해소에 학과의 교육과정이 과연 얼마나 부응하고 있는가 하는 비판의 여지를 남긴다. 결국 학문적 지향점의 불명확함이 교육 방향의 무지향성으로 이어지고, 이는 곧 졸업생의 전문성 부족과 사회 진출의 어려움으로 연결된다.

셋째, 문화콘텐츠학의 지나친 상업화이다. 한국의 문화콘텐츠학은 새로운 부가가치의 창출이라는 기대감을 가진 정부의 정책적 지원과 산업계의 기대 속에서 신생학문으로 뿌리내리는 것에는 성공했다. 그러나 과도한 기대효과 및 산업적 전략을 위시하게 되면서 학문의 토대 자체도 지나친 상업성에 매몰되었다. 그리하여 인문학 교육의 토대 위에서 문화콘텐츠에 대한 이해의 심화과정이 수행되기보다, 어떻게 상업적·경제적 효과를 거둘 것인가 하는 것에 연구와 교육의 방향이 치중하게 된 경향이 있다.

넷째, 시장에서의 자생력을 기를 수 있는 산업적 전략의 약화이다. 문화콘텐츠학이 신생 분야이기에 실제 콘텐츠 개발 연구 및 사업이 정부지원을 통해 수행되어온 사정을 감안하더라도, 프로젝트 공모사업에만 지나치게 의존한 것도 사실이다. 초창기의 대표적인 지원 사업인 '우리문화원형 디지털콘텐츠화 사업'은 실제로 문화적·산업적 효과를 거두었지만 정부지원 사업이 축소·변동됨에 따라 문화콘텐츠 담론이 위축되고, 새로운 산학협동 개발 모델도 중단되기에 이른다. 문화콘텐츠 기획·개발과 산학협력 과정을 향한 대학 및 연구소 차원의 자구 수단과 전략 모색의 노력이 부족하여 결과적으로 학문 존립의 필요성 약화를 초래하고 있다.

이러한 점들을 종합해보면 문화콘텐츠는 그 특성상 인문학자와 산업체의 긴밀한 협력이 중시될 수밖에 없음이 보다 명확해진다. 이에 융합적 사고를 기본으로 인문적 가치·기술적 가치·산업적 전략 등이 균형 있게 결합되어야 한다는 것이 학계의 통론이며 학자들의 수렴되는 견해이다.

1.2. 기존 문화콘텐츠 산학협력 방식의 의의와 한계

문화콘텐츠 분야는 그 정체성의 특성상 산업적 기술과 학문적 연구가 균형 있게 결합되어야 한다. 고부가가치나 사회적 파급력을 고려하고, 양질의 콘텐츠를 개발하기 위해서는 산학협력의 필요성과 기대가 더욱 강조될 수밖에 없다. 연구자들 역시 이 문제에 공감하며 문화원형 창작 소재의 개발은 산학이 가장 이상적으로 결합할 수 있는 협력 모델이며, 외국의 콘텐츠가 경쟁력을 지닐 수 있었던 것은 산학이 유기적으로 결합된 기획 과정이 강화되었기 때문이라고 지적하였다(송성욱, 2005). 또한 기초학문과의 산업적 연계구축을 통한 협력과 산·학·관의 원활한 네트워크 형성으로 우수한 콘텐츠를 생산하고, 창작 소재 수요 확산을 위한 콘텐츠시장 육성을 추진해야 한다는 주장도 있었다(윤찬종, 2007).

우리나라 산학협력은 주로 이공계 분야의 주도로 이루어져 왔다. 그러나 문화 산업의 중요성이 강조되면서 이 분야의 산학협력이 시도되었고, 특히 콘텐츠가 차지하는 비중이 커질수록 산학협력의 필요성도 부각되고 있다. 산학협력은 크게 대학 연구소와 산업체의 공동연구개발·인력 양성·기술 이전 및 산업화 등으로 분류될 수 있다(용세중 외, 2005). 문화 산업 영역에서는 최근 들어 교육 프로그램이나 각종 프로젝트 협력, 지역의 문화 산업 클러스터를 기반으로 한 협력 등 다양한 형태의 산학협력 활동이 나타나고 있다(이연정, 2004). 이렇게 새로운 산업 발전 추세에 따라 문화 산업, 문화콘텐츠 산업을 육성하려는 노력은 정부 주도의 경향을 넘어 산업 현장과 연구소 역량의 결합으로 확장되고 심화되는 추세이다.

2006년 한국콘텐츠진흥원 지원의 '한국적 감성에 기반한 이야기 콘텐츠'   〈출처: 문화콘텐츠닷컴〉

콘텐츠 산업에 학적 접근을 시도하는 인문학 영역에서도 '인문학의 위기'를 타파하기 위한 학문의 실용화와 효율성을 실현하기 위해서 산업적 기술 전략은 필수적이다. 또한 산업 영역에서 보다 수준 높은 콘텐츠 생산을 위해서라도 인문학적 역량이 요구된다. 결국 문화콘텐츠의 주된 한계점인 과도한 상업성과 정부지원 의존성을 탈피하기 위해서라도 대학 연구소와 산업체 간의 협력 작업은 반드시 필요하다고 볼 수 있다.

그런데 애초에 문화콘텐츠 영역의 산학협력은 산업체들의 필요에 의한 자발적 참여라기보다 정부의 정책적 지원에 의해 이루어지는 한계가 있었다. 인문학 지식을 활용한 문화콘텐츠 결과물은 대부분 정부지원 사업에 한정되어 있었던 것이다(김영순 외, 2006). 그래서 전국 지자체들이 발주하는 사업도 중앙 정부 및 한국문화콘텐츠진흥원에서 시행했던 기존의 사업 모델과 유사하게 반복되고 있다. 이 과정에서 프로젝트를 수주하기에 적합한 새로운 인문 지식은 부득이하게 자기소모적으로 반복 재생산되고 있다.

또한 산학협력을 통한 문화콘텐츠 산업은 인문학자들의 제한된 역량으로 인하여 문화콘텐츠 산업의 기대와 수요에 부응하는 자생적이고 지속가능한 전망을 가진 결과물을 창출하지 못하고 있는 실정이다. 초반 산학협력의 콘텐츠 사업은 대학 연구소 중심으로 시도되었으나 콘텐츠 제작 방식과 기술적인 영역, 그리고 제작비 운용에 대한 미숙함 등 여러 한계에 부딪혔다. 그런 이후 정부 지원의 산학협력 콘텐츠 개발 사업은 과도하게 산업체 중심으로 재편되어 왔던 것이 사실이다.

2002년 한국콘텐츠진흥원 지원의 '새롭게 펼쳐지는 신화의 나라'　　　〈출처: 문화콘텐츠닷컴〉

인문 지식을 활용한 문화콘텐츠 사업들 중에서 최초·최대 규모이자 가장 장기적으로 지원된 사업을 보더라도, 기존의 산학협동 모델은 기본적으로 주제에 적합한 원천자료를 모아 가공하는 수준이었다(김기덕, 2013). 즉 DB 구축을 통한 아카이브의 구성과 공개가 기존 인문콘텐츠를 활용한 산학협동 개발 모델의 주요 목표였던 것이다.

이렇게 기존 지원 사업은 일회적이며 산업체 주도의 일방적 관계 중심이었다. 그 때문에 인문학자의 역할은 원천자료를 제공하고 전반적인 기획 방향에만 관여하는 것에 머물렀다. 그리고 프로젝트 수행에서 대부분의 주도적인 역할은 디지털 기술을 보유하고 있는 산업체에 일임되었다. 이러한 연유는 산학협력을 수행하는데 있어 대학 및 연구진의 역량이 부족하다는 점에서 기인하기도 한다. 이와 같이 우리나라의 문화콘텐츠 산업과 산학협력 영역 전반의 역량과 인프라는 아직 초기 성장단계에 있다. 해외 선진국의 경우와 달리 여전히 대부분이 정부주도형 산학협력 방식에 머물러 있고, 그 협력 시스템도 초보적인 수준이다. 이로 인해 산학협력에 대한 대학과 기업 간의 상호 기대가 충족되지 못하고, 양자 간의 신뢰가 형성되지 않는 문제점이 파생되기도 하였다(한승준, 2008).

1.3. 새로운 산학협력 전략의 필요성

학문으로서나 산업으로서나 오늘날 한국에서의 문화콘텐츠 기획 영역은 산학협력의 방법론 정립이 부실한 것이 사실이다. "현재 문화콘텐츠 분야는 인문학을 바탕으로 문화콘텐츠 분야와의 연결고리를 정립하는 과제와 문화콘텐츠 산업의 발전과 트렌드를 잘 이해해야 하는 이중의 과제를 안고"(김기덕, 2014) 있다. 그런데 최근 문화콘텐츠의 경향은 인문 지식이나 성찰적 시각과의 연계성은 약화되고, 상업적·산업적 고려에만 치우치고 있다. 이러한 인문학적 자기 기반 상실은 인문콘텐츠와 문화콘텐츠학 및 산업 전반의 소재 고갈을 초래하고, 개발 방법론 부재로 인한 발전 국면의 침체와 정체성 혼란으로 이어지고 있는 실정이다.

최근 문화체육관광부에서는 한국인의 생활문화와 전통문화에 바탕을 둔 '한류3.0' 전략을 제시했다. 이는 드라마 중심의 한류1.0과 K-팝이 주도한 한류2.0에 이어서 새로운 한류의 동력으로서 K-컬처를 상대적으로 개념화한 것이다. 그런데 여기에서 핵심적 역할을 하는 원천자료의 근거는 한국의 생활문화와 전통문화 및 문화유산이다. 그러므로 정책적으로도 인문학 또는 인문지식을 문화산업계와 연계하는 인문콘텐츠의 역할이 강조될 수밖에 없다. 그러나 냉정하게 살펴보자면 그동안 한류의 눈부신 양적 성장에서 "실제적으로 학계는 학문적으로 거의 기여한 바가 없었으며, 대부분을 산업체 스스로가 달성한 것"(김기덕·이병민, 2014)이라는 평가를 내리는 것이 타당하다.

그런데 문화체육관광부와 문화산업계의 한류3.0 전략을 한국 문화콘텐츠의 새로운 전략으로 충분히 수용하더라도, 인문학자들의 역할은 더욱 적극적이고 주도적인 성격으로 강조되어야 한다. 21세기 새로운 문화강국으로서의 위상은 기존의 문화산업계 인력이나 디지털 기술과 콘텐츠 개발 경험을 보유한 산업체의 노력만으로는 결코 달성될 수 없다. 어디까지나 인문 지식을 활용한 문화 콘텐츠 산업은 원천 재료를 기획하고 연구하며, 그것에 의미를 부여하여 지식을 재가공할 수 있는 인문학자들의 자기주도성을 필요로 하는 것이기 때문이다. 따라서 향후 문화콘텐츠 산업은 무궁무진하게 발굴될 수 있는 인문 지식에 근거한 문화콘텐츠의 위상을 새롭게 정립하고, 과도한 상업성 및 정부지원 의존성을 탈피하여야 한다. 그리하여 보다 지속가능하면서도 대중적인 결과물을 만들어 낼 수 있는 진정한 자생력을 갖추어야 한다.

보다 거시적인 안목에서 살펴보자면 정부의 문화콘텐츠 지원 사업은 잘 팔리는 '문화상품'의 개발을 통한 '문화 산업'의 성장이라는 단기적 결과보다 일종의 문화적 공공성을 가진 인문지식을 대중과 공유하는데 우선순위를 두어야 한다. 나아가 문화콘텐츠 저변의 확대라는 장기적 관점을 가지고 수행되어야 한다. 결국 양질의 문화 상품 개발과 지속적인 양산은 인문적 · 문화적 토대 위에서 자유롭게 변주할 수 있는 가능성에서 기인하기 때문이다. 요컨대 인문학을 활용한 문화콘텐츠 사업의 발전은 인문학 연구에 대한 체계적 · 안정적인 지원 및 그것의 사회적 확산을 추구하는 전략 속에서 전개가 가능하다.

그동안 활발히 진행되어온 정부의 산학협력 프로그램들은 주로 이공계 위주로 개발 · 실시되어 문화콘텐츠 기반의 산학 프로그램에 활용하기에는 부적합한 측면이 있다. 이러한 산학협력의 문제점에 대하여 학계에서는 인문학이 단순한 보조 역할에 머무르는 것과 산업체에 의존하는 것으로만 설명할 수 없다고 지적한다. "우리의 문화기술이 문화적 가치보다는 기술 중심으로 과도하게 경도되어 있는 반면에, 해외는 국내에 비해 기술 자체보다 예술 및 창작활동에 활용될 수 있는 가능성과 실생활에서의 활용성, 콘텐츠 산업 내에서 발생할 수 있는 문제 해결 가능성 등과 같은 기준으로 문화기술 사업의 방향을 설정하고 있다(인문콘텐츠학회, 2013)." 즉 문화콘텐츠 개발에서의 산업체의 기술과 역할은 예술 및 창작활동의 구현을 위한 것이며, 문화적 가치에 무게 중심을 둔 인문콘텐츠의 기본 전략에 더 치중하여야 한다는 것이다.

이런 점에서 산학협력 전략은 이전과는 다른 새로운 접근방식과 패러다임의 창출을 통해 개선될 필요가 있다. 첫째, 인문학 지식과 디지털 기술의 접목이나 인문학자와 문화콘텐츠 산업 종사자들의 협력 과정에서는 인문학자들이 수행의 주체가 되어야 한다. 인문학자들이 디지털 기술과 분리되어 단지 원천자료를 제공하는 역할에만 그친다면, 관련 산업의 내실화 및 지속적인 발전은 기대하기 어려운 것이 사실이다. 그런 점에서 인문학자들이 보다 구체적이고 실질적인 도움을 얻을 수 있는 디지털 기술 활용 재교육 프로그램에 대한 정책적 지원도 충분히 고민할 필요가 있다. 참고하자면 서구에서는 이미 그러한 기술지원프로그램이 시행되고 있다.

둘째, 원천자료에 대한 가장 정확하고 포괄적인 이해는 그것을 연구한 인문학자들이 가지고 있는 만큼, 문화콘텐츠의 개발 과정에서도 인문학자들의 보다 적극적인 참여와 개발 인력 전체의 팀워크를 향상시킬 수 있는 방향으로 정책 지원이 이루어져야 한다. 예컨대 이제는 이전의 관행을 벗어나 원천자료의 재가공 과정에 인문학자들이 보다 적극적으로 참여할 필요가 있다. 시대 변화에 따른 인문 지식의 업데이트와 지속가능한 사업으로의 가능성 및 다양한 장르와 매체에 대한 이해를 통해 다각도로 재구성될 수 있는 확장성을 고려하면, 그 동안 원천자료의 제공자 역할에만 머물렀던 인문학자들이 역할은 보다 확대되어 원천자료의 재가공 사업에도 적극적으로 참여해야하는 것이다(김기덕, 2013). 지원 사업의 종료 기간 이후에 더 넓은 확장 가능성을 가지는 콘텐츠 개발과정이 되기 위해서는 산업체 관계자들 및 기술자들과 인문학자들의 관계가 기존의 일회적 · 일방적인 관계를 탈피하고, 문화콘텐츠 상품 개발 전 과정에서 상호협력 관계가 구축되어야 한다.

셋째, 인문학을 활용한 문화콘텐츠 개발은 이제 단기적 상업화 전략을 지양하고, 인문 지식의 맥락과 지속가능한 산학협력 체제의 구축 위에서 시장성과 대중성을 모색하여야 한다. 정부 지원의 콘텐츠 개발 사업은 기한 내 성과 도출과 제출에만 급급하여 다양한 도전과 실험이 이루어지기 어려웠다. 이러한 점을 보완하여 문화콘텐츠 창작과정에서 필요한 기술방법을 체화한 경험이 새로운 개발시도와 성과물의 토대로 자리할 수 있도록 유도해야 할 것이다. 실제 추진한 비즈니스 전략이나 산업적 수요 및 기대효과 등에 따른 결과물 평가의 기준도 '인문학 활용 문화콘텐츠' 특성에 기초하여 새로이 마련되어야 할 것이다.

이상의 논의와 같이 순수 인문학의 학술 성과와 응용인문학인 문화콘텐츠학의 통합적 지식, 그리고 문화산업계의 기술적 전문성이 서로 잘 융합되어야만 좋은 콘텐츠를 생산할 수 있음은 주지의 사실이다. 인문 지식을 활용한 문화콘텐츠 산업의 지속가능한 발전을 기대하기 위해서는 인문학의 자체적인 발전은 물론이며, 인문학의 역할과 기능을 확장하는 새로운 형태의 산학협력 모델이 구축되어야 할 것이다.

02

인문학 주도의 산학협력 전략 '인문브릿지'

2.1. 인문브릿지 사업의 제안 배경 및 목적

인문지식에 근거한 지속 가능한 문화콘텐츠의 개발이 강조되는 추세 속에서 인문학과 콘텐츠 산업의 상생을 위한 전략으로 '2014년 인문브릿지 사업'이 제안되었다. 인문브릿지는 한국연구재단의 2014년도 인문사회분야 학술지원 사업 가운데 하나로 인문학의 대중화를 위한 지원 사업이다. 인문브릿지에서 제시한 지정의제는 "인문학 활용 문화콘텐츠기획 산학협력"이다. 문화콘텐츠를 생산하는 산학협동과정에서 인문지식을 적극 반영하여 사업 이름처럼 그것의 '다리(Bridge)' 역할을 강화하는 것이다(한국연구재단, 2014년 인문브릿지 신청요강).

인문브릿지는 인문사회 분야의 대학부설 연구소와 산업체의 컨소시엄을 대상으로 한다. 특히 인문사회분야에서 전문적인 소양을 갖춘 대학(연구소)과 문화콘텐츠 산업체 사이의 산학협력을 기반으로 '출판(전자출판 포함), 영화, 드라마, 만화, 애니메이션, 캐릭터, 공연'의 산업분야 중에서 고품질의 문화콘텐츠를 생산할 수 있도록 하였다. 이러한 점을 종합해 볼 때 인문브릿지는 대학 연구소와 콘텐츠 산업체의 협동을 통하여 인문지식이 반영된 콘텐츠를 생산하는데 중점을 두고 지원하는 사업이다. 인문브릿지는 사업의 목적을 다음과 같이 제시하였다.

첫째, 인문학의 사회적 실용성을 증대시킬 산학협력 활성화를 모색한다. 이공계 및 산업체 주도의 기존 산학협력 모델에서는 인문학 연구자들이 소재개발의 한정된 역할만을 수행하였기에, 인문지식을 반영한 양질의 콘텐츠를 생산하는데 한계가 있었다. 본 사업은 대학이 소재개발과 콘텐츠 개발 과정 전반을 주도하여, 인문지식이 결합된 고품질의 문화콘텐츠를 개발할 수 있는 산학협력 모델을 제시한다. 특히 창작소재를 보유한 전문연구자와 콘텐츠 상품의 개발자가 공동으로 기획개발을 추진하여 창작소재에 반영되어 있는 맥락과 구조체계가 콘텐츠에 온전히 반영되도록 한다.

둘째, 문화콘텐츠 산업전반에 대한 기획개발이 선순환될 수 있는 상생 구조를 도모한다. 문화콘텐츠 산업의 상생 구조는 대학이 중심이 되어 산업체의 콘텐츠 수요를 파악하고, 인문학 지식기반의 소재 개발과 문화콘텐츠 기획 과정을 연결(Bridge)함으로써 이루어진다. 대학은 산업체의 문화콘텐츠 수요를 파악함으로써 매력적인 인문이야기의 대중화를 위한 소재를 개발할 수 있다. 대학의 주도 아래 소재 개발과정과 콘텐츠 산업의 기획개발 과정이 연결되면 인문지식과 결합한 콘텐츠 생산이 이루어질 수 있다. 산업체의 수요를 반영한 인문지식기반의 고품질 콘텐츠 생산은 수익 창출의 효율성으로 이어진다. 결과적으로 기업에서는 새로운 문화콘텐츠 개발기반을 마련할 수 있고, 대학에서는 인문지식정보 기반의 소재 개발을 추진할 수 있다. 이로써 문화콘텐츠 산업 전반을 아우르는 기획 개발의 선순환구조가 수립될 수 있다.

셋째, 이야기 산업(Story Industry) 기반의 '창조경제' 활성화에 기여한다. 이야기 산업에 있어 좋은 결과를 얻기 위해서는 무엇보다 좋은 이야기를 개발하는 것으로부터 시작하여야 한다. 이에 양질의 소재 발굴과 스토리 개발을 필요로 하는 문화콘텐츠 산업체는 대학에서 이룩한 인문지식에 기반을 두고, 내실을 갖춘 이야기를 활용할 수 있다. 그리고 인문학자와의 협업을 통해 필요도에 맞추어 스토리를 가공·재편하고, 질적 수준을 제고하여 높은 부가가치를 창출하는 문화콘텐츠로 개발할 수 있다.

넷째, 기존의 산학협력과 차별된 방식으로, 인문학 연구자가 중심이 되어 추진되는 선도연구로 자리매김한다. 인문브릿지에서는 사업의 전반을 인문학 연구자가 주도하는데, 특히 전통적인 인문학 영역을 기반으로 하되 인문학 연구의 새로운 확장을 도모하고자 한다. 본 사업을 통해 인문지식의 토대 위에서 이루어지는 소재 발굴과 개발이 문화콘텐츠 생산 과정과 온전히 결합할 수 있는 선례를 만들 수 있다.

위와 제시된 사업 목적을 통해 보았을 때 한국연구재단에서 말하는 인문브릿지의 개념은 '인문학의 체계·구조·맥락이 반영된 콘텐츠 생산' 및 '성공적인 산학협력'을 위한 인문학 연구자의 역할 모델 자체를 가리키는 개념이라고 할 수 있다. 이러한 개념은 기존 문화콘텐츠 산업의 한계에 대한 성찰과 함께 문화 산업에서 인문학의 역할이 보다 강조되는 시대적 추세가 반영되면서 대두한 것이다. 상기하였듯이 기존 문화콘텐츠 산업은 2000년대 이후 외형적으로 크게 성장했음에도 불구하고, 인문지식에 기반을 두는 양질의 콘텐츠를 생산하는 데에는 한계를 보이고 있었다. 문화콘텐츠 산업에 대한 장기적인 안목을 가지고 새로운 소재를 발굴하기보다는, 단기간에 상업적 이익을 얻기 위하여 기존에 개발된 소재를 소모해왔기 때문이다. 또한 산업체 주도의 개발과정에서 대학과 산업체간의 소통의 부재로 인하여 콘텐츠의 기획 과정에서도 소재에 담겨있는 인문학적 의미가 온전히 반영되지 못하였다.

2.2. 인문브릿지 사업의 추진전략 및 기대효과

인문브릿지는 선행 사업의 한계를 인문학 연구자 주도의 산학협력을 통해 인문지식을 활용한 고부가가치 문화콘텐츠를 개발함으로써 극복하고자 했다. 대학이 중심이 되어 사업을 추진하여 양질의 문화콘텐츠 소재를 발굴해내고, 이를 콘텐츠 기획과 연결하여 수익창출이 가능하도록 했다. 이를 통해 문화콘텐츠 산업전반의 기획 개발이 선순환 하는 상생의 구조를 만들고자 한 것이다. 결국 인문브릿지는 기존 산학협력 시스템의 한계점에 대한 성찰과 인문학 주도의 콘텐츠개발을 필요로 하는 시대적 요구에 발맞춰 적실히 제안된 정부지원 사업으로 평가할 수 있다. 이러한 의도 하에 인문브릿지의 중점 추진전략을 살펴보면 다음과 같다.

첫째, 대학(연구소)과 산업체를 연결하는 제도적 장치를 도모하는 연구개발 사업으로 추진한다. 기존 사업에서 대학은 소재 발굴과 원고 전달 등 한정된 역할을 수행하였으며 기획개발 전반에서 산업체와 원활한 소통의 장치가 마련되어 있지 않았다. 콘텐츠를 개발하는 산업체 역시 인문학분야에 대한 전문적 지식을 보유하지 못한 상태에서 대학과의 체계적인 소통 없이 상업적 목적에 따라 소재를 활용하는 경우가 잦았다. 이러한 상황은 결국 산업체가 문화콘텐츠를 기획개발하는 과정에서 인문학적 맥락과 구조 및 체계를 온전히 결합하지 못하게 되는 원인이 되었다. 따라서 문화콘텐츠 산업에서 소재에 담긴 인문지식이 콘텐츠 기획개발 과정에 온전히 결합되기 위해서는 대학과 산업체간의 연결이 제도적으로 보장되어 소통이 원활히 이루어 져야 할 필요가 있다.

둘째, 인문지식을 보유한 대학교와 문화콘텐츠의 상품화 능력을 보유한 산업체의 협력적 상생 네트워크 구축을 지원한다. 창의적인 콘텐츠 산업의 인프라를 구축하기 위해서는 인문지식 역량을 보유한 대학과 콘텐츠를 생산할 수 있는 산업체 간의 실질적인 소통이 요구된다. 그러므로 인문학에 대한 전문적인 지식을 보유한 연구자(교수, 박사급연구자)와 문화콘텐츠생산 능력을 보유한 산업체간의 산학협력 네트워크가 이루어져야 한다. 그리고 프로젝트 전반의 효과적인 산학협력을 위해서는 상호신뢰 속에 자유로운 토론이 가능한 네트워크를 먼저 구축하여 사업의 기획단계에서부터 개발·제작에 이르기까지 쌍방간의 협의를 통하여 조절해야 한다. 이를 위해 본 사업에서는 대학에 소속된 인문학자와 문화콘텐츠 생산 역량을 보유한 산업체 간의 네트워크 형성과 구축에 있어 정책적으로 지원할 필요가 있다.

셋째, 산학협력 네트워크가 구축된 상황에서 대학교(연구소)와 산업체가 협의하여 함께 제안한 기획(Pre-Production)사업을 지원한다. 본 사업에서는 프로젝트 과정의 전반에서 대학과 산업체 간에 이루어지는 산학협력을 통해 콘텐츠 결과물이 생산된다. 인문지식에 기초하는 사업기획은 물론이거니와 개발 · 제작 시에 콘텐츠 속에 인문학적 의미가 제대로 반영되는지 수시로 확인하고 과정을 점검해야하기에 네트워킹 전반에 인문학자가 적극적으로 참여하여야 한다. 이렇듯 인문학자가 주도하여 사업 전 과정에 개입할지라도, 콘텐츠개발 및 제작에 있어서는 산업체의 조언을 적절히 수용하여 실질적인 기대 효과 및 전략에 부응하는 지점을 고려하여야 한다. 이때 대학 연구 집단의 인문학자 중심으로 과도하게 편향되면 콘텐츠의 대중성 · 상품성이 약화되는 결과를 초래할 수 있기 때문이다.

넷째, 대학교와 산업체가 컨소시엄을 구성하여 산업적 수요에 부응하는 문화콘텐츠 기획 프로젝트의 결과물 산출을 지원한다. 본 사업의 목적이 달성되기 위해서는 대학이 문화콘텐츠 기획개발 과정에서 산업체의 수요에 대해 잘 파악할 필요가 있다. 즉 브릿지 역할을 인문학자가 담당하기에 기획에서부터 콘텐츠 제작에 이르기까지 산업체가 '무슨 매체를 통해 어떤 주제의 이야기를 어떻게 구현하고자 하는가?' 하는 사업의 의도를 인지하여야 하는 것이다. 또한 이와 전문 인문지식과의 연계점을 찾아 균형적으로 조절하여 산업체와 재협의 하는 것이 중요하다. 이를 위하여 대학교와 산업체 간에 컨소시엄을 구성한 후 바텀업(Bottom-up)방식을 통해 대학이 산업체의 요구를 반영하도록 한다. 또한 대학 및 산업체와 함께 양자를 중개하는 기획인력(대학측, 산업체측)이 구체적인 프로젝트 결과물을 도출할 수 있도록 한다.

위와 같이 제시된 중점 사안을 종합할 때 인문브릿지는 해당분야에 대한 역량을 보유한 산학 간의 구체적인 협업을 통하여 고품질의 콘텐츠를 생산하도록 추진전략을 유도하고 있다. 협업의 측면에서는 사업을 추진하는 과정에서 대학과 산업체를 연결하는 제도적인 네트워크 장치를 마련하도록 권하고 있다. 특히 산학 간의 컨소시엄을 통하여 산업체의 수요에 부응하는 결과물을 내도록 유도한다. 이는 산학협력과정에서 대학과 산업체 간의 소통을 위한 제도장치를 먼저 마련함으로써 기존 문화콘텐츠 사업의 한계를 극복하고자 하는 것이다. 체계적인 산학협력을 통하여 대학 측에서는 산업체의 문화콘텐츠 개발에 인문학적 맥락과 구조 및 체계를 온전히 결합시킬 수 있다. 또한 산업체측에서는 컨소시엄에서 시장과 산업체의 요구를 인문학자에게 상세히 전달하여 소재개발과 콘텐츠 개발과정 속에 제품제작을 원만히 마치고 수익창출을 효율성을 높일 수 있다.

역량의 측면에서는 전문역량을 갖춘 교수와 연구원을 문화콘텐츠 사업체와 연결시켜 지원함으로써 전문가들에 의한 실제적인 산학협력이 추진될 수 있도록 한다. 이를 기반으로 산업적 수요에 부응하는 구체적인 프로젝트 결과물을 내도록 지원하여 기획사업(Pre-Production)의 단계에서 이미 가시적이고 구체적인 성과를 내도록 지원하고 있다고 할 수 있다. 뿐만 아니라 석·박사연구원들의 경험 축적을 통해 문화콘텐츠 산업의 발전을 주도할 수 있는 미래 인력의 양성에도 기여하는 바가 크다.

인문브릿지는 사업평가와 결과물 제출에 있어서도 산학협력과 실현가능성 여부를 중요하게 평가하여 사업 목적과 전략에 부합하는 사업진행을 추진하고 있다. 산학협력 필요성 여부, 산학협력 전략의 적절성, 산학협력을 통한 기획개발 내용 등을 선출평가에 반영하였으며, 사업 결과에 있어서도 산학협력 네트워크의 구축 여부를 평가에 반영하였다. 또한 사업 결과물로 학술활동 결과보고서 뿐만 아니라 별도의 단행본과 시제품을 요구하였다.

여기서 단행본은 일반적인 학술서가 아닌 사업기획과 운영, 개발과정, 산학협력 과정을 상세히 담은 연구저서이다. 인문브릿지는 어떠한 경우의 시제품이든지 간에 산업적 활용 단계에 도달할 것을 요구하였다. 이처럼 인문브릿지사업은 인문학 연구자가 주도하는 산학협력체제의 구체적 사례를 기대하고 있다. 나아가 선도적 연구이자 인문지식 기반의 문화콘텐츠가 실질적으로 창출되는 모범 사례로서 그 전 과정을 인문브릿지사업의 모델로 제시하고자 한다.

결국 인문브릿지는 해당 분야 전문가들의 산학협력을 통하여 향후 선례가 될 수 있는 기록물과 산업적 활용이 가능한 결과물을 창출하도록 기획되었다. 인문브릿지의 전략은 향후 그 결과물이 문화콘텐츠 기획개발 과정의 선순환구조를 수립할 수 있는 토대로 기능할 수 있도록 구상된 것이다. 뿐만 아니라 인문브릿지 사업을 통해 인문정신을 기반으로 하는 양질의 문화콘텐츠가 산업적으로 제작·유통되어 대중과 소통하는 열린 인문학을 이룩할 수 있다. 나아가 인문지식 기반의 이야기산업을 통해 대학의 학자와 산업체, 일반 대중까지 모두 아우르는 상생적인 기대효과를 제고하고, 실질적인 문화콘텐츠 창출을 지원하는 인문학기반 개발 사업이라 할 수 있다.

03

2014 인문브릿지 사업 개관

3.1. 연구사업의 기획의도

"통합서사 구술 아카이브 구축 및 통일문화콘텐츠(웹툰) 개발" 연구사업은 2014 인문브릿지 사업의 지원을 받아 시작되었다. 건국대 인문학연구원이 현장에서 수집한 방대한 양의 역사경험담을 세상으로 소통시키고자 창구 역할인 아카이브 구축을 기획하였다. 그리고 수집한 자료들 중 통합서사적 의의를 담고 있는 '정씨 가문의 이야기'를 원천자료로 삼아 통일문화콘텐츠(웹툰)를 제작하고자 하였다. 본 연구팀에서는 인문학자가 주도하여 제작한 콘텐츠의 질적 우수성을 확인하고, 실제 비즈니스를 시도하여 그 산업적 가치를 입증하고자 하였다.

본 연구팀에서는 2014 인문브릿지 사업이 강조하였던 '인문학이 주도하는 산학협력 모델 개발'에 역점을 두었다. 그리하여 그간 원천자료 제공에만 머물렀던 인문학자의 역할을 콘텐츠 개발 전 과정으로 확장하였다. 그리고 웹툰 원화 제작 및 홍보 마케팅 과정에까지 대학 연구소와 참여 산업체가 상호 협력하는 구조의 프로세스를 기획하였다.

> '인문지식이 전 과정에 반영된 프로세스'와
> '정통 인문학+창작역량+콘텐츠 기획·제작 역량의 인력풀'로 산학협력의 표준화를 제시한다.

그간에 이루어진 산학협력의 한계점을 극복하기 위해 '인문지식이 전 과정에 반영된 프로세스'를 마련한 것이다. '① 역사경험담 조사 및 수집, ② 역사경험담 아카이브 구축, ③ 통합서사 발굴, ④ 원천스토리 개발, ⑤ 콘텐츠 기술자와의 협업을 통한 콘텐츠 제작, ⑥ 산업체와의 협력으로 콘텐츠 서비스'로 그 프로세스를 구성하여, 전 과정에 인문학자가 관여하고 주도하는 전략을 추진하였다. 1단계에서는 역사적 경험이 남다른 제보자를 섭외하여 절박한 사연 및 정확한 기억을 유도할 수 있는 현장조사를 수행하였다. 2단계에서는 구술성과 현장성이 드러나는 자료를 Digitalize하는 기술 과정을 통해 영상·음성·사진은 물론, 문자의 기록까지 완충된 아카이브를 구축하였다. 3단계에서는 사회통합을 지향하는 인문학적 안목을 발휘하여 통합서사적 자료를 발굴하였다. 4단계에서는 발굴한 자료를 보다 통합서사적 의미를 부각시키는 스토리로 재구하고 대중성을 기하는 스토리 가공법을 통해 원천스토리를 개발하였다. 5단계에서는 통합서사적 의미가 결과물에 반영되도록 통일문화콘텐츠(웹툰) 제작 과정의 협업에 심혈을 기울였다. 6단계에서는 산업체가 웹툰을 웹상에 공개하고, 서비스·유통과정 및 저작권과 같은 문화콘텐츠 산업의 제반 업무를 처리하였다. 본 연구팀은 통합서사 아카이브 구축에서부터 통일문화콘텐츠 개발에 이르기까지 전 과정에 인문지식을 결합하여 운영함으로써, 인문학이 주도하는 산학협력의 표준화 모델로 자리매김하고자 하였다.

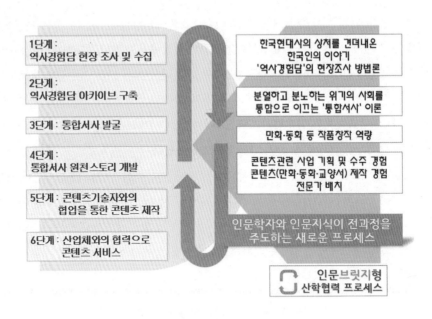

그리고 이러한 프로세스를 원활히 운영하기 위해, 역사경험담·통일인문학·구비문학·한국근현대사·콘텐츠학·콘텐츠창작 등 인문학전문가들로 인력풀을 구성하였다. 연구책임자를 비롯한 일반공동연구원 5인에는 역사경험담(시집살이, 한국전쟁, 탈북민, 코리언디아스포라) 현장조사 전

문가, 한국인으로서 살아온 이야기의 문학적 가치 제고에 앞장선 구비문학자, 소통·치유·통합을
통한 인문학적 통일을 지향하는 통일인문학 연구자, 만화·동화 등 스토리창작 전문가, 다양한 콘
텐츠 사업(한국문화콘텐츠진흥원 사업, 한국학중앙연구원 사업,『한국구비문학대계』개정증보 사
업, 대중교양서·전시회·공연·포털사이트 아카이브)을 기획·제작한 콘텐츠 전문가 등 '인문학
+콘텐츠' 역량을 겸비한 전문가들이 포진되어 있다. 연구보조원 8인 역시 한국현대사, 구비문학,
현장조사, 통일인문학, 교육콘텐츠 기획 능력 등을 고루 갖춘 출중한 신진학자들로 구성되어 있다.
이처럼 각 인문학분야의 전문가들로 구성된 인력풀을 갖춤으로써 인문지식 기반과 문화콘텐츠 기
획과정을 적극적으로 연결(Bridge)하는 역할을 온전히 수행하고, 세계시장으로 나아갈 수 있는 통
일문화콘텐츠를 개발하고자 하였다.

> 한국인의 역사경험담을 활용한 '통합서사 구술 아카이브'와 '통일문화콘텐츠(웹툰)'는
> 화해와 치유의 문화를 선도하는 인문학의 효용성을 입증한다.

한반도의 평화를 지속하기 위한 인문학적 성과를 사회적으로 확산하기 위해, 한국현대사의 아픔
속에서 살아온 한국인의 '역사경험담'에서 경쟁력 있는 원천스토리를 발굴하였다. '한국인의 역사
경험담'은 기왕의 문화콘텐츠 산업 전략인 OSMU를 넘어서서 다양한 소재의 다양한 활용(MSMU;
Multi Source Multi Use)의 힘을 발휘하는 문화콘텐츠 산업의 질 높은 원천자료이자, 고갈되지 않
은 생산력으로 무궁무진한 개발가능성을 가진 인문지식 자료이다.

역사경험담에는 이념과 체제 내지 사회구조에 대한 시비판단에 치중하는 자료도 많으나, 간혹
한국현대사의 질곡 속에서도 강렬한 생의 의지와 사랑과 연민, 용서의 감정 등을 경험한 자료도 발
견할 수 있었다. 이에 이념대립과 전쟁의 참혹한 현실 속에서도 보편적 인류애를 확인할 수 있는 통
합서사적 자료를 주목하여 본 연구팀의 원천자료로 발굴해내었다. 특히 본 연구팀에서는 정씨 일
가의 이야기를 선정하여 한 가족이 감당해야 했던 삶의 멍에와 상처를 조명하고, 역사의 소용돌이
속에서 원망과 분노가 아닌 화해와 치유의 힘을 어떻게 자족해 왔는가 하는 통합서사적 가치 부분
을 극대화 하고자 하였다. 통합서사의 가치는 역사와 사람의 관계를 되돌아보게 하면서 어떻게 현
재를 살아가고 미래를 열어갈 것인지를 스스로 탐구하게 한다. 또한 이러한 경험의 주체들은 현재
에도 역사 속에서 상처받는 사람들에게 상처받은 치유자(Wounded Healer)로 기능할 수 있기에 사
회통합에 긍정적으로 기여할 것이다.

한편 역사경험담의 멀티소스 기능으로 양질의 통합서사는 계속 확보할 수 있기에 아카이브 구축

도 지속적으로 증보되고 있다. 그리고 그 자료들을 대중적·사회적으로 확산하기 위해 통일문화콘텐츠 제작도 계속하여 지속할 예정이다. 이 연구사업으로 말미암아 사회문제에 대한 인문학의 효용성을 확인하면서도, 대한민국이 상처받은 치유자의 스토리로 세계의 평화문화를 선도하는 문화선진국으로 성장할 수 있기를 기대해보고자 하였다.

　이러한 의도를 바탕으로 2014 인문브릿지 사업을 통해 "통합서사 구술 아카이브 구축 및 통일문화콘텐츠(웹툰) 개발" 연구를 착수하였다. 2014년 12월 15일에 연구사업을 개시하여, 그간 축적한 역사경험담을 DB화하여 정리하였으며, 미리 선정한 통합서사 '정씨 가문의 이야기'를 소재로 통일문화콘텐츠 제작을 기획하였다.

3.2. 연구사업의 목표 및 추진전략

이 연구사업의 최종적인 목표는 다음과 같다.

> **인문학 중심의 통일문화콘텐츠 서비스 및**
> **성공적인 인문브릿지 사업 모델 제시**

1. 역사경험담, 구술 조사를 통한 원천자료 수집
2. 원천자료를 기반으로 문학, 사회적으로 의미 있는 통합서사 발굴
3. 통합서사 DB화 및 아카이브 구축
4. 통일문화콘텐츠 스토리텔링 및 웹툰 연구 개발

대학 연구소	＋	문화콘텐츠 업체
인문학 중심의 문화콘텐츠 Story hub 구축 통합서사 발굴확산을 통한 인문학적 통일담론 형성 우수한 연구인력 구성을 통한 문화산업 고급인력 양성		스토리 기반의 Well-made 웹툰 개발 통일문화산업 확산을 위한 다양한 콘텐츠 개발 인문ICT 융합 콘텐츠로 창조경제 실현

　2014 인문브릿지 사업의 아젠다에 발맞추어 본 연구팀은 인문학과 인문학자가 주도하는 산학협력시스템을 구축하고, 인문학 중심의 통일문화콘텐츠 서비스 및 성공적인 인문브릿지 사업 모델

을 제시하는 것을 목표로 삼았다. 역사경험담 구술조사를 통해 원천자료를 수집하고, 이를 기반으로 사회 · 문화적으로 의미 있는 통합서사를 발굴하여 자료의 DB화 및 아카이브 구축을 시도하였다. 또한 통합서사적 의미를 가지는 원천자료를 기반으로 통일문화콘텐츠(웹툰)를 제작하고자 하였다.

이를 위해 대학 연구소는 인문학 중심의 문화콘텐츠 Story Hub를 구축하고, 통합서사 발굴과 확산을 통해 인문학적 통일담론을 형성하며, 우수한 연구인력을 양성하여 문화 산업에의 고급인력 확충에 주력하였다. 또한 통일문화콘텐츠 제작을 맡은 문화 산업체는 대학 연구소가 제시한 원천 스토리를 기반으로 Well-made 웹툰을 제작하였다. 본 연구팀은 이를 시작하여 향후 통일문화 산업 확산을 위한 다양한 통일문화콘텐츠를 기획하며, 인문ICT 융합콘텐츠로 이야기문화 산업 발전에 기여하고자 하였다.

궁극적으로 2014 인문브릿지 사업 목표는 '1. 인문브릿지 단행본 1종, 2. 웹툰 파일럿프로그램 1편(에피소드 20화), 3. 웹툰 서비스 플랫폼 3종(웹, 모바일, 앱북), 4. 학술논문 2편'을 생산하기로 하였다. 이러한 목표 수행을 위한 연구 과정은 다음과 같다.

① 1단계 연구 목표와 세부추진전략

1단계 목표	통합서사 구술 아카이브 구축 및 확대	
기간	세부추진전략	주체
2014. 12월 – 2015. 1월	▶ 기 조사된 통합서사 구술 아카이브 정리 ▶ 대학(연구소)와 산업체의 기획안 공동 협의	대학
2015. 1월 – 2015. 3월	▶ 원천스토리 개발 작업 선착수 가능 ▶ 기 조사된 역사경험담의 보강을 위한 조사와 새로운 역사경험담의 수집 ▶ 수집된 역사경험담에서 통합서사로써의 가치가 높은 서사를 발굴 및 선별	

사업 1단계의 연구 목표는 통합서사 구술 아카이브 구축 및 확대이다. 이 단계에서는 기 조사된 통합서사 구술 아카이브를 정리하는 작업을 수행하며 통합서사적 · 문화콘텐츠적 가치가 있다고 판명된 원천자료를 발굴하였다. 이는 통일문화콘텐츠 개발과 제작이라는 전체 연구 과정의 사전 준비 단계에 해당한다. 연구원들은 산업체와 연계하여 기획안에 대한 검토협의를 거치면서 콘텐츠 개발 작업의 밑그림을 그리는 작업을 수행하였다. 본 연구팀은 기 조사된 역사경험담 구술자료

를 다량 보유하고 있다. 수집된 자료의 정리를 목적으로 하는 사전 작업을 수행하면서 이미 통합서사적 역사경험담 자료를 선별하였고, 이에 통합서사 발굴 작업이 단기간에 완료될 수 있었다. 그에 따라 2단계의 연구 목표인 통일문화콘텐츠(웹툰) 기획 및 제작 작업에 예상보다 더 빠른 시기에 진입하여 전체 연구기간을 효율적으로 사용하였다. 역사경험담 현장조사 작업은 2단계 선 진입 여부와 관련 없이 계획대로 진행하였다. 선정된 통합서사에 대한 자료 보강과 함께 아카이브 구축의 계속적 확장 또한 본 연구팀의 연구 목표이기 때문이다.

② 2단계 연구 목표와 세부추진전략

2단계 목표	통일문화콘텐츠(웹툰) 기획 및 제작	
기간	세부추진전략	비고
2015. 3월 - 2015. 4월	▶ 선별된 통합서사의 콘텐츠화 적합성 검도 ▶ 통합서사에 기반한 원천스토리 개발 ▶ 통일문화콘텐츠(웹툰) 시놉시스 구성 ▶ 통일문화콘텐츠(웹툰) 시나리오 구성 ▶ 통일문화콘텐츠(웹툰) 세부설정 및 콘티 구성 ▶ 1차 산학협동검토회의 및 사업총괄회의	대학 + 산업체
2015. 4월 - 2015. 8월	▶ 통일문화콘텐츠(웹툰) 원화 및 원작 제작 ▶ 지속적인 중간검토를 통한 콘텐트 완성도 제고	

2단계의 연구 목표는 통일문화콘텐츠(웹툰) 기획 및 제작이다. 2단계부터 사업체와의 전문적인 협업이 이루어지게 된다. 1단계에서 문화콘텐츠화에 적합한 통합서사를 선별한 후, 선별된 통합서사 자료를 바탕으로 콘텐츠의 근간이 되는 원천스토리를 개발하였다. 개발된 원천스토리를 기반으로 하여 통일문화콘텐츠(웹툰)의 시놉시스, 시나리오가 순차적으로 구성되었다. 시놉시스와 시나리오 구성 작업에는 참여 산업체의 전문 작가인력들이 본 연구팀의 콘텐츠 창작 전문 연구인력들과 함께 긴밀한 연계 속에서 협업을 진행하였다. 2015년 8월에 통일문화콘텐츠(웹툰)의 제작이 1차적으로 완료되었다. 그리고 산학이 연계하여 제작이 완료된 콘텐츠에 대한 1차 종합적인 검토회의를 진행하였다. 참석한 인문학자와 산업체 직원들은 회의를 통해서 제작된 통일문화콘텐츠(웹툰)를 다방면으로 평가하며 피드백을 주고받았다.

③ 3단계 연구 목표와 세부추진전략

3단계 목표	통일문화콘텐츠(웹툰) 제작완료 및 서비스	
기간	세부추진전략	비고
2015. 8월 – 2015. 10월	▶ 통일문화콘텐츠(웹툰) 제작 완료 ▶ 통일문화콘텐츠(웹툰) 홍보 개시 ▶ 콘텐츠 시연회와 2차 산학협동검토회의 및 사업총괄회의 ▶ 검토회의 결과 종합 및 콘텐츠 리테이크	대학 + 산업체
2015. 10월 – 2015. 11월	▶ 콘텐츠 리테이크 결과 확인 및 최종 제작 완료 ▶ 통일문화콘텐츠(웹툰) 서비스 ▶ 인문브릿지사업 종료	
2015. 12월	▶ 결과보고	

본 연구팀의 3단계 연구 목표는 통일문화콘텐츠(웹툰)의 최종 제작 완료와 서비스 개시이다. 콘텐츠를 대중에게 서비스하기 이전의 최종 확인 단계로, 콘텐츠 시연회와 2차 산학협동검토회의 및 사업총괄회의를 걸쳐 최종적으로 수정, 보완할 사항들을 종합하여 콘텐츠 리테이크 작업을 수행하게 된다. 2015년 8월 중순부터는 통일문화콘텐츠(웹툰)에 대한 온라인 홍보를 시작한다. 2015년 11월까지 리테이크 작업이 완료되면 결과물 확인 점검 과정을 거쳐 제작을 최종적으로 완료하게 된다. 이후 본 연구팀이 보유한 역사경험담 웹 서비스 공간과 참여 사업체가 마련한 온라인 공간을 통해 동시에 통일문화콘텐츠(웹툰) 서비스를 개시한다.

이와 같은 연구 목표와 추진전략을 통해서 도출해내려 하는 결과물은 상기한 바와 같이 '통합서사 구술 아카이브 구축'과 '통일문화콘텐츠(웹툰) 제작'이다. 여기에 본 연구팀은 사업 결과물에 대한 지적재산권 출원을 추가적인 목표로 설정하였다. 이는 첫 번째로는 연구 결과물의 산업적 활용도를 높이기 위함이며, 두 번째로는 연구 결과물이 사회적으로 활용되는 상황에서 저작권을 보호함으로써 결과물을 활용한 문화적 재생산이 가능하게 하기 위함이다. 사업팀이 출원하려는 지적재산권은 ① 트리트먼트, ② 시나리오, ③ 웹툰 등 총 3종에 대한 것이며, 이는 최종 결과물 생산과 동시에 진행하는 것으로 계획하였다.

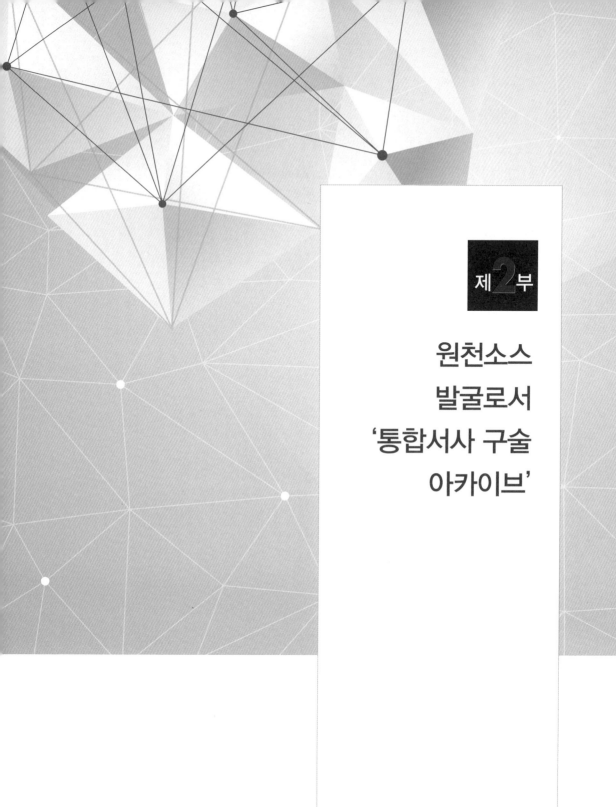

제2부

원천소스
발굴로서
'통합서사 구술
아카이브'

01

통합서사 구술 아카이브 구축 의도

  본 연구사업은 인문브릿지의 한 모델로서 '통합서사 구술 아카이브' 구축에 역점을 두었다. '통합
서사 구술 아카이브'를 통해 원천자료가 지속적으로 보충되고, 통합서사가 계속 발굴·소개될 수
있도록 기획한 것이다. 이 아카이브는 자료를 개발하는 대학 연구소와 콘텐츠 제작을 희망하는 산
업체 및 작가, 역사경험담에 관심 있는 대중들 간의 연결 고리이자 원천자료의 온라인 허브(Hub)
로 자리매김할 수 있다.

  통합서사 구술 아카이브는 대학 연구소와 산업체가 항시적으로 접촉·소통할 수 있는 통로로 기
능한다. 아카이브 구축은 산학협력을 통한 콘텐츠 개발이 일회적으로 그치는 것이 아니라, 지속적
으로 양질의 콘텐츠가 개발되고 산업적 이익을 창출하는 매개체를 개발하는 일이다. 통합서사 구
술 아카이브를 통해 역사경험담이라는 양질의 원천자료는 지속적으로 대중에게 소개되고, 나아가
콘텐츠 생산으로 이어지게 된다. 즉 앞서 제시한 본 연구사업의 1단계에서 6단계에 이르는 작업은
다음 단계로 진입될 때 이전의 작업이 중지되는 것이 아니라 새로운 자료 발굴로 작업이 연속되도
록 구성한 것이다.

  통합서사 구술 아카이브는 이야기 산업에 새로운 지평을 열 수 있는 원천자료를 소개한다는 점에
서 특장을 지닌다. 본 연구사업은 인문지식이 반영된 양질의 콘텐츠 제작을 위해 특별히 '한국인의
역사경험담'에 주목하였다. 역사경험담은 식민·분단·전쟁이라는 한국사의 질곡 속에서도 자신
의 삶을 지켜낸 한국인의 살아온 이야기이다.

  기왕에는 문화콘텐츠의 원천으로 유·무형의 전통문화가 주로 활용되어 왔다. 본 연구팀은 무궁

무진한 생산력이 보장된 '한국인의 역사경험담'을 새로운 원천스토리로 활용하여 다양한 소재의 다양한 활용(MSMU; Multi Source Multi Use) 효과를 실현해 보고자 한다. 역사경험담은 식민 · 전쟁 · 분단 · 이념갈등 등 한국 현대사의 아픔을 인내해 온 한국인의 깊이 있는 삶의 이야기로서 원망과 분노를 넘어 화해와 치유의 힘을 발휘하고 통합적 삶의 지혜를 발견할 수 있는 원천스토리의 보고이다. 파란만장한 역사의 물결 속을 살아 온 보통 사람의 이야기이면서, 한국만의 특수성과 인류 보편성을 동시에 보유하고 있어 그 내용적 측면에서의 경쟁력 또한 막강하다고 할 수 있다. 또한 역사경험담은 고갈되지 않은 자료 생산력을 통해 무궁무진한 원천을 발굴할 수 있어 그간의 유 · 무형 전통문화 원천에 비해서 상대적으로 방대한 자료 공급이 가능하다는 점에서 문화콘텐츠 산업으로의 활용과 활성화가 자못 기대되는 바이다.

이처럼 한국인의 역사경험담은 비인간적 역사에 대한 사회고발적 의미를 지니면서, 그 비극 속에서도 생명과 인간애를 지켜 온 실존 인물의 이야기이다. 그렇기에 누구나 빠져들 수 있는 매력적인 이야기 소재이면서 동시에 사회통합이라는 시의성에도 기여할 수 있다. 그러한 의의를 실현하기 위해서 본 연구사업은 인문학자가 주도하는 콘텐츠 개발을 지속화하는 방안으로 통합서사 구술 아카이브를 기획한 것이며, 이는 역사경험담 연구의 실용화 방안이기도 한다.

시학과 문학 영역에서 주목해왔던 역사경험담에 대한 연구는 의미 있는 자료의 발굴 및 조사방법론의 발전과 문학적 가치의 발견으로 이어져 왔다. 이와 더불어 구술자료 축적 방법론에 대한 연구와 정보화 · 자원화에 대한 기술력이 융합될 수 있는 성과도 기대되기 시작했다. 본 연구팀은 이러한 연구 성과를 기반으로 체계적인 형태의 역사경험담 구술 아카이브 구축의 필요성을 절감하고 그 기획을 구상하였다. 영상 · 음성 · 사진 · 문자로 구성된 자료 축적의 결과물은 아카이브에 게시됨으로써 연구자는 물론 창작자 · 산업체 · 일반대중에 이르기까지 자유롭게 자료를 공유할 수 있게 된다. 이렇듯 '통합서사 구술 아카이브' 구축을 통하여 역사경험담의 가치가 보다 효율적으로 활용되며, 다방면에 걸쳐 확산 · 보급되리라 예견된다.

본 연구팀에서는 아카이브의 대중적인 확산을 위해 새로운 산학협력 프로세스를 구상하여 '통일 문화콘텐츠'를 제작하고 실제 서비스를 제공하려고 한다. 실상 역사경험담의 학문적 가치는 폭넓게 확산되었지만 그 사회적 활용 방안은 부진했었다. 이러한 한계점을 타개하는 방편으로 새롭게 부상하는 대중적 매체(웹툰)를 통하여 역사경험담의 인문학적 의미를 사회적으로 확산하고자 했다. 역사경험담은 우리 사회를 통합시킬 힘을 보유한 통합서사로서의 가치가 분명히 있고 문화콘텐츠의 원천스토리로서 자질도 충분하기에, 콘텐츠(웹툰)의 대중성이 적실히 발휘된다면 인문지식의 사회적 확산이 실현될 수 있다.

본 연구사업은 선행 작업을 통해 이미 방대한 양의 역사경험담을 축적한 상태에서 시작되었다.

방대한 분량의 구술자료는 이미 '한국인의 전쟁체험담'이라는 사이트를 통해 대중적 보급이 시작되었다. 전쟁 관련 체험담 이외에도 코리언디아스포라, 탈북민의 탈북과 한국살이 적응 이야기 등 식민·분단·전쟁의 역사경험담까지 확장하여 지속적으로 자료를 증보하였다.

앞서 논한 역사경험담의 사회통합적 실효성과 인문지식의 사회적 확산을 꾀하기 위하여, 본 연구사업은 역사경험담의 DB화 작업과 더불어 대중과의 소통 경로인 아카이브를 기획한 것이다.

여기에서 중요한 작업은 데이터베이스(Data Base, DB) 작업이며, 그 1차적 목적은 컴퓨터를 통한 디지털 자료의 대중적·효율적 공유이다. 이렇게 공유한 디지털 자료로 해당 분야나 주제의 연구를 심화시키거나 새로운 콘텐츠로 가공하는 것은 2차적 목적이라고 할 수 있다(김진환, 2013). 즉 역사경험담 구술자료의 실질적 활용을 위한 기반을 DB를 통해 마련할 수 있다는 것이다. 이러한 목적의 달성을 위해 본 연구팀의 〈아카이브 구축팀〉에 속한 연구원들을 주축으로 구술자료의 녹취를 통한 전사 자료와 영상 및 음성 자료, 사진 자료로 구성된 DB 구축을 완성했다.

구축된 DB를 대중이나 외부 산업체가 손쉽게 이용할 수 있게 하려면 이들을 매개할 수 있는 적절한 서비스 시스템이 필요하다. 아무리 양질의 DB를 구축했다고 하더라도 그것이 온전히 공유되지 못한다면, 그 가치는 빛을 잃기 때문이다. 따라서 역사경험담 DB와 이용자를 연결하는 장으로서 온라인 서버를 활용한 아카이브 구축이 요구된다. 이때 구축될 아카이브는 단순히 자료의 보존을 위한 아카이브가 아니라, 사용자 편의지향적인 성격을 가져야 한다. 가령 콘텐츠 기획자들이 한국전쟁과 관련된 콘텐츠 개발에 필요한 자료를 아카이브를 통해 얻으려고 할 때, 그들이 전방위적 검색을 통해 원하는 자료에 신속하게 접근하고 활용할 수 있도록 이용자의 편의를 고려하여 아카이브가 구축되어야 한다는 것이다.

이와 같이 통합서사 구술 아카이브는 대중들에게 역사경험담을 효율적으로 제공할 수 있다는 점 외에도 문서·음성·영상 자료는 물론, 제보자가 보관해온 과거의 인물·배경·소품의 사진과 현재의 실제 배경 사진도 함께 제공한다. 이러한 다방면의 자료를 공개하는 전략은 무엇보다 콘텐츠 제작을 위한 자료 구축 및 서비스를 제공하기 위함에 있다. 한국 근현대사 속 다양한 인간의 군상·시공간적 배경·특수한 상황들에 비선형적으로 접근하고, 필요한 양식의 다층적 자료를 취사선택하여 자유롭게 활용할 수 있도록 구술자료 아카이브를 하이퍼텍스트(Hypertext)적으로 구축하는 데 노력을 기울인 것이다.

이러한 의도로 구성된 아카이브는 그 안에 담긴 수많은 개인의 이야기를 한데 모아 분석할 수 있기에, 그 속에 담긴 보편성을 추출할 수 있는 장으로서 활용 가능하다. 역사경험담의 연구를 통해 분열과 분단을 극복할 사회통합의 실마리가 마련될 수 있다는 사실을 염두에 둔다면, 이 아카이브는 관련 연구를 위한 자료의 보고이자 든든한 토대가 될 수 있다. 이는 역사경험담 아카이브가 단순한 자료 저장소로서 존재하는 것이 아니라 우리 사회의 갈등 해소와 통합에 기여할 수 있는 기반으로 활용될 수 있는 가치를 지니고 있다는 점을 시사한다. 이상의 내용과 같이 역사경험담 DB와 아카이브의 구축은 콘텐츠 산업 전반에 걸친 영역뿐만 아니라 학문 영역에서도 그 필요성이 분명하다. 한국 근현대사의 주요한 굴곡 속에서 평범한 이들이 겪어낸 삶의 이야기들은 그 자체로도 소중하고 가치 있는 것이기 때문이다. 이와 더불어 역사경험담은 DB와 아카이브를 통해 보다 많은 이들이 공유할 수 있게 됨으로써 그 가치는 더욱더 빛날 수 있다.

02

통합서사 구술 아카이브 구축 과정

통합서사 구술 아카이브 구축 과정은 '역사경험담 현장 조사 및 수집 → 역사경험담 구술자료 DB 화 → 통합서사 발굴 → 아카이브 사이트 맵 구성 기획' 단계로 진행된다. 전 과정은 본 연구사업에 소속된 5개 팀의 협업으로 이루어진다. 〈역사경험담 조사팀〉의 현장조사 및 수집 작업과 〈아카이브 구축팀〉의 자료 DB화 작업, 그리고 〈통합서사 발굴팀〉과 〈원천스토리 개발팀〉의 자료 보증 작업과 〈콘텐츠 개발팀〉의 검수 과정으로 이어지는 것이다.

2.1. 역사경험담 현장조사 및 수집

본 연구사업은 통일문화콘텐츠의 원천자료로 식민·분단·전쟁의 역사를 온 몸으로 받아내며 자신의 삶을 온전히 살아낸 일반 민중들의 이야기인 역사경험담에 주목하였다. 오랜 세월 동안 쉽사리 꺼내 놓을 수 없었던 '보통 사람들'의 시리고 아픈 기억에 대한 이야기들은 동일한 역사 경험자들에게는 공감과 위안을, 다른 경험자들에게는 추체험의 기회를 제공한다. 그리고 다각적이고 입체적인 통일담론을 재구성할 수 있는 연구의 장으로 활용될 수 있다.

또한 역사 연구에서 보조적 자료로 활용되던 개인의 역사경험담을 문학적 관점에서 접근함으로써 전 세대와 계층을 아우를 수 있는 통일문화콘텐츠를 생산하고자 했다. 이는 일회성에 그치고 마는 소모적인 형태의 콘텐츠가 아니라 한국의 역사적 국면을 직접 경험한 이들과 그렇지 않은 이들이 소통하고 화해할 수 있는 대통합의 장으로 활용되어야 하기 때문이다. 따라서 유의미한 역사경험담의 발굴을 위한 현장 구술조사는 본 사업의 수행에 있어 맨 앞에 위치한 것이라 할 수 있다.

이에 본 연구팀에서는 역사적 국면을 총체적이고 입체적으로 담고 있는 양질의 역사경험담 자료 증보를 위해 〈역사경험담 조사팀〉에 속한 연구원들이 2011년부터 2014년까지 3년에 걸친 기간 동안 축적한 식민·분단·전쟁의 자료까지 모두 포함하여 다루었다. 또한 당사자의 체험담뿐만 아니라 다른 이로부터 전해 들은 간접 체험까지 조사대상의 영역을 확장하였다. 즉 한국 근현대사의 역사적 국면에 놓인 다양한 인간군상과 삶의 내용을 한데 모음으로써 통합적 논의의 장을 마련하고자 한 것이다.

이러한 구술자료는 구체적인 인물, 사건, 배경이 제시되는 이야기 형태의 담화로, 이를 통한 역사적 사건의 생생한 재현을 담보할 수 있어야 한다는 전제 하에 수집이 진행되었다. 역사적 사건을 직접적으로 겪지 않은 후세대에게도 공감을 획득하기 위해서는 문학적 구조와 형상성을 갖춘 이야기 형태의 자료가 적합하기 때문이다.

이와 같은 조사 원칙을 기반으로 하여, 역사경험담의 실제적인 현장조사는 5단계의 구체적인 계획을 기반으로 실행되었다. 이 방법론은 선행 연구사업인 건국대 인문학연구원의 〈한국전쟁체험담 조사연구팀〉의 방식을 참조하여 기획되었다.

사전조사 단계
▶기존 관련 자료의 검토
▶조사 지역의 다각적인 탐색과 예비 답사
▶제보자 확보

1단계 본격조사　　폭 넓은 자료 및 정보 수집을 위한 현장조사
▶넓은 지역·화자를 대상으로 하는 양적 현장조사
▶유력 지역과 제보자의 탐색

2단계 본격조사　　체험담의 질적 우수성 확보를 위한 현장조사
▶유력 지역·제보자에 대한 질적 조사
▶이야기 관련 역사현장의 자료 확보

3단계 본격조사　　자료의 완정성 확보를 위한 입체적 현장조사
▶핵심 화자에 대한 집중적 조사
▶핵심 화자의 주변인물을 대상으로 하는 교차·확장조사

보완조사 단계

▶미흡한 부분에 대한 보충조사
▶제보자를 통한 전사 내용 자료 공개 동의 여부 확인
▶제보자들의 체험과 관련된 역사적 사실 확인 및 주석 작업

먼저 사전조사 단계는 본격적인 조사에 앞서 조사를 진행할 지역을 선정하고 이와 관련한 자료의 확보를 통해 기본적인 정보를 구축하는 준비 단계이다. 〈역사경험 조사팀〉에 속한 연구원들은 이를 통해 해당 지역의 유력한 제보자의 정보를 확인하고 구술조사를 위한 섭외를 완료했다.

1단계 본격조사에서는 사전조사 단계에서 마련된 결과를 바탕으로 본격적인 현장조사를 시작하였다. 각 팀별로 전국 각지를 답사하며 다양한 화자들을 만났고, 그들의 이야기를 수집하였다. 이를 통해 다양한 구술자료가 축적되었으며 양적인 측면에서 괄목할만한 성과를 산출했다. 또한 수집된 자료를 1차적으로 분석하여 이야기의 질적 우수성을 담보할 수 있는 집중조사 대상자를 선별하였다.

이후 2단계 본격조사에서는 여전히 전국 각지의 제보자들을 만나 새로운 이야기를 발굴하는 동시에, 1단계 본격조사를 통해 선정된 집중조사 대상자들에 대한 심층조사가 함께 진행되었다. 이를 통해 유의미한 이야기들의 구체적이고 세부적인 정보가 보강되었으며, 역사경험과 관련된 다양한 정보가 축적되었다.

다음으로 3단계 본격조사에서는 2단계 본격조사 과정을 통해 선별한 주요 화자를 대상으로 하여 다면적이고 입체적인 현장조사를 수행했다. 특히 화자의 주변 인물들 역시 조사대상으로 선정하여 화자의 삶을 입체적으로 조망하고 그의 경험에 대한 이야기의 통일성을 완성했다. 또한 해당 역사적 사건에 대한 제반사항까지도 모두 수집함으로써, 이야기의 완전성을 담보할 수 있도록 노력했다.

끝으로 마지막 보완조사 단계에서는 수집한 자료들의 녹취작업을 진행하고, 녹화 자료 및 사진 자료를 함께 정리함으로써 DB보강 작업을 수행했다. 이때 녹취 자료와 녹화 자료들을 화자들에게 제공하여, 그들의 신상과 이야기의 공개여부에 대한 확인 작업을 진행하기도 했다. 가령 실명공개를 원치 않는 화자는 가명 처리하여 DB를 게시하였으며, 아무리 직절 우수성이 담보된 이야기라고 하더라도 화자가 공개를 원치 않을 경우에는 DB에서 배제하였다. 이는 화자의 인권과 재산권을 보호하고자 하는 차원에서 실시된 것이다.

이와 같은 과정을 통해 〈역사경험담 조사팀〉은 전국에서 600여 명의 화자를 대상으로 방대한 역

사경험담 구술자료를 확보하였고, 그 가운데 실용적 가치를 지닌 400여 명의 우수한 화자의 이야기를 선별하였다. 이는 20,000분이 넘는 영상·음원 자료와 A4용지 2,000장을 상회하는 분량의 녹취 자료, 그리고 3,300여 장의 사진 자료로 DB화 되었다.

이 방대한 자료들은 통합서사적 가치 분석을 기반으로 통일문화콘텐츠(웹툰)의 원천스토리로 활용되었다. 여기에서는 현장조사 과정을 효율적으로 제시하기 위해, 실제 본 연구사업에서 원천스토리로 활용한 호남 H마을 정씨 일가에 대한 조사 사례를 예로 들었다. 통합서사를 활용한 통일문화콘텐츠 기획개발은 실제 2012년부터 실행된 현장조사를 시작으로 기획된 것이다. 이때부터 2014 인문브릿지 사업 기간 동안 이루어진 정씨 일가에 대한 조사 과정은 다음과 같다.

① 사전조사 단계

■ 2012년 4월 / 제보자 확보 및 조사 지역의 기본 정보 탐색

본 연구팀의 〈역사경험담 조사팀〉은 호남 H마을의 정씨 일가에 대한 이야기를 주변 지인으로부터 제보받았다. 이에 지인을 통해 대상 화자인 정△△에게 연락을 하여 방문과 구술조사에 대한 동의를 얻었고, 현장조사 일정을 수립했다. 또한 현장조사 전, 해당 조사지역에 대한 역사적 정보를 탐색하며 기타 사전준비를 끝마쳤다.

② 1단계 본격조사

■ 2013년 3월 / 핵심화자①의 구술조사 및 추가 화자 탐색

〈역사경험담 조사팀〉은 조사 장비(캠코더, 녹음기, 카메라, 필기구 등)를 구비하여 화자의 자택을 방문했다. 화자에게 먼저 구술조사에 대한 목적을 설명하고 녹화와 녹음, 그리고 사진 촬영에 대한 동의를 구하였으며, 본격적인 구술에 앞서 화자의 기본적인 인적 사항(이름, 나이, 주소, 성별 등)을 확인하여 기록했다. 이후로는 식민시대에서 현재까지, 할아버지의 이야기에서부터 자신의 이야기에 이르는 다양한 자료를 채록하였다.

해당 화자의 구술조사가 끝난 뒤 화자로부터 이후 재조사에 대한 동의를 얻었다. 그리고 조사 마을 인근에 있는 여러 경로당을 방문하여, 새로운 화자를 탐색하고 그들로부터 이야기를 채록했다. 2박 3일의 현장조사 일정 동안 다수의 새로운 화자를 확보하였다. 현장조사 후 채록한 구술자료에 대한 1차 검토를 진행하여 정△△를 포함한 집중조사 대상자를 선정했다.

③ 2단계 본격조사

■ 2013년 5월 / 핵심화자①의 재조사

　　〈역사경험담 조사팀〉은 정△△의 자택을 다시 방문했다. 1단계 본격조사를 통해 채록된 이야기를 참고하여 보다 구체적이고 세부적인 정보 탐색을 위해 구술조사를 진행했다. 그리고 화자의 안내로 이야기에 등장하는 역사적 현장에 방문하여 사진 자료를 확보했다. 이후 다른 집중조사 대상자인 화자를 만나 구술조사를 실시했고, 이 화자를 통해 정씨 일가에 대한 추가적인 이야기도 확보했다.

■ 2013년 5월 / 핵심화자①을 통한 핵심화자②와 접촉

〈역사경험담 조사팀〉은 정△△로부터 그의 친척인 정ㅁㅁ을 소개 받아, 정ㅁㅁ에게 구술조사에 대한 동의를 얻은 뒤 조사 일정을 정했다. 조사 당일 조사 장비(캠코더, 녹음기, 카메라, 필기구 등)의 상태를 점검한 뒤, 정ㅁㅁ를 만나 구술조사를 진행했다. 정ㅁㅁ은 전쟁과 분단을 거쳐 오며 마을 지주 집안의 작은댁으로서 살아야 했던 부모의 이야기와 이를 어린 눈으로 바라보았던 자신의 이야기를 들려주었다. 〈역사경험담 조사팀〉은 정ㅁㅁ의 이야기에서도 유의미한 점을 발견하여, 추후 재조사에 대한 동의를 얻었다.

④ 3단계 본격조사

■ 2014년 7월 / 핵심화자②의 재조사

〈역사경험담 조사팀〉은 조사 장비(캠코더, 녹음기, 카메라, 필기구 등)의 상태를 점검한 뒤, 정ㅁ ㅁ를 다시 만났다. 〈역사경험담 조사팀〉은 정ㅁㅁ로부터 아버지에 대한 보다 구체적이고 세부적인 이야기를 조사할 수 있었다. 특히 아버지와의 수많은 에피소드들과 구체적인 사연들은 통합서사로 서의 가치가 충분하다고 판단되었다. 정ㅁㅁ를 통한 구술조사는 3시간 가량 진행되었으며, 이때 확 보된 역사경험담으로 통일문화콘텐츠 제작 가능성을 확신하게 되었다.

■ 2015년 3월 / 핵심화자②의 재조사

　2014 인문브릿지 사업 개시 이후 정ㅁㅁ으로부터 채록한 구술자료에 대한 본격적인 분석 작업을 진행하였고 이를 바탕으로 통일문화콘텐츠를 제작하기로 결정했다. 〈역사경험담 조사팀〉은 다시 한 번 정ㅁㅁ의 동의를 구하고 재조사를 진행했다. 앞서 구술한 이야기에 대한 확인 작업을 거치는 한편 추가적인 이야기의 채록을 완료했다. 그리고 정ㅁㅁ로부터 그의 이야기를 바탕으로 한 웹툰 제작에 대한 동의를 얻었다. 정ㅁㅁ는 자신의 큰 형님과 여동생을 추가 제보자로 추천하였으며, 이에 〈역사경험담 조사팀〉은 정ㅁㅁ의 큰 형님과 인터뷰 일정을 확정했다.

■ 2015년 4월 / 핵심화자②의 주변인물 조사

정ㅁㅁ의 큰 형님을 만나 아버지의 생애담을 바탕으로 하는 웹툰 제작의 취지를 전했고, 정ㅁㅁ의 큰 형님은 웹툰 제작을 흔쾌히 수락했다. 이후 정ㅁㅁ의 큰 형님과 여동생으로부터 아버지에 대한 또 다른 이야기를 채록하였다. 이에 정ㅁㅁ가 구술한 사연에 대한 또 다른 시각의 이해와 함께, 정씨 일가 사연의 진실성을 확보하여 원천스토리로서 활용 가능성을 재확인하였다.

⑤ 보완조사

■ 2015년 3월 / 보완 인터뷰 및 당시 사진 확보, 배경 추가 촬영

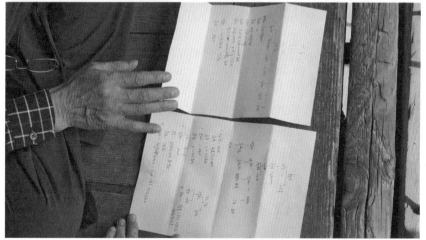

〈역사경험담 조사팀〉은 웹툰 제작에 필요한 구술자료를 정리하는 한편 정ㅁㅁ의 아버지 정○○이 잡지에 기고한 수기와 신문기사 등과 같은 자료를 추가 확보했다. 또한 호남 H마을을 방문하여 배경으로 사용될 사진들을 보충하여 촬영했다. 최종적으로 구술자료의 녹취 파일을 점검하고 영상 및 녹음 파일, 사진 자료 등과 함께 DB화 하였다.

■ 2015년 12월 / 전사 내용 자료 공개 및 작품화 동의 여부 확인
이때는 사연의 주인공들을 찾아뵙고, 그간의 성과를 안내하며 감사의 뜻을 전하였다. 그리고 통합서사 구술 아카이브에 게시될 내용 및 완성된 웹툰에 대한 제보자의 동의 여부를 다시 한 번 더 확인하였다. 또한 시나리오 원천자료 제보자의 친인척을 대상으로 한 구술조사를 재실행하며 정씨 집안에 대한 새로운 구술자료를 확보하기도 하였다.

본 연구팀은 이와 같이 여러 단계의 체계적인 조사를 진행함으로써 한국의 근현대사 연구에 있어 유의미한 역사경험담을 추출하였다. 정씨로부터 출발한 조사 작업은 자연스럽게 주변 인물들을 통한 구술조사로 이어졌고, 정씨 형제의 이야기로까지 귀결되었다. 이를 통해 식민·분단·전쟁의 역사적 소용돌이를 온 몸으로 받아낸 이들의 가슴 시리면서도 감동적인, 그리고 완결성을 지닌 거대한 가족사를 온전히 담아낼 수 있었다. 즉 다면적이고 입체적인 조사를 진행함으로써 개인이 겪은 역사적 경험의 다층적 국면을 아우르고, 그 속에서 통합서사를 획득하여 통일문화콘텐츠로서의 가치까지 발견해낸 것이다.

2.2. 역사경험담 구술자료 DB화

위와 같은 현장조사를 통해 획득한 구술자료들은 '식민시대 비화', '참전담', '피난담', '군치하생활담', '빨치산체험담', '이념투쟁담', '직업적 특수체험담', '전쟁고난담', '전쟁미담', '전쟁설화', '전쟁후일담', '이념갈등담', '탈북과정담', '탈북민적응담', '디아스포라 이주담' 등으로 유형화 될 수 있다. 그리고 채록된 구술자료는 동영상 파일·음성 파일·사진 파일·녹취 전사 파일·관련 논문 파일로 축적되었다.

아카이브 구축을 위한 가이드라인이 마련된 이후에는 자료의 DB화가 진행된다. 아카이브의 성격상 구술담의 전사 작업이 중요한 위치를 차지한다. 〈아카이브 구축팀〉은 음성·영상·사진 자료의 정리는 물론 채록한 동영상 및 음성 파일을 통한 면밀한 전사 작업을 진행했다. 이때 화자가

사용하는 특수한 어휘나 그 지역의 방언뿐만 아니라, 구술 도중 화자가 보이는 표정이나 행동들까지 문자화함으로써 구술 현장의 전면을 기록하고자 했다. 또한 전사 자료를 3차례에 걸쳐 교차점검함으로써 자료에 대한 신뢰성을 높이는 데 주력했다. 또한 조사 일시 및 장소, 제보자 정보, 구연상황, 개요, 키워드, 개별적 제목과 소단락 분절에 따른 소제목 등을 추가함으로써 이용자들에 대한 자료의 탐색 과정과 가독성의 편리를 도모하였다.

한편으로 사진 자료 같은 경우에는 구술현장의 생생함과 이야기와 관련된 여러 사항(역사적 사건과 관련된 유적이나 문서, 사진 기록 등)들을 아카이브 이용자들에게 온전히 전달할 수 있도록 여러 차례에 걸친 선별 작업을 통해 확정했다. 그리고 동영상 및 음성 자료는 온라인을 통한 스트리밍 서비스에 최적화된 상태로 변환하여 아카이브 구축을 위한 자료 준비를 마쳤다. 아카이브에 수록될 자료의 유용한 질적 기준은 다음과 같다.

종류	형식
텍스트 파일	HWP 파일
음성 파일	16bit / 44Khz
동영상 파일	Full HD (1920*1080) 30~60 FPS
사진 파일	QUXGA 이상 (3200*2400 768만 Pixel)

이를 토대로 DB화된 역사경험담 전체 자료의 양은 다음과 같다.

	종류	건수
역사경험담 DB	전사 텍스트 파일	원고지 25,000매 상회
	녹음 음성 파일	약 19,700분 상회 (약 330 시간)
	녹화 동영상 파일	약 19,700분 상회 (약 330 시간)
	사진 이미지 파일	3,300 장 이상

이렇게 약 20,000분에 가까운 동영상·음성 자료와 A4용지 2,000장을 상회하는 분량의 녹취 자료, 3,300여 장의 사진 자료를 바탕으로 본격적인 아카이브 구축 작업을 진행하였다.

2.3. 통합서사 발굴

DB화된 구술자료는 아카이브 홈페이지에 게시되기 위해 정리되면서, 동시에 통합서사로서의 가치를 확인하는 연구의 대상이 된다. 수집된 자료 가운데 식민·분단·전쟁이라는 한국의 근현대 사적 핵심 갈등 국면을 포함하면서도, 진부하지 않고 매력적인 자료를 선택했다. 이는 이야기를 접하는 대중들의 역사적 사건에 대해 호기심과 관심을 유발할 수 있는지, 즉 이야기가 희소성과 대중성을 담보하고 있는지를 고려한 것이다.

또한 역사적 사건을 직면한 사람의 사고와 가치, 정서 등 생생한 사료로서의 인류 보편적 가치는 물론, 역사 주체로서의 각성 및 미래지향적 의지가 돋보이는 이야기를 선별했다. 이러한 이야기를 콘텐츠화 함으로써 대중으로 하여금 통시적·거시적 관점에서 스스로 새로운 역사의 주체로 거듭날 수 있는 힘을 고양시킬 수 있다. 또한 적극적이고 발전적인 자세로 자기 삶에 임하는 존재론적 태도를 내재화 할 수 있는 계기를 마련해 줄 수 있다. 그리고 가치중립적이고 균형적인 시각을 통해 현재의 사회 문제와 갈등을 해소할 실마리를 찾을 수 있다. 이와 같이 자기와 타인을 모두 치유하는 데 기여하는 지점이 포착되는 이야기를 선별하여 최종적으로 통합서사 자료로 정비한 것이다.

〈통합서사 발굴팀〉은 역사경험담 아카이브의 자료를 면밀하고 체계적으로 분석하기 위해 통합서사가 갖추어야 할 기본적 요건을 다음과 같이 마련하였다.

① 식민·전쟁·분단의 한국 현대사적 특수성
② 기록되지 않은 기억의 역사성
③ 역사주체로서의 각성과 미래지향적 자세
④ 가치중립적 태도를 통한 화해와 치유의 힘
⑤ 상처받은 치유자의 이야기를 통한 인류 보편적 공명성

서사는 "인간 행위와 관련된 일련의 사건들에 대한 언어적 재현 양식"이다. 사람이 경험하는 모든 것들은 서사의 형태로 내면에 파고든다. 그리하여 서사를 이해하는 것은 현실 문제에 반응하는 사람을 이해하는 것이고, 그 갈등과 고민의 실체를 이해하는 것이다. 서사는 사건의 전말을 담아내는 이야기 형태이기에 그 갈등의 실체는 물론이며, 그에 맞서는 사람의 대응 방식과 그 결과를 제시하면서 특정한 가치와 철학을 반영하고 있다. 그러면서 서사를 향유하는 이들에게 막막한 현실에 대응하는 삶의 방향성을 제공해준다. 이렇게 서사를 만들어내고 감상하며, 보존하고 전승하는 행위를 통해 우리는 자신과 자신을 둘러싼 세계에 대한 이해의 편폭을 더욱 넓히게 된다. 이러한 관점

으로 보면 사람이 서사를 향유하는 것은 하나의 본능이며 삶에 대한 의지를 드러내는 행위라고 할 수 있다. 현실의 장벽에 압도당하지 않고 정신적으로 극복하려는 생의 의지로 인해 인간은 끊임없이 서사를 만들어내고 공유하는 것이다. 이렇게 서사의 힘은 자신과 세계를 이해하는 정신활동이자, 그 지평을 확장하며 생의 의지를 돋우는 데에 있다고 할 수 있다.

이러한 서사의 힘을 통해 분단되고 분열된 사회를 통합하고자 하는 통일인문학의 개념이 '통합서사'이다. 역사적 트라우마에 대한 인문학적 방법론들이 치유책으로 다양하게 제시되는 가운데, 통일인문학에서는 통합서사 활용을 통한 치유방법론을 구안하였다. 역사적 경험에 관해 자신의 이야기를 털어 놓는 구술행위 자체를 역사적 트라우마에 대한 치유 방안으로 주목하며, 그 치유의 힘을 방법론으로 정립하고자 하는 시도가 이루어졌다. 역사적 트라우마 극복 방안을 '구술치유'로 제안한 김종군은 통합서사의 치유적 함의를 짚어내었다. 그리고 이를 사람 사이의 통합을 중점화한 개념인 '통합서사'로 지칭하였다.

통합서사를 통합과 서사의 결합이라고 볼 때, 통합(統合)은 '둘 이상의 조직이나 기구가 하나로 합쳐짐'이라는 사전적 의미에 국한되는 것이 아니다. 여기서 통합은 사회적 통합, 사회 구성원들의 통합을 지향한다. 그리고 그 합(合)은 나와 같아짐, 하나가 됨에 제약되지 않는다. 분단체제 속에서 직접적으로는 이념이 나와 다른 구성원을 적대시하면서 갈등을 불러오는 경우, 더 나아가 욕망하는 바가 나와 다른 구성원들을 이념의 틀로 재단하여 갈등하는 경우에 그 적대적 정서를 완화하면서 갈등을 줄여나가는 단계, 더 나아가 서로를 인정하고 포용하는 단계, 끝에 가서는 화해를 이룬 단계를 말한다.

그리고 서사(敍事)는 문학적 양식으로서의 서사에 국한되지 않고, '어떤 사실을 있는 그대로 기록하는 글의 양식, 인간 행위와 관련되는 일련의 사건들에 대한 언어적 재현 양식'이라는 본래적 의미에 더 가깝다고 할 수 있다. 여기서 표현 수단을 지칭하는 '글, 언어'의 제약도 벗어나 말하기, 글쓰기, 영상, 몸짓으로까지 확대하여, 결국 인간의 삶에 관련된 일련의 사건들에 대한 표현 활동 정도로 확대한 개념으로 보고자 한다. 그래서 통합서사의 개념은 분단체제 속 한국 사회 구성원들이 갖는 이념적 적대 정서에서 기인한 분단서사를 완화시키는 일련의 인간 활동으로, 사회를 통합시키는 장치라고 포괄적으로 접근하고자 한다.

〈출처: 김종군, 「통합서사의 개념과 통합을 위한 문화사적 장치」, 『통일인문학』 제61집, 건국대 인문학연구원, 2015.〉

요컨대 통합서사는 "역사적 사건 배후에 깔린 비인간성을 고발하면서도 분노와 원한보다는 온정과 화해로 이끌어 내는 말하기 방식과 그 내용"으로 정의할 수 있다. 통합서사는 분단체제 속 한국사회 구성원들이 갖는 이념적 적대 정서에서 기인한 분단서사를 완화시키는 일련의 인간 활동으로서 사회통합의 문화적 장치로 기능한다.

통합서사	내용	"역사적 사건의 배후에 깔린 비인간성을 고발하면서도 분노와 원한보다는 온정과 화해로 이끌어 내는 말하기 방식과 그 내용"
	기능	분단체제 속 한국사회 구성원들이 갖는 이념적 적대 정서에서 기인한 분단서사를 완화시키는 일련의 인간 활동으로 사회를 통합시키는 장치

이러한 과정에서 중요한 지점은 역사경험담의 통합서사적 가치를 밝히는 학문적 연구가 지속적으로 진행되어 왔다는 것이다. 인문학 연구자들을 중심으로 다양한 역사경험담에 대한 심층적인 논의가 진행되었고, 통합서사 연구에 대한 우수한 성과들이 생산되었다.

김종군, 「지리산 인근 여성 생애담에 나타난 빨치산에 대한 기억」, 『통일인문학논총』 제47집, 건국내 인분학연구원, 2009, 209-230면.

신동흔, 「역사경험담의 존재 양상과 문학적 특성」, 『국문학연구』 제23호, 국문학회, 2011, 7-61면.

김종군, 「구술을 통해 본 분단트라우마의 실체」, 『통일인문학논총』 제51집, 건국대 인문학연구원, 2011, 37-65면.

신동흔, 「한국전쟁 체험담을 통해 본 역사 속의 남성과 여성 −우리 안의 분단을 넘어서기 위하여」, 『국문학연구』 제26집, 국문학회, 2012, 277-312면

김종군, 「한국전쟁 체험담 구술에서 찾는 분단 트라우마 극복 방안」, 『문학치료연구』 제27집, 한국문학치료학회, 2013, 115-145면.

김종군, 「전쟁 체험 재구성 방식과 구술 치유 문제」, 『통일인문학논총』 제56집, 건국대 인문학연구원, 2013, 35-59면.

정진아, 「한국전쟁기 좌익피해담의 재구성 −국가의 공식기억에 대한 도전−」, 『통일인문학논총』 제56집, 건국대 인문학연구원, 2013, 7-34면.

박현숙, 「여성 전쟁 체험담의 역사적 트라우마 양상과 대응방식」, 『통일인문학논총』 제57집, 건국대 인문학연구원, 2014, 91-123면.

정진아, 「국내 거주 고려인, 사할린 한인의 생활문화와 한국인과의 문화갈등」, 『통일인문학논총』 제58집, 건국대 인문학연구원, 2014, 35-65면.

박재인, 「낯선 고국에 대한 막연한 동경과 이산 트라우마의 단면」, 『통일인문학』 제60집, 건국대 인문학연구원, 2014, 31-69면.

김종군, 「분단체제 속 사회주의 활동 집안의 가족사와 트라우마」, 『구술로 본 코리언의 역사적 트라우마』, 도서출판 선인, 2015, 15-48면.

김종군, 「분단체제 속 통합서사 확산을 통한 사회통합 방안」, 『한국민족문화』 제56집, 부산대 한국민족문화연구소, 2015, 445-455면.

박재인, 「한국전쟁 체험담에 나타난 남편 잃은 여성들의 상처와 통합서사」, 『분단체제를 넘어선 치유의 통합서사』, 도서출판 선인, 2015, 163-201면.

김종군, 「통합서사의 개념과 통합을 위한 문화사적 장치」, 『통일인문학』 제61집, 건국대 인문학연구원, 2015, 263-294면.

이상의 연구를 통해 40여 개의 역사경험담이 분석되었다. '식민시대 비화', '참전담', '피난담', '군치하생활담', '빨치산체험담', '이념투쟁담', '직업적 특수체험담', '전쟁고난담', '전쟁미담', '전쟁설화', '전쟁후일담', '이념갈등담', '탈북과정담', '탈북민적응담', '디아스포라 이주담' 등과 같이 다양한 이야기들을 연구의 대상으로 삼고, 통합서사로서의 가능성을 점검한 것이다.

통합서사 가운데 대표적인 사례는 앞선 현장조사의 구체적인 예로 제시되었던 호남 H마을의 정씨 가문에 대한 이야기를 꼽을 수 있다. 정씨 가문의 역사경험담은 일제 식민 시대 때부터 현재까지 한국 근현대사의 주요 국면을 모두 포괄하고 있으며, 다양한 층위에 놓인 인물들의 관계가 복잡하게 얽혀 있어 인간 군상을 다면적이고 입체적으로 읽어내기에 적합한 이야기이기 때문이다. 이들의 이야기는 한국사를 소재로 한 대표적인 문학작품인 대하소설 〈토지〉나 〈태백산맥〉과 같은 창작물로 구현되기에 충분한 요건을 양적·질적으로 갖추고 있다. 이 사례는 역사경험담이 콘텐츠 원천자료로서 매력적인 소재가 될 수 있음을 확인한 경우에 해당된다는 것이다.

〈통합서사 발굴팀〉에서는 통합적이고 구조적인 서사 분석을 위해 역사경험담 아카이브 자료를 토대로 호남 H마을의 정씨 가문 인물들의 관계를 범주화하고 통합서사를 발굴하였다. 이 자료는 전체적으로 일제강점기에서부터 1980년 가족간첩단사건까지 한국 현대사 전반을 아우른다는 가치를 지닌다. 또한 이 자료는 각 관계에 기초하여 A그룹〈큰댁〉, B그룹〈바깥집〉, C그룹〈빨치산〉, D그룹〈심부(尋父)〉, E그룹〈가족간첩단〉의 다섯 그룹으로 구분되고, 아래의 그림과 같이 총 5부의 이야기로 정리될 수 있었다.

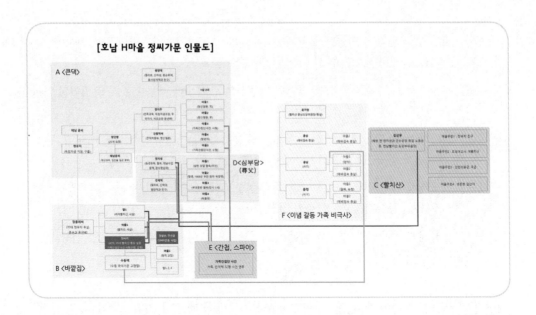

[호남 H마을 정씨가문 인물도]

※ 호남 H마을의 정씨 가문 인물들의 이야기는 일제강점기부터 1980년 가족간첩단사건까지 한국현대사 전반을 아우른다.

A그룹〈큰댁〉은 정유지와 정실부인 해남 윤씨 사이에서 태어난 가족구성원들이다. 이 그룹은 4대에 걸친 항일운동, 통일운동 과정에서 고초를 겪어온 남도 제일의 지주집안이다. 이 가족구성원들의 경험담은 일제강점기 항일운동부터 가족간첩단사건(1980)에 이르기까지 한국만의 특수한 식민·전쟁·분단의 역사 전면을 관통한다. 정유지·정지주 3대에 걸쳐 항일운동, 구휼, 민족학교 설립, 노비해방 등의 활동을 펼친 것이다. 정유지 집안의 이러한 활동은 지주와 소작인의 갈등으로 비화된 다른 지역 지주집의 비극적 결말과는 달리, 사회주의 운동의 핵심 인물이 가족구성원임에도 불구하고 지주와 소작인 간의 신뢰를 유지하게 한다. 극단적 이념 대립의 시대 상황 속에서 마을의 좌우익 인사들은 사상과 이념보다 생명을 더 우선시한다.

A그룹은 사회주의 운동의 핵심 집안으로 일제강점기부터 한국전쟁의 역사 속에서 탄압을 못 이긴 가족들의 정신질환을 앓아야 했다. 그리고 살아남은 가족들은 월북가족·사형수가족이라는 멍에와 냉대를 감당해야 하는 비극적 삶을 한평생 살아온 그룹이다. 그럼에도 불구하고 분노와 보복의 분단서사가 아닌 사람의 생명 앞에서 가치중립적 태도로 화해의 손을 잡아 진정한 통합서사를 실천해 나간 그룹으로 분류할 수 있다.

B그룹〈바깥집〉은 젊은 나이에 70대 노인의 후실이 된 장흥 이씨와 정유지 사이의 가족구성원 그룹으로서 A그룹의 작은집이다. 정유지의 서자 정바치는 입산했다가 총상을 입고 실명한다. 정바치는 맹인에게는 아무도 시집오지 않으려는 서럽고 외로운 상황에 놓인다. 그때 예비검속으로 집안의 남성은 대부분 총살, 수장 당한 비극적 가족사를 가진 수동마을의 한 좌익가문의 고명딸이 시집을 온다. 수동댁은 남편 옥바라지는 물론 자녀에 대한 헌신적 희생으로 바깥집에 불어 닥친 비극의 역사를 통합의 서사로 이끌어 낸 주역이다. 수동댁의 자녀들은 부친의 좌익 활동, 간첩혐의 등 반국가 행위로 인한 주변의 냉대를 원망하지 않고, 아버지를 이해한다. B그룹의 가족구성원들은 역사주체로서의 각성과 미래지향적 자세를 통해 화해와 치유의 통합서사를 실천해낸 그룹으로 분류할 수 있다.

C그룹〈빨치산〉은 A·D그룹의 정지성과 함께 노동운동을 했던 전남빨치산 도당부위원장 김선우를 중심으로 구성된 빨치산 그룹이다. 김선우 친구의 여동생인 마을주민2 여교사는 구 빨치산으로 활동하다가 사망한 오빠를 찾아 김선우를 찾아간다. 김선우를 만난 여교사는 김선우와 함께 입산하여 여성 빨치산이 된다. B그룹의 후실 장흥 이씨의 자녀 2남 1녀는 모두 빨치산이 된다. 또 마을주민1은 B그룹 정바치의 친구로 구 빨치산이다. 마을주민3은 C그룹 구성원들과 한 마을주민으로 인민의용군으로 자원한다. 마을주민3의 인민군 부대는 인천상륙작전으로 북진이 막히자 산으로 들어가서 빨치산 부대의 지휘를 받게 된다. 이때 마을 친구인 B그룹 장녀와 상봉한다. 이후 탈영하여 국군으로 재입대 후 제대한다.

C그룹 인물들의 사상은 국가이념과는 상반된 적대적 이념으로 규정된다. 그래서 정사로는 절대 기록될 수 없고 기록되지 않는 기억 및 역사성의 재구라는 점에서 통합서사 발현의 그룹으로 분류할 수 있다. 또한 이 그룹은 쫓기는 자의 전형으로 마지막까지 저항하다가 끝내 토벌당한 패배 그룹이다. 이들은 추위, 배고픔, 죽음의 비극적 상황 속에서도 동지애, 가족애를 놓지 않는 인류보편적 공명성을 획득할 수 있는 통합서사를 지닌다.

이 그룹의 역사경험담은 철저한 사전조사를 통해 제작된 〈태백산맥〉같은 소설이나 〈남부군(정지영, 1990)〉, 〈태백산맥(임권택, 1994)〉같은 영화를 뛰어넘는 콘텐츠 제작이 가능할 수 있다.

D그룹〈심부(尋父)〉은 A그룹의 차남 가족구성원 그룹이다. 한 살배기 막내만 데리고 부모가 모두 월북하자, 두 아들은 할머니 손에 자란다. 그런데 그렇게 훌쩍 떠나버렸던 아버지가 남파공작원이 되어 친인척을 만나지만 친모나 아들들은 얼굴조차 보지 않고 북으로 돌아간다. 늘 아버지를 그리워했던 아들은 군에서 탈영한다.

그리고 목숨을 걸고 일본으로 건너가 북쪽으로 망명 신청을 하고 우여곡절 끝에 북한에 있는 아버지와 극적으로 상봉한다. 이러한 D그룹의 서사는 심부(尋父)모티프가 핵심이다. 심부(尋父)모티프는 우리나라 건국신화는 물론 고전소설 등 한국 전통의 고전 서사에서 흔히 발견된다. 또한 전 세계의 문학작품에서 드러나는 중요한 모티프로 인류 보편적 공명을 획득할 수 있다.

D그룹의 가족 이산은 정치적으로는 해결할 수 없는 극단적 이념 대립에 의한 이산으로서 한국 분단의 역사적 상징이자 통일에 대한 염원을 담고 있다. 그렇기에 이념을 넘어 오로지 부친에 대한 그리움으로 초인적으로 이루어진 상봉이기에 더욱 극적이다. 죽음을 불사한 가족의 상봉은 그 어떤 드라마보다 큰 감동으로 다가온다. D그룹의 서사는 상처받은 치유자의 이야기를 통해 인류 보편적 공명성을 획득하는 통합의 서사로 분류할 수 있다.

E그룹〈가족간첩단〉은 분단이 드리운 그늘의 대명사인 '간첩', '스파이'가 핵심이다. 간첩이라는 낱말은 휴전이라는 특수한 환경에 놓여 있는 우리나라에서는 불편한 단어이다. 그럼에도 불구하고 국내에서는 〈간첩 리철진〉(1999), 〈쉬리〉(1999)를 비롯해 〈이중간첩〉(2002), 〈의형제〉(2010), 〈간첩〉(2012), 〈베를린〉(2012), 〈은밀하게 위대하게〉(2013), 〈용의자〉(2013), 〈동창생〉(2013) 등 지속적으로 영화콘텐츠로 제작될 정도로 많은 제작자들이 관심을 갖는다. 1962년 〈살인번호〉로 출발한 스파이 영화 007시리즈는 2012년 〈스카이폴〉까지 50년에 걸쳐 총 24편의 시리즈가 만들어졌으며, 희대의 스파이 제임스 본드라는 성공적인 캐릭터를 창조했다. 이처럼 간첩이라는 소재는 국내외 제작자와 소비층의 호기심을 자극하는 콘텐츠 소재임은 부정할 수 없는 사실이다.

E그룹은 제작자의 구미를 당기는 '간첩' 활동에 대한 역사경험담이다. 9.28수복 당시 두 자녀는 남겨두고 한 살배기 핏덩어리만 데리고 월북한 정지성이 간첩 포섭을 위해 잠수함을 타고 남파된다. 그 여파로 32명의 친인척이 연루된 가족간첩단 사건이 일어난다. 그로 인해 A그룹 정지주 아들이 사형을 당했고, 작은 아들 외 많은 친인척들이 옥고를 치렀다. E그룹은 가족으로 이루어진 간첩단으로서 가족애를 배제할 수 없는데, 최근에 제작된 몇 편의 간첩 영화들도 가족애가 중심 화두였다. E그룹의 통합 서사는 한국 현대사적 특수성, 기록되지 않는 기억의 역사성, 가치중립적 태도를 통한 화해와 치유, 미래지향적 태도를 포함한 광범위한 통합서사로서 기능할 수 있다.

이처럼 정씨 일가의 이야기는 개개인의 특수한 역사경험담이 비선형적 연결망을 통해 다른 인물의 역사경험담과 결부되어 있다. 〈통합서사 발굴팀〉에서는 이 유기적인 서사의 집합체를 세부적이면서도 통합적인 관점에서 두루 고찰함으로써 의미 있는 통합서사를 발굴해냈다. 각각의 그룹에 속한 개별 인물들의 경험담은 역사적 사건과 직면한 인간의 다양한 모습을 잘 보여주고 있다. 그리고 그들의 관계가 물리고 물리는 상황 속에서 나타나는 선택과 행동의 양상들은 양질의 콘텐츠 원천자료로서 큰 가치가 있다. 뿐만 아니라 현재의 사회 분열 및 분단 문제를 해소할 수 있는 통합서사로서의 가능성들을 내포하고 있다. 〈통합서사 발굴팀〉은 이러한 부분에 주목하여 역사경험담 속에서 최종적으로 통합서사를 발굴해 냈으며, 이를 활용한 콘텐츠 개발의 방향까지 수립할 수 있었다.

사회대통합이라는 시의적 과제 해결을 위해 통합서사에 내재한 힘을 온전히 발현하고 그 가치를 인정받기 위해서는 연구의 진행이나 문화콘텐츠 개발을 통한 사회적 확산이 불가피하다. 따라서 사회문화 전반에 걸쳐 활용 가능한 원천자료의 기반이 될 수 있는 통합서사의 발굴은 무엇보다 중요한 일이며 장기간에 걸쳐 지속되어야 할 작업이다.

2.4. 아카이브 사이트 맵 구성 기획

본 연구사업은 현지 자료조사와 역사경험담 아카이브 구축, 통합서사의 발굴이라는 일련의 과정을 거쳐 최종적으로 통합서사 구술 아카이브를 구축하는 데 목적을 두었다. 앞의 3단계의 과정을 통해 집적된 통합서사 DB는 '통합서사 구술 아카이브'라는 온라인 사이트를 통해 대중적으로 공개되었다. 이는 통합서사를 활용한 콘텐츠의 지속적 개발에 목적을 둔 것으로, 통합서사 구술 아카이브 사이트는 통합서사 원천자료와 통합서사를 1차 가공한 원천스토리를 함께 제공한다. 즉 콘텐츠의 개발에 필요한 원천스토리를 바로 제공함으로써 개발자가 별도의 조사작업이나 가공 없이 바로 활용할 수 있는 통합서사를 제공하는 것이다. 이는 통합서사 구술 아카이브가 사용자의 편의성을 지향하는 온라인 서비스 공간이라는 점을 의미한다.

아카이브의 구성은 자체적인 자료 보존을 목적으로 하는 '보안형 시스템'과 콘텐츠 기획자 및 연구자들과 같은 사용자들을 대상으로 하는 자료 서비스 목적의 '개방형 시스템'으로 이원화하였다. 보안형 아카이브의 구축은 구술자료의 전체 공개에 동의하지 않거나, 부분적으로 동의한 화자들의 인권과 저작권 및 초상권을 보호하기 위한 조치이다. 이와 같은 자료들은 단일한 운영자 ID와 패스워드를 통해 네트워크에 접속해야만 내용의 열람이 가능하기 때문에 자료의 외부 유출로 인해 발생할 수 있는 문제를 최소화했다. 한편 자료에 내용적인 문제가 없고, 화자가 자료 공개에 동의를 한 경우에는 개방형 아카이브에 자료를 아카이빙함으로써 외부 사용자들이 자유롭게 자료를 이용할 수 있게 기획하였다.

특히 이 과정에서 자료를 열람할 때 동영상 자료와 녹취 전사 자료를 싱크(Sync)시키는 작업을 진행함으로써 이용자가 자료의 내용을 이해하는데 어려움이 없게 했으며, 상세한 구연 상황 및 제보자 관련 정보와 관련 연구 자료들도 링크하여 집약적이고 총체적인 서비스 시스템을 구축했다.

이와 같은 사안들을 고려하면서, 대중적 접근이 용이하고 최대한 간편하면서도 핵심적인 서비스가 온전히 실현되도록 다음과 같은 사이트 맵을 구성하였다.

위의 사이트 맵과 같이 통합서사 구술 아카이브의 최상위 메뉴는 "사업소개", "통합서사 아카이브", "원천스토리", "통일문화콘텐츠", "Contact Us"로 간략화 함으로써 사용자들의 사용 편의를 도모하고, 통합서사를 콘텐츠 개발로 이어가려는 온라인 사이트 본연의 취지에 적극 부합하도록 설계하였다.

여기서 "통합서사 아카이브"는 역사경험담 아카이브를 통해 발굴한 통합서사의 영상자료와 녹취자료, 사진자료와 관련 연구 자료, 즉 구술자료를 디지털화하여 정리한 원천자료를 확인할 수 있는 메뉴이다.

그리고 "원천스토리"에서는 본 연구팀의 〈원천스토리 개발팀〉에 속한 스토리텔링 전문가들이 통합서사를 기반으로 창작한 시놉시스와 시나리오를 확인할 수 있다. 이 항목에 속한 시놉시스와 시나리오는 영화, 웹툰, 드라마 등과 같이 다양한 콘텐츠를 제작하는 데 있어 바로 활용될 수 있도록 본 연구팀의 역량을 집중한 결과물 중의 하나이다. 콘텐츠 개발자가 통합서사 구술 아카이브에 접속하여 콘텐츠 개발에 적합한 통합서사나 원천스토리를 사용하고 싶은 경우에는 "Contact Us"를 활용해 본 연구팀에게 연락을 취할 수 있도록 했다.

한편 "통일문화콘텐츠"는 본 연구팀이 발굴한 통합서사를 바탕으로 직접 제작한 통일문화콘텐츠가 서비스되는 항목이다. 현재 호남 H마을 정씨 일가의 이야기를 토대로 웹툰 제작이 진행 중이며, 제작이 완료되는 대로 통합서사 구술 아카이브 온라인 사이트 및 다양한 플랫폼을 통해 서비스될 예정이다. 또한 이후에도 지속적으로 통합서사를 활용한 통일문화콘텐츠를 개발하여 서비스할 계획이다.

이상과 같이 통합서사 구술 아카이브 온라인 사이트는 앞서 언급했듯이 통합서사의 원천자료와 통합서사를 활용한 원천스토리를 제공하는데 주된 목적을 두고 구축되었다. 통합서사 구술 아카이브는 지속적으로 양질의 자료를 증보하여 콘텐츠 산업체 및 일반 대중, 연구자들이 다양하고 질 높은 한국인의 역사경험담을 제공받을 수 있도록 관리될 것이다.

03
통합서사 구술 아카이브의 구조 및 자료 게시 현황

3.1. 통합서사 구술 아카이브 구조

웹페이지를 통하여 서비스되는 아카이브의 주안점은 크게 두 가지로 정리할 수 있다. 첫 번째는 자료 접근의 용이성이며, 두 번째는 활용성과 그에 기반을 둔 지속성이다. 본 연구팀이 제작한 통합서사 구술 아카이브는 그 이름에서 확인할 수 있듯이 통합서사와 관련된 자료를 총망라한 결과물이며 그 현장성과 자료의 정확성을 높이기 위하여 영상·텍스트·이미지 등 다양한 형태의 방대한 자료들로 구성되어 있다. 이러한 아카이브의 특성 때문에 사용자가 다양한 자료 중에서 자신이 원하는 자료에 대한 접근이 편리하도록 구성해야 하는 것이 아카이브 서비스 페이지 개발의 주된 고려사항이었다. 이를 위해서 웹페이지를 통해 대중에게 서비스되는 기존의 아카이브 실태를 조사해본 바, 기존의 페이지들은 여러 층위와 다수의 메뉴로 구성되어 사용자가 원하는 자료에 접근하는 데에 있어서 제한성을 지닌다는 점을 확인할 수 있었다.

　위의 그림은 실제로 구동되고 있는 디지털 아카이브 서비스 웹페이지이며, 페이지 접속 시에 가장 먼저 접하게 되는 화면을 캡쳐한 것이다. 사용자가 이 페이지에 접속하였을 때 처음으로 확인하게 되는 것은 화면 내에 구성된 여러 개의 구획이다. 첫 화면에서 파악한 바로는 메뉴의 위치를 제외하고 총 12개로 구획되어 있다. 사용자가 원하는 정보 혹은 자료를 검색하기 위해서는 다수의 구획을 하나하나 확인해가며 그 내용을 파악해야 하는 과정을 거쳐야만 한다. 가장 큰 문제는 이러한 페이지 구성이 원하는 정보로의 접근성을 떨어뜨린다는 점이다. 또한 접근성의 문제는 관리자의 입장에서 홈페이지를 통해 알리고자 하는 정보들을 사용자가 쉽게 인식하지 못하게 된다는 또 다른 문제를 야기할 수 있다. 이와 같은 화면구성의 복잡성은 사용자가 모든 구획이 어떠한 정보를 담고 있는지 파악하기 보다는 사이트맵(Site-Map)을 통해 메뉴의 구성을 살피는 방법이나 페이지의 상단에 위치한 검색기능을 활용하는 것이 더욱 효율적인 방법으로 느끼게 만든다.

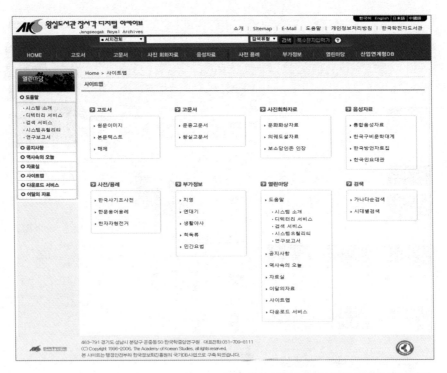

위의 그림은 이 아카이브 페이지의 사이트맵을 캡쳐한 화면이다. 사이트맵은 해당 페이지가 어떠한 메뉴 구조와 층위로 구성되어 있는지를 한눈에 볼 수 있게 정리해 놓은 곳이라 할 수 있다. 다만 문제는 정리된 정보들 또한 다수로 구성되어 있다는 점이다. 이처럼 사용자가 아카이브에 접속하여 정보를 검색하는 데서 불편함을 느낄 수 있다는 것은 대중에게 공개되는 아카이브의 목적이 제대로 구현되고 있지 않음을 의미한다.

홈페이지나 소프트웨어에서 사용자가 직접적으로 접하며 상호작용하는 부분을 '사용자 인터페이스(User Interface, UI)'라 칭한다. UI는 기본적으로 컴퓨터 혹은 프로그램과의 의사소통을 의미하지만, 인터넷 환경이 발달하면서 홈페이지 상에서 사용자와 페이지 사이의 상호작용까지 의미하게 되었다. 이와 같은 UI를 통해서 사용자가 경험하는 느낌·행동·반응 등과 같은 총체적 경험의 영역을 '사용자 경험(User Experience, UX)'이라 한다. 따라서 상기 아카이브 웹페이지는 다소 복잡한 UI 디자인으로 인해서 총체적인 UX가 저하되고 있다고 평가할 수 있다.

이러한 점을 고려하여 본 연구팀은 아카이브 서비스 페이지의 구성을 2개 층위를 넘지 않도록 구성하였다. 또한 메뉴 구성에 있어서도 최대한의 단순화를 꾀하여 사용자가 접근하는 데에 있어서의 편의성을 높이고자 하였다. 다음은 '통합서사 구술 아카이브'의 구성도이다.

본 아카이브 서비스 페이지는 전체적으로 모든 메뉴의 구성이 2개 층위를 넘지 않도록 구성하여 사용자가 원하는 정보에 접근하는 과정을 최대한 축소하였다. 페이지 접속 시에 접하게 되는 메인 화면에서 전체 메뉴에 대한 접근이 가능하도록 하였으며(Dep 1.) 개별 메뉴로 이동 시 세부 자료들이 각 화면에 일괄적으로 표시될 수 있게 하였다(Dep 2.). 또한 메뉴의 구성 또한 사업 전체에 대해 소개하는 메뉴와 관련 소식이 업로드 되는 알림센터를 제외하면 단 3개의 메뉴로 구성되었다. 이는 통합서사와 관련된 연구팀이 제공하고자 하는 정보를 핵심적으로 전달할 수 있는 효과적인 구성이다. 다음은 이러한 구성을 바탕으로 구현된 '통합서사 구술 아카이브'의 실제 모습이다.

여기서 주목할 점은 기존 아카이브 구축 기획 단계에서 구성된 홈페이지 구조와 실제 구현된 페이지의 구조가 일부분 다르다는 점이다. 이는 지속적으로 이루어진 아카이브 검토 과정에서 산업체와의 소통을 통해 이루어진 변화로써 UX 디자인과 아카이브 서비스 페이지의 지속적 활용을 고려한 부분이다.

기획단계에서 이루어진 기존 메뉴의 구성은 사업소개가 하위 메뉴를 갖지 않는 형태였다. 본 메뉴에서는 '인문브릿지' 사업에 대한 소개와 이를 수행한 본 연구팀에 대한 소개가 함께 있을 예정이었다. 그러나 개발 과정에서 '인문브릿지 사업과 연구팀의 주제의식은 구분되어 표현되어야 할 것 같다'는 산업체의 의견이 제시되었다. 이는 페이지 전체의 구성으로 보았을 때에 사용자에게 제공되는 정보의 형태를 다듬어 UX를 효과적으로 제고하기 위한 전략의 하나였다. 이와 같은 경우는 연구팀이 주축이 되어 기획하고 개발하는 과정에서 참여 산업체의 전문성이 발휘되는 '인문브릿지' 사업의 모델이 되는 사례로 평가할 수 있다.

본 아카이브 서비스 페이지의 또 다른 특성은 높은 활용성에 기반을 둔 지속성이다. 기존의 아카이브 서비스들은 자료의 소개와 나열에 중점을 두고 있다. 반면 본 연구팀의 아카이브 서비스는 단순한 자료의 소개 및 나열을 넘어서서 일종의 '마켓'으로서의 성격을 지니고 있다. 이는 연구결과물의 활용에 대한 새로운 접근방식이며 동시에 통합서사의 사회적 확산과 MSMU(Multi Source-Multi Use)라는 본 연구팀의 연구목표가 실현된 결과물이라 할 수 있다.

연구단소개	통합서사 아카이브	원천스토리	통일문화콘텐츠	알림센터

'통합서사 구술 아카이브' 서비스는 '통합서사 아카이브' 메뉴를 통한 자료 제공뿐만 아니라 '원천스토리' 메뉴를 통해서 다양한 시놉시스, 시나리오를 제공하고 있다. 이는 연구팀이 지니고 있는 높은 서사적 연구역량에 바탕을 둔 것이다. 연구팀의 서사 전문가들은 방대한 통합사서 관련 원천자료들 속에서 서사적 완결성과 흥미도가 높은 서사를 발굴하고 이를 시놉시스화 하는 서사 재구성의 과정을 수행한다. 이러한 시놉시스는 세밀한 검토와 여러 차례의 수정 작업을 거쳐 하나의 시나리오로 만들어지게 된다. '원천스토리' 메뉴는 이러한 연구 결과물인 시놉시스와 시나리오 등을 다양하게 제시함으로써 본 서비스에 접근하는 사용자가 여러 결과물 중에서 흥미가 있는 소재를 선택할 수 있는 기반을 확보한다. 이는 여러 상품이 진열되어 있고 그 중에서 소비자가 자신의 필요나

기호에 따라서 선택하는 '시장'의 형태와 유사하다.

이와 같은 '시장' 형태가 중요한 이유는 제공하는 자와 사용하는 자 사이의 호혜적 상호작용을 통하여 일종의 '재생산 구조'를 구성할 수 있기 때문이다. 기존의 서비스들과 같이 원천자료를 공개하고 단순 제시하는 방법만으로는 사용자들의 활발한 접근을 기대하기 어렵다. 사용자는 전체 자료에 대해 확인해야 하고, 그 중에서 소재로 삼을 수 있는 것을 선별해야 하며, 다시금 자신이 원하는 서사로 재창작하는 과정을 거쳐야하기 때문이다.

본 연구팀의 서비스는 이러한 과정을 '서사 전문가'를 통해 단축시켜 줌으로써 통합서사로 재창작을 원하는 사용자들에게 더욱 쉬운 접근을 가능하게 한다. 사용자들이 쉽게 접근하게 되고 재창작이 용이해짐으로써 결과적으로 통합서사를 기반으로 한 창작이 더욱 활발해질 수 있게 된다. 사용자들에 의한 재창작 결과물은 다시금 본 서비스 페이지의 원천스토리에 게시됨으로써 '선순환적 콘텐츠 창작 생태계'를 구성하게 된다. 이러한 '콘텐츠 생태계'의 구성은 거시적으로 보았을 때 '통합서사의 사회적 확산'에 효과적인 방법이며 인문브릿지 사업 결과물이 사회적 효용성을 지니고 있음을 확인하는 가장 확실한 방법이다. 또한 높은 활용성에 기반을 둔 선순환적 작용은 '통합서사 구술 아카이브 서비스'가 지속적으로 증보되고 유지될 수 있게 하는 하나의 힘으로 작용하게 된다.

본 아카이브에 제시되는 자료는 '한국전쟁' 혹은 '일제강점'과 관련된 구술들이 대다수를 차지한다. 일제강점기나 한국전쟁의 특성상 구술자료에 포함된 내용들은 제보자들의 현재 삶과 연관되어 있는 경우가 많다. 예를 들어 전쟁의 포화 속에서 남편이 군대에 징집되어 돌아오지 못하고 전사한 것으로 오해하고 아내가 남겨진 가족의 삶을 이어가기 위해서 재가를 한 사례가 있다. 그러나 종전 후 남편이 돌아오게 되고 결국에는 다시 원래의 부부로 살 수 없었다. 제보자는 자신이 구술한 사연이 연구에 사용되는 것은 동의하였지만 자녀 등 친인척에게 알려지는 것을 꺼려했다.

본 연구팀은 통합서사 조사 과정에서 모든 제보자에 대해 '조사 자료 활용 동의서'를 제공하였다. 동의서에는 실명 활용 여부, 가명 활용 여부, 제보자의 사진 혹은 영상에 대한 공개여부에 대해 세부적으로 동의를 구했고, 공개에 거부하는 경우에는 외부로 공개되지 않도록 처리했다. 그럼에도 불구하고 위와 같은 문제가 발생할 경우에 대비하여 연구팀은 아카이브 서비스 페이지 상에서 제공되는 자료의 특징적인 부분만을 걸러내어 게시하며 필요한 경우 모자이크, 음성 변조 등의 기술을 활용하여 이와 같은 문제를 미연에 방지하였다. 또한 페이지를 통해 서사 자료를 확인하고 해당 자료의 원본을 확인하고자 하는 사용자에 대해서는 'Contact Us' 메뉴에 접근 가능한 연락처와 경로를 제시하여 직접 확인할 수 있는 방안을 강구하였다.

그러나 기존 기획의 'Contact Us' 메뉴는 최종적으로 '알림센터'로 변경되었다. 이는 '선순환적 콘텐츠 창작 생태계' 구성과 같은 관점에서 바라볼 수 있다. 개발 과정에서 참여 사업체는 통합서사를 통한 사회적 활용 결과물들이 생산되고 있다는 점을 계속해서 알리는 것이 본 서비스의 활용성을 높이는 데에 적합할 것이라는 의견을 제시하였고, 연구팀과의 협의 과정을 거쳐 최종적으로 '알림센터'로의 수정이 결정되었다. 이 역시 서비스의 활용성과 지속성을 효과적으로 제고하기 위한 전략 위에 이루어진 사례이며, 앞선 경우와 마찬가지로 '인문브릿지' 사업의 성공적 사례라고 할 수 있다.

아카이브 서비스의 핵심이라 할 수 있는 '통합서사 아카이브', '원천스토리', '통일문화콘텐츠' 메뉴의 실제 구동 화면은 다음과 같다.

'통합서사 아카이브' 메뉴는 원천자료를 제시함에 있어서 자료의 형태적 분류를 시도하였다. 구연 상황을 생동감 전할 수 있는 영상자료, 자료 내용에 대해서 더욱 더 자세한 부분을 확인할 수 있는 음성자료, 기존의 영상 및 음성 자료를 전수 작업을 거쳐 텍스트로 디지털라이징한 전사자료, 원천자료와 더불어 관련 상황 및 기타 정보를 확인할 수 있게 하는 사진 자료 등의 분류가 그것이다. 이처럼 자세한 자료들이 또 다른 층위로 구성되는 것이 아니라 해당 화면에서 바로 확인할 수 있다는 점 또한 주목할 점이다.

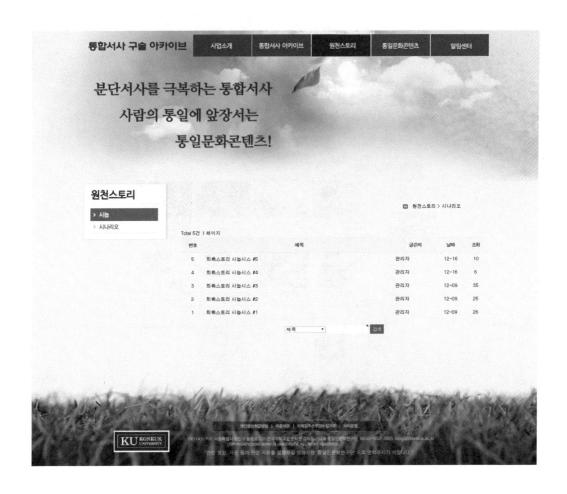

   '원천스토리' 메뉴는 시놉시스와 시나리오를 담고 있다. 본 연구팀의 서사 전문가들이 선별하고 재구성한 시놉시스와 시나리오가 다양하게 담겨 있을 뿐만 아니라 이러한 자료들을 활용해서 사용자가 재창작한 자료들 또한 이곳에 올라오게 된다. 이것은 '통합서사 아카이브' 메뉴가 지속적인 증보 작업을 통해 자료의 확장을 꾀하는 것과 같은 맥락으로, '원천스토리' 메뉴 또한 사용자들의 직접적인 참여를 통해서 지속적인 확장이 가능하게 된다. 또한 이러한 과정을 통해 생산된 결과물들이 최종적으로 '작품'의 형태를 갖게 되면 선별 과정을 통해서 '통일문화콘텐츠', '알림센터' 메뉴와 연동된다.

　'통일문화콘텐츠' 메뉴는 '웹툰'과 '기타 결과물'로 이루어진다. '웹툰'은 본 연구팀의 중점 결과물로 통합서사 자료를 기반으로 재창작된 시나리오를 기반으로 만들어졌으며, 이를 통해 사회 기저의 통일문화를 고양하는 목적을 지닌다. 통일문화콘텐츠 메뉴는 이러한 결과물인 웹툰 〈희希스토리〉를 게시함과 동시에 홍보하는 기능을 하게 된다. 또한 사용자들의 참여를 통해 제작되는 기타 창작물 중에서 통합서사에 기반하여 통일문화조성에 기여하는 것으로 판단되는 작품들도 본 메뉴에 게시하여 통일에 대한 통합서사적 인식의 사회적 확산을 꾀한다.

3.2. 통합서사 구술자료 게시 현황

본 연구팀이 제작한 '통합서사 구술 아카이브'에 게시되는 자료는 '식민시대 비화', '참전담', '피난담', '군치하생활담', '빨치산경험담', '이념투쟁담', '직업적 특수 체험담', '전쟁고난담', '전쟁미담', '전쟁후일담', '이념갈등담', '탈북과정담', '탈북민적응담', '디아스포라 이산경험담'등 한국현대사 전반에 걸친 내용을 담고 있다. 현장조사를 통해 수집된 자료 가운데 스토리로서 형식을 갖추었으며, 한국사의 진면목과 사회 통합적 가치를 지닌 이야기로 현재(2015년 12월)까지 축적된 자료의 현황은 다음과 같다.[3]

유형 분류	자료
군치하생활담	23
디아스포라 이산 경험담	14
빨치산 경험담	8
식민시대 비화	2
이념갈등담	28
전쟁고난담	31
전쟁미담	10
참전담	25
직업특수체험담	8
피난담	24
탈북과정담	46
탈북민한국적응담	25
총계	총 244건

이 자료들은 제보자들이 작성한 동의서 내용에 기준을 두고 실명 공개, 영상 공개 등의 구분을 하게 된다. 그렇기 때문에 연구윤리의 준수 측면에 있어서도 완벽을 기하고 있음을 확인할 수 있으며 앞서 서술한 바와 같이 제보자의 개인적 삶에 대한 보호도 고려하고 있다.

---

3 자료들의 상세한 내역은 이 책의 〈부록1〉에 제시하였다.

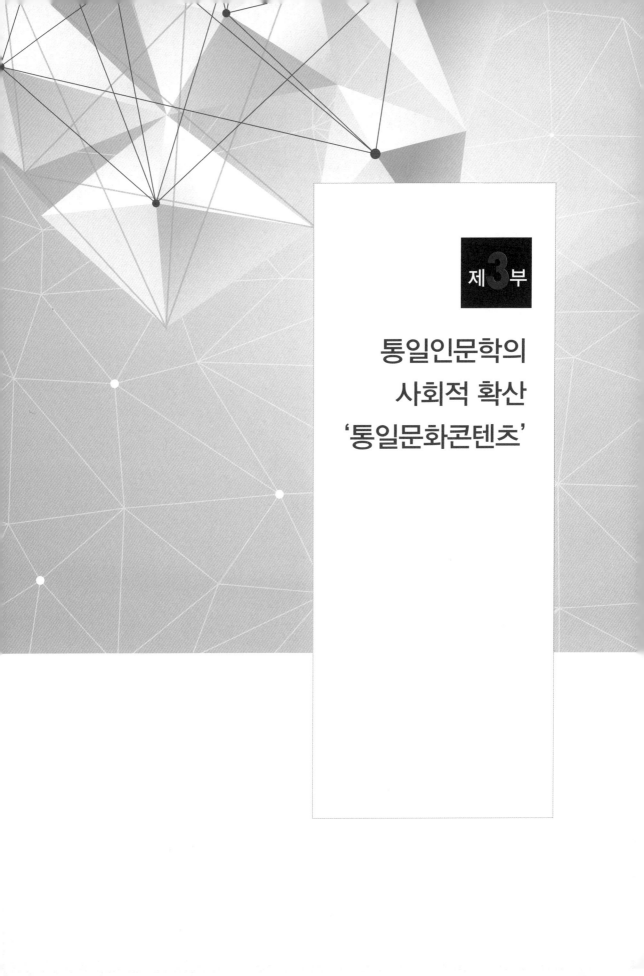

제**3**부

통일인문학의
사회적 확산
'통일문화콘텐츠'

01

통합서사를 활용한 통일문화콘텐츠 개발의 의도

인문지식을 기반으로 하는 통일문화콘텐츠를 제작하여 통일문화 건설에 기여

한국은 현재 여러모로 잠재적인 통일 준비과정의 초기 단계에 있다. 통일의 준비과정은 정치 · 경제 · 지역 체제의 통합뿐만 아니라 서로 간의 차이를 받아들이는 인간적 관계의 차원에서도 요구된다. 그렇기에 통일 준비단계에서 선행되어야 할 과제는 통일에 대한 남한 사회 내의 소통과 합의의 노력이다. 소위 사회 표층에서는 통일을 '우리의 소원'이라 지칭하지만, 실상 국민 내부에서는 이분적인 시각과 태도로 통일을 대하고 있다. 이에 착안하여 본 연구팀은 각지에서 수집된 역사경험담 원천자료 속에서 통일문화의 확산과 대중적 공감 증대에 적합한 통합서사를 발굴하고, 이를 양질의 통일문화콘텐츠 상품으로 개발하고자 하였다. 그리고 이를 통해 통일을 앞당기며 더불어 서로의 상처를 치유하는 바람직한 통일문화가 조성되리라고 전망하였다.

비극적인 상황 속에서도 평화와 공생이 실재했던 기적과도 같은 현실은 인간애의 보편적 감동을 자아내며 세계적인 관심의 대상이 된다. 한 예로서 제1차 세계대전 중 '크리스마스의 기적'이라 불리는 자발적 휴전 상황은 영국 · 프랑스 · 독일의 3국 합작영화 〈메리크리스마스〉(2007)로 제작되었다. 이와 같은 전쟁과 분단의 역사 속 통일을 향한 당위적 · 시의적인 현안과 필요성을 목전에 두고도 문화콘텐츠 제작을 통해 통일문화를 조성하려는 한국 내의 노력은 부족한 실정이다. 오히려 분단 및 대립의 경험과 피해와 원망의 기억을 조장하여 사회적 갈등을 강화시키는 경향이 주를 이룬다. 이에 본 연구팀은 생생한 역사경험담 속에서 통합서사를 선별하고 이를 기반으로 하는 원천

스토리를 개발하여 통일문화콘텐츠를 제작하고자 했다. 이러한 시도는 실로 한국 이야기 산업 영역의 블루오션으로서 참신성과 함께 사회 대통합이라는 시의적인 의의가 있다.

이 통일문화콘텐츠 기획은 성숙한 통일문화를 건설하고, 통일의 시점을 견인하여 사회 통합에 궁극적으로 기여한다. 이를 통해 동족상잔의 분단국가라는 오명을 털어내고, 화해와 치유의 문화를 주도하는 문화선진국으로 한국의 위상을 정립하는 길에 힘을 더할 수 있다. 또한 세계의 거대한 흐름 속에 희생된 약소국의 역사라는 자조적 비관에서 벗어나, 스스로 해결점을 찾음으로써 국가의 주체적 역량을 드러낼 수 있다. 더욱이 전쟁의 참상에 대한 고발과 이념적 대립을 향한 경고의 메시지를 통해 인류 보편의 대중적 공감을 불러일으켜 평화 문화의 세계적 소통을 이룰 수 있다.

통합서사를 통일문화콘텐츠(웹툰)로 제작하여 이야기 산업의 다자적 접근성 제고

웹툰은 IT사업과 인터넷 사용 인프라가 확충된 현재 한국의 대중문화적 특성에 적합한 참신한 매체이다. 더군다나 스마트폰 보급이 확대되면서 매체적 접촉성이 쉬워지고, 나층적 개발의 활용성도 폭발적으로 증가하여 다양한 문화 산업 분야의 주목을 받고 있다. 특히 한국은 웹툰의 문화적 대중성과 한국 만화의 창조·진화적 형태라는 주체성의 부분에서 세계적 강점을 가지고 있다. 이에 우리나라의 문화적 역량이 뛰어난 웹툰 분야를 선택하고 장점 강화에 집중하여, 연구사업의 성공 가능성과 가치 달성의 효율을 높이고자 하는 전략을 수립하였다.

웹툰은 출판·이모티콘·애니메이션과 같은 동질의 산업 분야로 쉽게 탈바꿈하며, 영화 및 드라마의 소재로도 폭넓게 활용되는 대표적인 문화콘텐츠 산업이다. 웹툰은 현재 서비스되고 있는 작품 수로만 1,200편 이상이며, 그 산업적 가치는 1,500억(2014년 5월 기준, 한국콘텐츠진흥원 조사)에 달하는 급속도로 성장하고 있는 산업 영역이다. 그리고 드라마·게임·캐릭터 상품·출판 등으로 다양한 연관 산업 효과를 창출하며 OSMU의 활용성을 가장 빛내는 산업이라 할 수 있다. 이와 같이 콘텐츠 시장에 새롭게 부상한 매체의 영향력에 힘입어, 인문학이 주도하는 콘텐츠 개발 사업의 성공을 기대해 볼 수 있는 것이다.

또한 웹툰의 주 문화 소비층은 분단과 단절의 경험을 겪지 않았음에도 2차적 갈등의 영향을 받고 있는 한국 대중문화동력의 구성원과 중첩된다. 이에 본 연구팀이 제작한 통일문화콘텐츠(웹툰)가 서비스·유통됨에 따라 한국전쟁 이후 출생 세대에게는 역사 추체험의 기회를 제공하고, 비극사를 직접 경험한 세대에는 공감을 통해 자신을 치유하는 기회를 마련해줄 수 있다. 나아가 웹툰을 향한 문화 산업의 다자적 접근성을 통해 통일문화콘텐츠의 교류·확산에도 크게 기여할 수 있다.

이때 윤태호 작가의 〈인천상륙작전〉과 같이 한국 현대사를 소재로 하는 기존 웹툰과의 차이점을 고려하여 경험의 주체로 민중을 중심으로 하는 서사를 지향하되, 일방적인 피해의 내용과 선악의 가치판단 개입은 지양함으로써 변별점을 획득하였다. 좌우익으로 나뉘는 이분법적 태도가 아닌 가치 중립의 균형 잡힌 시각을 견지하여 지금의 주 문화동력 세대가 한국 현대사의 비극과 상처에 공감하는 역사 주체로서 자기를 인식하는 것에 중점을 둔 것이다. 나아가 변화하는 거시사의 소용돌이 속에서 민중들 모두가 수동적이고 소극적인 삶을 살았던 것이 아니라, 그 속에서 자신의 인간성과 가족의 삶을 지키기 위해서 능동적이고 적극적인 삶을 살았던 존재이었음을 조명하고자 하였다. 이를 통해 어려운 시대적 환경 속에서도 주체적으로 삶을 살았던 인간의 현실극복과 그 노력에 의미를 부여하고, 지금 이곳의 우리와 소통할 수 있는 존재적 의미와 삶의 보편타당한 본질적 가치가 온전히 구현될 수 있도록 노력했다.

이 연구사업의 특장은 콘텐츠 개발에 만족하지 않고, 실제 웹툰 상품의 비즈니스를 실현해 보는 데에 있다. 인문학자의 역할을 산학협력 과정의 전면으로 확장하고 참여 비중을 높였으며, 참여 산업체의 역량은 웹툰 제작기술과 비즈니스 영역에 집중시켰다. 이렇게 함으로써 얻어지는 기회 비용은 실질적인 콘텐츠 서비스의 실현에 있다. 통일문화콘텐츠 웹툰 개발의 산업적 목표 및 기대 효과는 다음과 같다.

1) 개발 목적

웹툰 〈희喜스토리〉는 협력 산업체의 일러스트 드로잉 디지털 기술 구현을 통하여 주동인물인 정○○씨의 삶에 얽힌 한국 현대사의 애환을 다채롭게 나타내고자 한다. 웹툰은 한국의 IT환경이 낳은 디지털 만화의 진화적 형태이며 만화의 미래적 지표라는 점에서 통섭과 혁신의 대중문화적 아이콘이라 할 수 있다. 여기에 스토리 전문가가 생생한 역사경험구술담에 통합서사적 요소를 가미한다. 그리고 선택과 집중의 서사적 재편 작업을 통해 문학성을 가공하여 원천스토리를 개발한다. 이를 통해 고정적 사료를 중심으로 해온 기왕의 한국 근현대사 문화콘텐츠의 정형성을 탈피하고, 진일보한 형태의 통일문화콘텐츠(웹툰)를 제작한다. 또한 축적된 인문지식을 통해 실화의 시공간적 배경 등에 리얼리티를 보강하고, 시공간과 캐릭터(화자) 시점의 변화를 통해 문화 산업에 대한 소비자의 흥미를 유도함으로써 콘텐츠의 자연스러운 공유와 확산을 도모한다. 메인 플롯과 서브 플롯을 유기적으로 연결하고 서사를 속도감 있게 전개하여 통일문화콘텐츠의 내용에 대한 몰입도를 높이는 것도 개발 기획과 목적 의도에 부합하는 방편이다.

2) 목표시장 예측

통일문화콘텐츠(웹툰)는 웹툰에 익숙하면서도 한국 근현대사에 관심이 많은 대중을 주 이용대상으로 삼는다. 현재 웹툰 시장은 콘텐츠 유료화의 가능성을 확인하고 보급에 박차를 가하는 상황이다. 웹툰과 밀접한 관계의 디지털 출판 매체인 E-book의 경우도 스마트폰이나 태블릿과 같이 콘텐츠를 이용할 수 있는 디바이스가 다변화 되고, 인터넷 환경이 고속 성장을 이루면서 시장이 확대되었다. 웹툰도 역시 다양한 형태의 기기와 포맷을 지원하여 표현과 접근의 확장성을 획득하고 독점 콘텐츠의 유료화 등을 시도하였다. 이렇게 함으로써 일부에서 성공적 수익을 창출해냈다. 2014년 5월 24일 기준으로 600편 이상의 웹툰이 연재되고 있으며, 완결작을 포함하면 1,200편 이상의 웹툰이 축적되었다(한국콘텐츠진흥원, 2014).

(단위 : 개)

구분		연재 작품수	완결작 포함
포털사이트	네이버	159	405
	다음	87	434
	네이트	52	78
모바일웹	올레웹툰	52	67
	카카오페이지	31	
신문사 포털	스포츠 투데이	15	34
	머니 투데이	15	42
중소 전문사이트	레진코믹스	129	212
	판툰	37	
	티테일	27	
계		604	1,272

2014기준 전체 웹툰 현황

2003년부터 웹툰 콘텐츠를 원천소스로 활용하는 OSMU가 활성화되었으며, 현재 웹툰 산업은 2차 콘텐츠 생산을 중심으로 하는 라이센스 산업으로 발전하고 있다. 최초의 장편 서사형 웹툰으로 화제를 모은 강풀 작가의 〈순정만화〉는 도서 출판이나 문구 관련 상품이 출시되는 수준이었던 웹툰의 OSMU로의 활용을 영화 · 연극 · 무빙 카툰 등의 매체로 확장할 수 있는 가능성을 보여주었다. 그 이후 대중적 성공을 거둔 웹툰이 영화 · 드라마 · 게임 · 캐릭터 상품 등과 연계되어 디지털 아이템 관권을 판매하게 되는 수순이 자연스럽게 자리 잡았다. 그리고 이러한 성공을 바탕으로 국내 출판만화가 해외로 수출되는 성과도 다수 도출되었다. 최근에는 '웹툰은 무료 콘텐츠'라는 그간의 고정관념을 깨고 부분적 유료화를 진행하거나, 애초에 성인 독자만을 대상으로 하여 전면적으로 유료인 웹툰 콘텐츠를 판매하는 플랫폼이 운영되고 있다. 기존에 무료로 제공되던 웹툰 콘텐츠가 점진적 유료화 및 광고 상품의 다양화를 통해 초기에 미비했던 수익 모델의 체계화·실용화를 이룸으로써 산업 발전의 건전성·경제성을 빠르게 달성하고 있는 것이다. 이처럼 급속도로 커지고 있는 웹툰의 산업적 가치는 2009년 부천만화정보센터 1,196억 원, 2012년 세종대융합콘텐츠 산업연구소 3,909억 원, 2013년 KT경제경영연구소 1,000억 원, 2014년 한국콘텐츠진흥원 15,006억 원으로 추산된다(한국콘텐츠진흥원, 2014).

구분	산업 참여자	비용 발생 항목	발생 규모(억원)
제작시장	매체사	원고료	272
		서비스 운영비용	272
		콘텐츠 제공료	27.2
	창작자 그룹	콘텐츠 제작비	136
소비시장	사용자 그룹	콘텐츠 이용료	16
	광고주 그룹	광고료	324
		수익쉐어 광고료	84
		광고웹툰 원고료	102.9
		PPL 사용료	51.45
		매체 게재료	51.45
활용시장	라이센시 그룹	저작권 사용료	27.2
	에이전시 그룹	저작권관리 수수료	136.4
계			1,500.6

웹툰의 산업 참여자별 비용 발생 항목에 따른 시장규모 현황

3) 기대 효과

주요 포털 공간을 통해 출시되어 소기의 목표를 달성한 웹툰의 부분별 매출액을 추정하면 다음과 같다.

구분	금액(천원)	산출근거	비고
부분유료화	186,000	300원 * 62만 명	
PPS (Page Profit Share)	372,000	1,200원 * 31만 명 * 50%	포털사와 R/S 50%
E-pub	46,500	전체 다운로드 2,500원 기준	이용객 중 3%
메신저 스티커	74,400	1,000원 * 62만 명 * 30% * 40%	이용객 중 30%, 메신저사와의 R/S40%

PPL (Product Placement)	60,000	5,000천원 * 12회	이미지형 PPL 7일
모바일 카툰 서비스	5,000	200원 * 10만 명 * 25%	참여기관 회원 서비스 및 R/S 25%
2차 창작물 판권	120,000	30,000천원 * 4건	영화, 다큐, 연극, 뮤지컬
총계	863,900,000	– 네이버 웹툰 1일 평균 이용자 620만 명, 네이버 발표(2014. 06.) 중 시장의 10%를 목표	

웹툰의 매출 추정액

　이러한 경제적 효과 이외에도 구술 아카이브 구축 및 사업화 노하우 확보를 통한 고품질의 웹툰 시장 개척과 역사경험담 소재의 통합서사형 원천스토리에 기반을 두는 통일문화콘텐츠의 다차적 활용 가능성을 수반할 수 있다. 이를 통해 스토리 전문가 주도형 이야기 산업의 수익성을 모색하고, 통일문화콘텐츠의 확대 방안을 강구하여 인문지식의 대중적 확산의 효과를 도모할 수 있다. 이어 본 연구팀의 기획과 개발과정에 참여한 석·박사급 연구원들을 인문학 전문연구자로서의 능력과 문화산업의 실무 경험을 겸비한 융합형의 문화콘텐츠 인재로 양성하여 인문브릿지 사업의 인력 풀로서 지속 가능한 인적 자원으로 확보할 수 있다.

기관명	고용규모 (명)	고용형태	고용기간 (개월)	담당업무
참여기관	2	정규직	12	스크립터 작가
	1	계약직	6	홍보·마케팅
계	3			

본 연구 사업의 인력 고용 현황

　본 연구사업의 참여 산업체에서는 웹툰 제작의 초기 기획 단계에서부터 마지막 서비스·유통의 단계에까지 참여하는 정규직 스크립터 작가 2명을 12개월 간 고용하였다. 그리고 콘텐츠 홍보와 마케팅 업무를 전담하는 계약직원 1명을 사업 과정 중 6개월 간 고용하였다. 이처럼 참여 산업체 측의 통일문화콘텐츠(웹툰) 개발 인력 고용만으로도 일자리 창출의 실제적 효과가 생긴다.

02

통일문화콘텐츠(웹툰) 개발 과정

통일문화콘텐츠(웹툰)의 실제 성과인 〈희希스토리〉의 제작 과정을 살펴보기 전에 당초 구상했던 추진 계획을 제시하면 다음과 같다.

시나리오 개발 과정에서 연구팀–산업체 간의 긴밀한 공조체계를 수행하기 위해 본 단계에서는 산학협동검토회의를 기획하였다. 산업체는 매달 진행되는 이 회의에 본격적으로 참여하며, 이를 통해 역사경험담 및 통합서사에 대해 이해한다. 본 연구팀에서는 산업체가 가진 콘텐츠의 산업적 측면에 대한 노하우를 전해 받을 수 있는 협업 구조를 만들어 나간다.

원화 제작 단계에서는 사업팀 내의 〈콘텐츠 제작팀〉이 주도적인 역할을 하여 연구팀–산업체 간의 브릿지 역할을 구체적으로 제시한다. 〈콘텐츠 제작팀〉은 본 사업팀의 최종 목표인 '통일문화콘텐츠(웹툰) 개발'을 직접적으로 수행하는 특성화 연구팀이다. 사업 기간 동안 산학협동검토회의와 연구팀별 주간 회의, 그리고 사업총괄회의가 유기적으로 진행되기 때문에 〈콘텐츠 제작팀〉을 주축으로 하여 본 사업팀의 전 연구인력이 각각의 전문성에 따라 콘텐츠 제작 과정에서 협업하게 된다. 협력산업체에서 캐릭터 설정과 소품디자인, 배경설정 등 사전 작업을 진행하면 〈콘텐츠 제작팀〉은 산업체와의 협업을 통해서 통합서사를 위한 인문지식의 반영, 원천스토리의 서사적 방향성 유지 등을 점검한다. 또한 참여 산업체에서 레이아웃, 원화, 원작 등 웹툰 제작의 본 작업을 진행하면서 연구팀과의 협업을 바탕으로 인문지식 기반의 콘텐츠 제작이 이루어지고 있는지 수시로 점검한다.

2.1. 시놉시스 개발

시놉시스 제작 단계에서는 웹툰의 기본 뼈대가 되는 시놉시스를 제작한다. 이 단계에서는 작품의 콘셉트를 결정하고, 작품의 주요한 캐릭터를 구상한다. 작품의 콘셉트와 캐릭터를 구상한 이후에는 웹툰 줄거리를 작성하도록 한다. 시놉시스는 작품의 전체적인 내용을 알 수 있도록 작품의 주제를 간단하게 작성하는 과정을 말하는데, 작가의 의도와 작품을 통해 전달하려는 메시지 등을 포함한다. 그리고 작품 속에 등장하는 인물들에 대한 설명, 전체 줄거리 소개도 함께 제시된다.

본 연구팀은 2014 인문브릿지 사업 개시 이전에 기본적인 자료를 선정하고 원천스토리를 개발하는 사전 작업 단계를 실행하였으며, 큰 틀의 시놉시스를 제작한 바 있다. 본격적으로 사업이 진행되면서 이러한 시놉시스를 시나리오로 전용할 수 있을 성도로 수순을 높이고자 하였는데 이는 〈원천스토리 개발팀〉이 주도하여 실행하였다. 동시에 전체 회의를 통해 지속적으로 시놉시스에 대한 의견을 교환하였으며, 시놉시스 제작 과정에서도 역시 산업체의 웹툰 작가와 회의 · 토론하여 협의된 부분을 반영하였다.

이러한 작업이 이루어진 연구팀 자체 회의와 산학협동회의 과정은 다음과 같다.

단계83	회의 형태	개요
1차 시놉시스 제작 단계	1차 회의	작품의 대략적인 구성과 각화별 배치 결정. 실제 역사와 허구화 정도에 관한 논의.
	2차 회의	통합서사의 단초를 제시할 수 있는 주요 장면들의 작품화 수준 논의.
	3차 회의	작품의 배경적 요소와 허구화 수준 논의. 새로운 인물의 추가를 통한 인물들의 갈등과 해소 강조.
	산학협동회의	인문브릿지 사업 중간보고를 앞두고 시나리오 팀 회의를 진행. 3차 회의의 통해 결정된 시놉시스 안을 채택.
	4차 회의	인물 가계도와 관계도, 주요 사건과 배경 설정이 일단락 됨.
	5차 회의	새로운 인물의 추가. 등장인물들의 이름을 수정. 배경에서 풍수지리적 요소와 쇠말뚝이라는 소재를 통해 한 가문의 비극과 근현대사의 연관성을 부여하고, 인물의 삼각관계적 요소를 부각.
2차 시놉시스 제작 단계	산학협동회의	연구팀 전체회의, 1차 전체수정. 웹툰 작가와의 미팅을 통해 내용의 전반적인 변화를 검토. 기존의 실제 역사경험담을 중심으로 한 재화에서 허구화의 강도를 높여야 한다는 의견을 수용.

2차 시놉시스 제작 단계	6차 회의	치유의 길을 모색하는 '통합서사'라는 초점이 부각되도록 인물의 갈등과 화해를 부각시키고, 환상적 상징적 요소로 주제적 의미를 강조함. 그 결과 첫 번째 가안인 웹툰〈희希스토리〉의 시나리오를 구상.
2차 시놉시스 제작 단계	산합협동회의	앞선 첫 번째 가안을 바탕으로 수정하여 두 번째 가안인 웹툰 〈희希스토리〉를 구상. 이러한 방향으로 시놉시스를 이어나가기로 결정함.
	7차 회의	〈희希스토리〉 1차 수정.
	8차 회의	〈희希스토리〉 2차 수정.
	9차 회의	〈희希스토리〉 3차 수정.
	산학협동회의	〈희希스토리〉 4차 수정 및 웹툰 기초 설정 설명 자료를 작가에게 송부함.

1) 1차 시놉시스 제작 단계 : 대학 연구소 중심의 시놉시스 창작 과정

1차 과정 개관

– 가제 〈바깥집〉으로 초기 시놉시스 구성

– 인물:

① 실존 인물과 실제 가족 관계를 반영하되 주동인물과 반동인물(허구적 인물의 대립적 구도) 설정

② 인물관계 속에서 애정 관계를 기반으로 하여 삼각관계 설정

– 사건:

① 실존 인물의 생애를 중심으로 인물과 사건을 취사 선택

② 아들의 시각에서 아버지에게 들은 이야기를 회상하는 방식으로 전개

③ 가장 오래된 사건에서 현재로 내려오는 시간의 흐름대로 서술

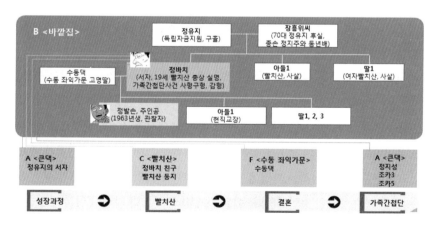

B그룹 〈바깥집〉의 정바치를 중심으로 한 역사 경험담 기반의 입체적 원천 스토리텔링 개발

- 〈바깥집〉을 배경으로 한국 현대사를 재조명
- 빨치산 정바치의 삶을 막내 아들 정발손의 시각으로 재구성

1차 시놉시스의 제작 과정에서는 대략적인 스토리와 인물, 사건 등을 결정하였다. 이때까지만 하여도 통일문화콘텐츠 웹툰의 가제는 〈바깥집〉이라고 하였다. 제목 역시 회의를 통해 주기적인 피드백 과정을 거쳐 수정·보완된 것이다. 이 과정에서는 이 이야기의 주인공인 정○○씨의 삶을 바탕으로 이를 작품화하는 데 중점을 두었다. 그래서 정○○씨의 죽음으로부터 시작하여 다시 거슬러 출생·성장·정씨의 좌익 활동·간첩단 사건으로 인한 구속 및 출감으로 이어지는 총 20화의 작품으로 기획한 것이다. 이 단계에서 이루어진 콘셉트, 캐릭터, 플롯 구상 과정은 다음과 같다.

① 콘셉트 구상

1차 시놉시스 제작 과정에서 〈바깥집(가제)〉의 기본 콘셉트는 특이한 가족 형태 및 가족 구성원 간의 갈등과 화해를 다룬 허구적 에피소드의 결합 문제가 고려되었다.

> ■ 좌익 활동, 간첩사건에 연루된 아버지를 바라보는 가족의 시선은 어떠한가? 가족은 아버지를 이해할 수 있을까? 가족구성원들이 보여주는 태도는 이 시대의 화해와 치유의 통합서사의 의미를 지닐 수 있지 않을까?

웹툰 〈바깥집(가제)〉은 위와 같은 생각에서 출발하였다. 특수한 한 개인의 역사경험담이 한 편의 독립된 콘텐츠 창작 소재로 활용이 가능하며, 그 곳에서 보편적 서사를 추출해 낼 수 있다고 판단하였다. 따라서 위의 초기 콘셉트처럼 역사적 사건 안에서 서로 다른 이념을 가진 인물들 사이의 화해와 부자간의 화해를 그림으로써 보편적이면서도 치유의 의미를 담고 있는 서사를 확인할 수 있을 것으로 보았다.

그러나 위의 초기 콘셉트를 바탕으로 통일문화콘텐츠(웹툰)를 제작하기 위해서는 조금 더 명확한 내용을 구성할 필요가 있었다. 이는 스토리의 기본 공식인 '주인공은 누구이며, 무엇을 하려하는가, 어떤 갈등을 겪는가?'를 고민하는 과정이었다. 실제 역사경험담을 바탕으로 실제 인물을 주인공으로 삼을 것인지, 주인공의 성격은 실제 인물의 성격을 그대로 따를 것인지가 주요 논의거리가 되었다. 또한 콘셉트를 결정하는 과정에서 과연 특수한 역사경험담을 통해 무슨 이야기를 만들 것인가 하는 것도 역시 중요한 사안이었다. 이는 곧 웹툰의 주제와 관련이 있는 것으로, 이 작품을 통해 본 연구팀이 전달하고자 하는 인문학적 의미가 무엇인지를 고민한 것이다.

> ■ 화해와 치유의 길을 모색하는 '통합서사'라는 초점이 부각되도록 인물의 갈등과 화해를 부각하고, 허구적 요소로 주제적 의미를 강조한다.

시놉시스 개발 회의를 거치면서 위와 같은 콘셉트로 정리되었다. 본 사업은 웹툰이라는 성과물을 만들어 내는 것 못지않게 그 웹툰에 담아낼 '통합서사'의 의미를 전달하는 것이 중요하다. '통합서사'에 대한 자세한 설명은 앞에서도 하였지만, 이 개념은 각 인물들의 갈등과 해소가 중심이 된다. 그러므로 역사성을 반영한 리얼리티 웹툰의 형태를 취하되, 허구적인 인물을 추가하여 인물 간의 갈등을 부각하기로 하였다.

이에 본 웹툰 속 갈등의 핵심축인 두 인물의 이념 갈등과 세대 갈등을 대표하는 아버지와 아들의 갈등을 구성하고, 이러한 갈등의 대립과 해소를 분명하게 하기 위해 새로운 인물과 사건을 추가하기로 하였다. 특히 실제 역사경험담에는 등장하지 않는 고상재라는 가상의 캐릭터를 추가하고자 하였다. 그 결과 작품의 전체적인 주제와 주인공 및 반동인물의 성격과 목표가 선명해 질 수 있었다.

웹툰의 핵심 인물은 한 여인을 사이에 두고 좌와 우, 고난과 출세의 상반된 길로 나아갔던 동갑내기 두 남자와 그들의 자녀로 설정되었다. 이에 따라 이 작품의 주제에 자연스럽게 접근할 수 있게 되었다. 주인공은 이념적으로 반대에 서 있는 반동인물과 개인적, 역사적 이유로 인해 갈등하며, 자식 세대들도 갈등을 빚는다. 요컨대 이 작품은 주인공과 반동인물의 대립을 통해서 이념 갈등을, 자식들과 대립을 통해서 세대 갈등의 문제에 접근하면서 그 갈등의 인식과 화해로 나갈 수 있는 방향을 제시하고자 한 것이다.

② 캐릭터 구상

웹툰의 캐릭터를 구상하는 데 있어 제기되었던 첫 번째 문제는 과연 누구를 주인공으로 하는가 하는 문제였다. 애초에 실존 인물인 빨치산 정○○ 씨의 삶을 주요 소재로 삼았고, 작품의 중심축이 되는 사건 역시 그의 경험을 바탕으로 하였다. 이 때문에 정○○ 씨를 주인공으로 삼는 것이 타당해 보였다.

콘셉트 구상 과정에서 통합서사적 가치를 부각하는 방향으로 자식 세대에서 바라본 아버지의 모습과 부자 간 갈등 해소의 과정을 추가하기로 하였다. 아버지의 삶을 이해하고 갈등이 해소되는 과정은 이 작품이 가지는 통합서사적 의의라고 할 수 있다. 그런데 이 과정에서 아버지인 정○○ 씨의 시선으로만 이야기를 진행한다면 작품이 가지는 통합적 의미를 살리기 어렵다는 한계가 지적되었다. 이 작품이 단순히 역사경험담을 그대로 재현하는 것 이상의 의미를 갖기 어렵게 될 가능성이 있기 때문이다. 또한 그렇게 될 경우 독자들의 공감대를 얻을 수 있는 폭이 한정된다는 한계도 있었다.

이러한 까닭에서 정○○씨를 모델로 하여 '정바치'의 삶을 구현하되 표면에 드러나는 주된 캐릭터로 아들인 '정밭손'을 전면에 내세우고자 하였다. 정바치는 좌익독립운동가 집안에서 태어나 빨치산 활동 중 실명하고, 간첩단 사건에 연루되어 옥고를 겪는 등 현대사를 관통하는 극적인 삶을 살아온다. 이러한 정바치의 모습은 웹툰에서 직접적으로 제시되는 것이 아니라 바로 그의 아들 정밭손에 의해 서술되는 것이다. 정밭손은 소설로 말하자면 서술자의 위치에 있는 인물이다. 실제 작품 속에도 개입하여 성격의 변화를 보여주며 과거와 현재를 잇고, 복합적으로 얽힌 갈등을 풀어내는 입체적 인물로 설정되었다. 정밭손은 아버지의 삶에 대해 처음에는 거부하고 원망하지만 나중에는 이해하게 된다. 이처럼 자식 세대의 인물을 통해 아버지 세대를 이해하게 되는 캐릭터로 설정된 것이다.

캐릭터를 설정하는 데 있어 두 번째 문제는 반동인물을 어떻게 설정하느냐 하는 것이다. 스토리에서 반동인물은 사건의 주된 갈등을 이끌어가며 극적 긴장감을 유발하는 인물이나. 정바치와 정밭손이 실존 인물을 모델로 만들어진 캐릭터인데 반해 반동인물인 고상재는 완전한 허구화를 통해 재구성된 인물이다. 정○○씨가 실제 삶에서 겪게 되는 갈등의 주된 요인은 개인과 사회 사이에서 발생하는 문제였다. 이러한 점에서 고상재는 정○○씨를 고통스럽게 했던 사회 및 국가폭력의 문제를 형상화한 인물이라고 할 수 있다. 그와 동시에 인물을 구성하는 데 있어 고상재에게도 역시 개인적인 사연을 부여함으로써 그가 대표하는 우익적 인물들이 보여주는 행동의 개연성을 파악할 수 있게 했다. 이를 통해 이념적으로 편향되지 않는 균형적 시각을 갖는 데 도움을 줄 것이라고 생각하였다.

중심 인물의 삼각 관계

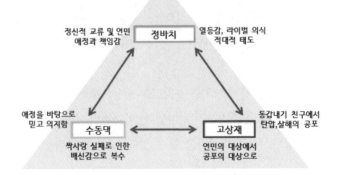

■ **정바치 – 주인공/ 서자로 출생/ 좌익계 가문의 영향으로 각종 사건에 연루. 빨치산이었을 때 입은 총상으로 두 눈 실명/ 맹님 간첩으로 사형선고 후 출소**

정바치는 구술 아카이브 구축 과정에서 수집된 자료와 정○○ 씨의 생전에 기록하였던 수기를 통해 캐릭터를 잡아가기 시작했다. 정바치의 모델이 되는 정○○ 씨의 생애는 특별히 허구화하지 않아도 한 편의 소설로 제작할 수 있을 만큼 극적인 요소들이 많았다. 나이 많은 부잣집에 후실로 들어간 어머니 아래에서 서자로 태어난 비범한 출생, 나이 많은 조카의 사회주의 사상에 영향을 받아 19세에 빨치산 활동을 하던 중 총상을 입고 실명하게 된 사연, 월북했던 작은 조카와 접선한 것을 혐의로 간첩단 사건에 연루되어 유래 없는 맹인 장기수로 독방에서 옥살이를 하게 된 사연 등은 어떤 작품의 주인공이 되더라도 손색없을 만큼 드라마틱한 삶의 여정을 보여준다.

이러한 정○○ 씨의 삶을 바탕으로 하여 정바치라는 캐릭터를 잡아나가기 시작했다. 가장 먼저 고려한 것은 정○○ 씨의 삶을 바탕으로 만든 정바치라는 캐릭터를 통해 과연 무엇을 말하고자 하는가였다. 정바치는 대한민국 역사에서 금기시 되는 좌익 활동(빨치산활동)과 간첩단 사건에 연루된 인물이다. 이 때문에 정바치는 실명을 하게 되고, 전무후무한 맹인 수감자가 되기도 한다. 결과적으로 정바치에게 남은 삶은 아픔으로 가득 차버렸다. 바로 정바치의 이러한 삶은 우리 역사가 남긴 중요한 한 형상이라는 것이다. 물론 정바치의 캐릭터는 결코 좌익 활동 및 사회주의 이념을 편들거나 변호하고자 하는 의도에서 구성된 것이 아니었다. 정바치의 캐릭터를 통하여 한 개인이 보여준 선택이나 행동이 결코 한 개인의 잘못으로 비난 받을 것이 아니라는 것을 보여주고자 했다. 그리고 그러한 선택을 할 수밖에 없게 만들었던 우리 역사의 한 단면을 정바치라는 캐릭터를 통해 조명하고자 했다.

그러나 이런 식으로 캐릭터를 설정하고 나니 한 가지 걸리는 점이 있었다. '정바치의 행동이나 선택이 역사적 비극이라고 하는 관점에서만 설명되고 있는 것은 아닌가' 하는 것이었다. 정바치라는 인물이 서사물의 인물로서 완성되기 위해서는 그가 가진 행동의 추동력과 개연성이 마련되어야 할 것이다. 그래서 정바치라는 인물이 하는 선택과 행동의 주된 추동력을 '가족'이라는 점에서 찾고자 하였다. 곧 정바치의 좌익 활동은 정바치의 독특한 가족 관계에서 배경을 찾을 수 있다는 것이다. 정바치는 지주 집안의 소생으로 아버지 나이 70세에 그를 낳았다. 정씨 집안의 가장은 그보다 20살이나 많은 큰 조카였고, 정바치에게는 그 조카가 실제 아버지와 다름 없었다. 또한 일본을 다녀온 작은 조카는 철저한 사회주의자가 되었다. 이러한 집안의 분위기는 그의 남은 삶을 결정할 정도로 영향력이 큰 것이었다. 또한 정바치가 간첩단 사건에 연루 된 이유 또한 북으로 간 작은 조카를 잠시 만나 안부를 물었던 것이다. 이처럼 정바치의 비극적인 삶은 투철한 이념, 사상적인 이유보다는 가족이라는 인륜의 문제에서 시작된 것이었다.

한편, 정바치는 비극적인 삶에 좌절하거나 굴하지 않는 긍정적 성격을 가진 것으로 설정하였다. 실제 주인공인 정○○ 씨 역시 실명과 투옥, 사랑하는 가족들을 국가폭력으로 잃는 아픔을 겪었지만 이것을 극복하고 새로운 삶을 살아 나갔다. 이러한 인물 성격은 정바치를 설명하는 핵심적인 키워드라 할 수 있다. 정바치의 긍정적인 에너지는 세계와의 대결 속에서 주인공이 취하게 되는 삶의 태도이며, 현실의 고통 속에서도 계속해서 살아갈 수 있는 개연성을 확보할 수 있게 하는 것이다.

■ **고상재 – 반동인물/ 정희명과 한 날, 한 시에 태어난 정유수 하인(고서방)의 아들/ 신분적 열등감과 수동댁에 대한 감정으로 인해 정바치와 반대의 삶을 살아가는 인물**

고상재는 처음 기획 단계에서 정바치에 대치되는 반동인물로 구상되었다. 다른 인물들과는 달리 허구화를 통해 만들어진 인물로, 자못 평면적으로 보이는 인물들 사이의 갈등을 조장하고, 사건이 전개될 수 있는 개연성을 부여하는 역할을 한다. 고상재는 정씨 가문에 순응하는 부모의 태도와 신분 의식에 대한 반발이 심한 인물로 설정되었으며, 정유지 집안에 대한 신분적 열등감을 이 시대를 지배하고 있는 사상적 우월감으로 보상 받으려고 한다. 고상재는 매우 지능적이며 잔혹한 인물로, 계속해서 분노의 원인을 정씨 가문과 정바치에게 투사한다. 또한 토벌 과정에서 정바치에게 총을 쏴 그가 두 눈을 잃게 만들었는데, 이 때문에 정바치를 포함한 정씨 가문과 계속해서 악연을 맺게 된다.

그렇다고 해서 반동인물인 고상재를 무조건인 악인으로 구상한 것은 아니다. 고상재에게도 나름의 사연을 설정하여 그가 정바치에게 저지르는 악행에 개연성을 부여하고자 했다. 그가 저지르는 악행의 추동력은 비천한 출생과 부모가 보여주는 정씨 가문에 대한 태도에서 오는 열등감이다. 이 때문에 고상재는 어려서부터 정씨 가문이 추구하는 좌익 독립운동에 대해 무조건적인 반감을 갖게 되며 정씨 가문을 억압하는 권력, 즉 우익적 이념에 몰두하는 인물이 된다.

하지만 본 작품에서는 고상재가 추구하는 우익적 이념을 절대적인 악으로 형상화하려는 것은 아니다. 다만 우익적 이념이 한 개인에게 어떠한 국가폭력을 행사하였는지 그 역사적 행적을 고상재라는 인물의 형상을 통해 그려내고자 한다. 또한 이러한 성장의 과정에서 갖게 된 원체험과는 다른 한편으로, 정바치-고상재-수동댁이라고 하는 삼각관계를 구성함으로써 고상재가 가진 분노와 열등감이 폭발하게 되는 지점의 개연성을 부여하고자 했다. 자신이 연모했던 윤금순을 맹인인 정바치에게 빼앗겼다는 데서 발생하는 상실감은 정바치에게 향하는 고상재의 분노와 원망을 독자로 하여금 더욱 잘 이해할 수 있게 하는 장치가 될 것이다.

한편 고상재는 결말 부분에서 정바치의 죽음으로 심경의 변화를 일으키고 자기 삶에 대한 회의감을 느끼게 된다. 이처럼 인물의 성격 변화를 잘 보여준다는 점에서 고상재는 입체적 인물이라 할 수 있다.

■ 수동댁 – 정바치의 아내/ 고상재의 연모 대상/가족을 모두 잃고 혼자 살아남음/ 정바치과 결혼하여 어떤 역경에도 굴하지 않고 굳세게 가정을 지켜나감

정바치가 실명한 이후 정바치와 혼인하는 인물로, 빨치산 활동 중 실명하게 된 정바치가 좌절하여 삶을 포기하려고 했을 때, 그를 다시 일으켜 세우고 힘이 된 인물이다. 보도연맹 사건으로 아버지와 오빠 등 집안의 모든 식구를 잃었으며, 정바치 만큼이나 사연이 많은 인물로 설정되었다. 정○○씨의 실제 부인인 윤○○씨를 실제 모델로 삼았는데 그녀의 실제 성격 대부분이 수동댁 캐릭터에 반영되었다. 맹인 가장인 정바치를 대신하여 집안을 건사하고 자녀들을 모두 키워낼 정도로 억척스럽고 굳은 의지를 가진 인물로 묘사되었다. 다만 허구적 요소를 가미하여 어린 시절부터 정바치, 고상재와 알고 지냈던 인물로 설정되었으며, 맹인이 된 정바치를 자기의 의지로 선택할 정도로 강단있는 성격으로 묘사된다. 정바치에게 새로운 삶과 희망을 주는 역할을 맡는다. 한편 수동댁의 선택은 고상재의 열등감이 폭발하게 하는 이유가 되고, 정바치에 대한 고상재의 적의를 더욱 강화하게 만드는 계기가 된다.

■ 정밭손 – 정밭손의 아들, 작품의 서술자

정밭손은 정바치의 아들로 현재의 시점에서 아버지의 삶을 재구하게 하는 서술자의 역할을 한다. 그는 장례식 장에서 정바치와 함께 수감되었던 수감자들과의 대화를 하면서 아버지에 대한 기억을 떠올린다. 정밭손과 정밭손의 자녀들은 정바치의 좌익 행적 때문에 고통을 겪고 그에 대한 원망을 갖게 된다. 하지만 아버지의 투옥과 투병을 계기로 정밭손은 부친의 좌익 활동과 간첩 혐의 등의 반국가적 행위로 인한 주변의 냉대를 담담하게 받아들이게 되고 아버지를 이해할 수 있게 된다. 본 연구팀은 이러한 가족 구성원의 모습에서 역사주체로서의 각성과 미래지향적 자세를 통한 화해와 치유의 통합서사를 실마리를 찾을 수 있다고 생각하였다.

■ 주변인물

• **정유지** – 일흔이 가까운 나이에 후처를 들여 정바치를 낳음/ 가문 중흥의 욕망/ 정바치가 어릴 때 죽음/ 정바치의 생물학적 아버지

- **정지용** : 정유수의 큰손자/ 정바치에게는 큰댁 큰조카/ 덕망 있는 민족주의자, 교육사업/ 정바치의 정신적 아버지
- **정지인** : 정유수의 작은 손자/ 정바치에게는 큰댁 작은 조카/ 냉철한 사회주의자. 월북함/ 정바치의 사상적 아버지
- **후처 이씨** : 정바치의 모친/ 20대에 정유수의 후처가 됨/ 외아들 정바치에게 헌신적 뒷바라지
- **고서방 부부**: 고상재의 부모/ 정유수 집안에 헌신적인 집사와 하인 역할/ 정유수의 노비 해방에도 불구하고 정씨 가문을 떠나지 않고 끝까지 충성/ 주인댁과 대립각을 세우고 있는 아들 때문에 큰 죄책감을 느낌

③ 플롯 구상

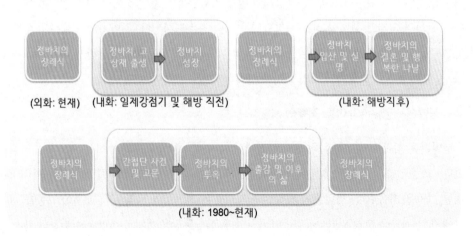

⟨바깥집⟩(가제)은 액자식 이야기 구조를 취하고 있다. 발단 부분은 정바치의 장례식(현재)에서 정바치의 아들인 정밧손과 정바치의 동료 수감자들이 정바치에 대한 이야기를 나누다 그의 삶을 조명하는 것으로 시작된다. 여기서 이야기의 시점은 과거로 돌아가고, 정바치의 출생에서부터 성장 과정을 차례로 보여준다. 이 속에서는 정씨 가문의 독특한 내력과 당대의 정치사회적 상황이 배경으로 자리한다. 한편 서출 자식인 정바치와 하인집 자식인 고상재의 관계가 제시된다. 그리고 이야기의 시점은 다시 현재의 장례식으로 돌아와 정바치를 조문하기 위해 찾아 온 고상재와 정바치

가족들의 슬픔과 갈등을 그려낸다.

그러다 다시 과거의 이야기가 조명되는데 이는 위기 부분에 해당한다. 정바치가 빨치산이 되어 입산 후 죽을 고비를 넘기고 실명하게 되는 과정과, 혼인 후 새로운 삶의 희망을 찾는 모습이 이어진다. 한편 제시되는 정바치의 장례식 장면(현재)에서 가족들의 대화를 통해 지난 가족사의 슬픔과 회한이 드러난다. 절정 부분에 해당하는 과거 회상 장면에서는 정바치의 구속과 고문, 투옥, 사형선고의 과정이 그려지는데 간첩단 사건의 실체가 밝혀지는 것을 지연함으로써 작품의 극적 긴장을 부각시킨다. 마지막으로 작품의 결말 부분에서는 출감 이후 정바치가 심적 안정과 평화를 찾아가는 과정을 그리면서, 아버지를 원망하던 가족들이 서서히 화해해 나가는 과정이 제시되며 이야기는 마무리를 짓는다.

이러한 기본구조를 바탕으로 1차로 완성한 시놉시스는 다음과 같다.

---

1) 장례식장 – 정바치의 장례식이 펼쳐지고, 정바치의 동료 수감자들이 나누는 대화를 듣던 정밭손은 아버지에 대한 회상에 잠기게 된다.

정바치의 장례식장, 중견그룹에서 중책을 맡고 있는 큰 상주의 조문객들로 빈소가 붐빈다. 빈소 안에는 소리쳐 통곡하는 친인척이 있는가 하면 선글라스를 쓰고 있는 고인의 영정 사진을 보고 고인이 멋쟁이였던 것 같다며 쑥덕거리는 조문객도 있다. 조문객들로 붐비는 빈소에 붉은 리본에 '비전향장기수 일동'이라는 문귀가 적힌 조화바구니가 배달된다. 그리고 이어서 '아이고 정동지' '정동지'하며 고인을 '동지'라고 부르는 비전향 장기수들이 빈소에 들어선다. 상주 부친의 삶에 대해 잘 모르는 조문객들은 의아하게 그 모습을 쳐다본다. 상주들은 이들의 조문을 받으며 당황하여 안절부절한다. 상주들은 조문을 마친 비전향 장기수 일행을 한쪽 구석에 자리로 안내한다. 이들은 술잔을 돌리며 고인과의 추억을 곱씹는다. 그들의 고인 추억하기는 조문객들의 발걸음이 끊어지고 상주들도 잠이 든 새벽녘까지도 계속 된다. 멀찍이 들리는 고인 동지들의 소리가 가늘게 들려오고, 벽에 몸을 기댄 채 고인의 영정사진을 물끄러미 바라보던 밭손이가 떨리는 입술로 "아버지"라는 말을 간신히 토해내며 눈물을 주르륵 흘린다.

2) 정바치, 고상재의 출생 – 정바치와 고상재는 각각 지주집 소생의 자식으로, 하인집 아들로 한날 한시에 태어나, 운명적인 엇갈림이 시작된다.

정유지와 낯선 남자가 대화를 나눈다. (독립군 상황 – 일제 정세가 드러나는 대화) 정지주가 금고에서 독립자금을 꺼내 독립군에 넘기며 대화를 나눈다. 이 자리에는 장손 정지주도 함께 자리한다. 하인이 급히 달려와 정지주에게 귓속말을 전한다. 정유지와 정지주는 신속하게 독립군을 대피시키고 문 밖을 나서자 일본군이 우르르 들어온다. 조선인 앞잡이가 정유지에게 의심어린 눈초리로 말을 건네자, 정지주가 의심가는대로 하라며, 자신은 곧 탄생에 임박한 생명을 보러 가야한다며 바깥집으로 급히 발길을 옮긴다. 조선인 앞잡이가 정지주와 정유지 뒤를 따라나서지만, 바깥집에 쳐진 금줄 때문에 더 이상 따르지 못하고 짜증을 부린다.

정바치와 고상재는 한 날 한 시에 태어난다. 바깥집의 출산을 앞둔 기대감과 분주한 풍경과는 대비적으로 하인 고씨네는 고씨 남편의 도움을 받으며 소리를 죽여 가며 외로운 출산 풍경이 그려진다. 바깥집 안방에서는 산통 중인 이씨의 신음소리가 흘러나온다. 산파와 하녀가 이씨 옆에서 이씨의 출산을 돕는다. 이씨는 오랜 산통 끝에 출산. 아들이라는 산파의 말. 기뻐하는 정지주의 표정 등 바깥집 이씨와는 대비적으로 하녀 고씨는 이를 악물어 신음소리를 삼킴. 외로이 남편 고씨가 곁에서 출산을 돕는다. 바치의 탄생과 동시에 하인 상재 탄생, 남편 고씨가 바깥집 안채에서 미역국 한 그릇을 얻어와 아내에게 먹인다. 고씨 아내는 미역국까지 보내준 주인댁에 무한한 고마움을 드러내며 미역국을 먹는다.

3) 정바치와 고상재 어린시절 – 고상재의 신분적 열등감 심화, 권력에 대한 동경이 시작됨.

어린 바치는 정지주가 설립한 양정원에서 공부한다. 상재도 학교를 다니고 싶다고 부모를 조르지만 머슴이 무슨 공부냐며 일손이 부족하니 일이나 하라며 집안일을 시킨다. 바치는 상재를 동갑내기 친구로 대하여 상재도 그러려고 하지만, 상재의 부모님은 그럴 때마다 혼을 내며 상재에게 꼬박꼬박 도련님이라 부르라고 한다. 정지주가 집안 하인 20여 명을 불러놓고 신분제도의 불평등을 피력하며 하인들이 보는 앞에서 노비문서를 모두 소각한다. 그러면서 각기 갈 길을 가서 자유롭게 살라고 한다. 이곳에는 상재네 가족도 있다. 상재는 뛸 듯이 기뻤지만, 부모는 그 자리에서 털썩 주저앉아 정지주 앞에서 통곡을 하며 주인님을 두고 어딜 가라고 하냐면서 죽어도 이 집에서 죽을 거라면서 못 간다고 말한다. 상재는 부모를 붙잡고 가자고 조르지만, 하인 부모는 상재에게 철없는 소리말라면서 울부짖었다. 상재 부모는 하늘이 무너진듯한 반응을 보였다. 정지주는 떠나지 못하는 사람들을 정식으로 채용하기로 한다. 상재 부모는 정지주에게 감사하다면서 땅에 엎드려 여러 번 큰 절을 한다. 고상재는 그런 부모가 못마땅하여 화를 내며 뛰쳐나간다.

4) 빨치산 활동 – 정바치의 입산과 고상재의 추격 .

정바치는 가을 일림산에서 빨치산 활동을 시작한다. 갈수록 추위와 배고픔에 고난을 겪는다. 11월 접어들면서 그 고통은 더욱 심해진다. 정바치와 함께 이동하던 한 동지는 도토리를 물고 가는 다람쥐를 보고 "도토리를 물고 달아나는 저 다람쥐가 부럽네"라고 말한다. 군경 수색보다 추위가 더 무서웠는데, 자고 일어나면 얼어 죽은 동지들이 생겨났다. 정바치가 하루는 마을로 보급투쟁을 나갔다가 돌아가면서 어머니 그림자만이라도 한 번 보고 싶어서 집 앞까지 몰래 간다. 담벼락에서 불빛에 비친 바느질하는 어머니의 모습을 지켜보고 눈시울을 적신다. 인기척을 느낀 어머니는 "누가 왔소?"하며 방문을 연다. 정바치는 담벼락 밑으로 몸을 잠시 숨겼다가 방문이 닫히는 소리를 듣고 재빨리 돌아선다.

고형사는 스치듯 지나다가 직감적으로 뭔가를 느끼고 정바치를 뒤쫓기 시작한다. 정바치가 달아나고 고형사가 산 입구까지 쫓아간다. 아직 녹지 않은 눈과 쌓여가는 눈. 고형사는 정바치의 발자국을 발견하고 미소를 짓는다. 고형사는 발자국을 열심히 쫓아간다. 정신없이 쫓아가다가 순간 멈춰서며 숨을 헐떡거린다. 자신이 발자국과 자신이 쫓아가고 있는 발자국이 향하는 방향이 반대라는 사실을 깨달은 것이다. 고형사는 소리를 지르며 주저앉는다. 달려온 길과 서로 반대방향으로 눈에 찍힌 발자국 장면.

5) 실명 – 정바치가 추격해온 고상재의 총에 맞아 실명한다.

빨치산 검거를 위한 수색이 시작되고 토벌대원들은 조명탄을 터트리며 밤새 수색한다. 빨치산 대원들은 비트에서 자고 있는데 주변이 갑자기 대낮처럼 밝아진다. 대원들은 자다 말고 갑작스럽게 도주를 한다. 밤새 산을 타고 좀 더 깊숙한 곳으로 숨어들었다. 새벽녘 아침식사 시간, 정바치는 서둘러 잠이 든 동료들을 흔들어 깨운다. 서너 명씩 한 조가 되어 막 숟가락을 드는 순간, 총소리. 정바치는 "아, 이제 내가 죽어가는구나"하는 생각이 떠오르더니 그 자리에서 의식을 잃고 쓰러진다. 고형사가 쏜 총탄에 맞아 쓰러진 것이다.

토벌대와 빨치산의 전투가 격렬하게 치러진다. 기습당한 대원들이 일단 자리를 피했다가 군경이 내려간 것을 확인하고 동료들 시체라도 묻어줄 생각으로 다시 올라온다. 그때 정바치의 생존을 확인하고 급히 계곡으로 옮긴다. 의식이 돌아온 정바치는 심한 갈증을 느낀다.

'목 말라', '차라리 죽는 게 나아' 하며 더듬거려 배가 터지도록 물을 마신다. 이후 고열로 신음을 하는 정바치를 살리기 위해 동료들이 안간힘을 쓴다. 조를 짜서 부락에 내려가서 밀가루를 끓여와서 입에 떠 넣어 주었고, 독을 빼야한다고 호박을 구해 와서 긁어서 상처 위에 붙인다. 동료들은 정바치를 집에 데려다 주고 다시 입산한다. 얼마 후 함께 입산했던 일가친척들, 친구들이 토벌대에게 총살당했다는 소식들이 하루건너 하루씩 전해왔다. 그 소식을 접할 때마다 정바치는 점점 삶의 의욕을 잃어갔다. 식음도 전폐하고 드러눕는다.

6) 결혼 – 정바치는 수동댁과 결혼하게 되고 자식을 낳아 행복한 나날을 보낸다.

정바치를 지극정성으로 돌보던 어머니마저 전염병으로 드러눕자 주변에서는 한꺼번에 두 송장을 치게 생겼다고 정바치를 설득한다. 정바치는 그저 사람들을 등진 채 누워 소리없이 눈물만 흘린다. 그날 밤 정바치보다 나이가 무려 20살이나 많은 큰집 조카 정지주가 찾아와 어머니 병환이 갈수록 심해지니 기운을 차리고 다 같이 살 방도를 찾자며 신부감 집안과 결혼 이야기가 끝났으니 정바치 마음의 결정만 남았다고 전한다. 정바치는 정지주에게 예비검속 때 부친과 형제들을 처참하게 잃은 색시감의 사연을 듣고 의지할 곳 없는 자신과 같은 신세에 놓여있는 그녀에게 지꾸 마음이 쓰인다. 정바치는 결국 어머니를 위해 아버지처럼 믿고 의지하던 조카 정지주의 말을 따르기로 마음먹는다.

바치와 수동댁은 바깥집에서 신혼생활을 시작한다. 수동댁은 전염병에 걸린 시어머니를 정성으로 간호를 하여 건강을 회복시켰다. 그녀는 어려운 집안 살림과 생계를 꾸리며 싫은 내색 한 번 하지 않았다. 정바치는 아내의 얼굴은 볼 수 없었지만 꾀꼬리 같은 아내의 목소리를 들을 때마다, 손길이 닿을 때마다 행복감이 새록새록 생겨났다. 결혼 후 삶의 의지가 되살아난 정바치는 자신이 할 수 있는 일들을 찾아서 해 나갔다. 도끼를 들고 장작을 패기도 하고, 새끼를 꼬고, 고장 난 집기를 고치기도 하였다. 아이들이 한 두 명씩 태어나면서 웃음을 잃었던 바깥집 담장 밖으로 웃음소리가 흘러나오기 시작하였다.

7) 고문 및 수감 – 간첩단 사건으로 고상재가 정바치를 취조하고, 정바치는 '맹인 간첩'이 된다.

어느 날 짚차 여러 대가 마을로 들어온다. 바깥집 대문 앞에서 멈춘 짚차에서 말쑥한 양복차림의 사람과 군경들이 내린다. 이들은 대문을 두드리지도 않고 박차고 들어가 일상처럼 라디오를 듣고 있던 정바치를 다짜고짜 끌어내 차에 태우고는 그길로 마을을 떠난다.

조사실에서 간첩활동 조사를 받는 바치. 조사실 맞은편 의자에 앉은 고상재. 바치는 어디서 어떻게 구타를 당할지 모르는 어둠 속에 무차별적인 몽둥이 세례를 당하고 정신을 잃고 고문당하기를 반복한다.

며칠 뒤 밭손은 중앙정보부의 주선으로 정바치와 독대를 한다. 정밭손은 왜 이렇게 몸이 상했냐며 고문 받은 거냐, 어디 아픈데는 없냐 물어보지만, 정바치는 고문 사실이 바깥으로 새 나가면 가족까지 전부 끌려올 줄 알라는 협박을 떠올리며 아들의 손만 두 손으로 잡고 부르르 떨면서 아들에게 아무 일도 없이 잘 지낸다고 거짓말을 한다. 결국 반복되는 고문 속에 정바치는 역사 상 최초의 위험한 '맹인 간첩'이 되어가고 있었다.

8) 장례식 – 결말

시간은 다시 흘러 며칠 전으로. 정바치는 모진 옥살이로 인해 빨치산 총상 때 생긴 뇌농양 지병이 악화되어 병원에 입원해있다. 젊어서 함께 산에서 힘들게 빨치산 활동을 했던 동지가 정바치의 위독한 소식을 듣고는 밭손에게 전화를 걸어 건강상태를 묻는다. 나는 영상통화라도 하시겠냐고 하지만, 정바치의 친구는 병석에서 링거를 꽂고 누워있는 친구의 모습은 보고 싶지 않다고 말한다. 그저 당당했던 친구의 모습만 기억하고 싶다면서 병석에 누워있는 정바치에게 전화기를 갖다 대어 달라고 부탁한다. 전화기 너머로 젊은 시절 산에서 불렀던 노래가 계속 흘러나온다. 정바치는 감고 있던 눈을 뜨고 어린 시절을 회상한다. 노래를 열심히 부르고 있는 친구나 전화를 듣고 있는 아버지나 두 눈에서 눈물이 주르르 흐른다.

2) 2차 시놉시스 제작 단계 : 산학협동을 통한 수정 보완 작업

2차 과정 개관

– 인물:
　① 집중하는 서사를 중심으로 등장인물의 축소 및 추가
　② 손자(정이준) 캐릭터에 특별한 능력과 의미 부여
– 사건:
　① 아들의 회상 방식에서 손자의 시공간 이동 방식으로 변경
　② 일반 웹툰 독자의 대중적 기호(설화적, 판타지적 요소)를 반영– 집중하는 서사를 중심으로 등장
　　인물의 축소 및 추가

＊ 서술 표면에서 기존의 애정관계 및 대립 갈등관계를 더욱 강조
＊ 생애담의 역사성, 보편성, 특수성을 현재 우리의 문제와 연결
＊ 50대 아들에서 10대의 손자로, 웹툰 독자들 경험치와 비슷한 눈높이 형성

사업팀의 전체회의를 통해 〈바깥집〉의 시놉시스를 검토한 결과, 일정 수준의 허구적 요소가 추가되었지만 주로 정○○씨의 삶을 재현한 것에 그치고 있다는 한계점이 지적 되었다. 웹툰이라는 장르가 대중성을 전제로 한다는 점에서 본 작품에 좀 더 극적인 요소를 가미하고, 독자들의 흥미를 끌 수 있는 요소들이 추가되어야 한다는 데 의견을 모았다. 또한 이 작품이 추구하고 있는 통합 서사적 의미는 정○○씨의 생애를 그대로 구현하는 것만으로는 충분하지 않다는 비판적인 평가를 내렸다. 이에 현재를 살고 있는 사람들과의 소통을 중요한 사안으로 두고 다시 검토하기로 결정하였다.

이에 따라 〈바깥집〉의 시놉시스를 바탕으로 2차 수정을 하여 새로운 시놉시스를 제작하기로 했다. 2차 시놉시스 구성은 연구팀 자체 회의와 산학협동회의를 통해 이루어졌으며, 온라인 작업을 통해 상시적인 피드백을 거쳤다. 그리고 2차 작업에는 산업체 인력이 본격적으로 참여하여 즉각적인 모니터링을 받을 수 있었다. 내용 요소뿐만 아니라 2차 수정 단계에서는 작품의 제목과 등장인물들의 이름이 변경되었다. 정씨의 생애와 가족사를 강조했던 〈바깥집〉이라는 제목에서 화해와 통합의 의미를 강조하는 〈희喜스토리〉로 변경되었다. 구체적인 수정 과정은 다음과 같다.

① 캐릭터 수정 작업

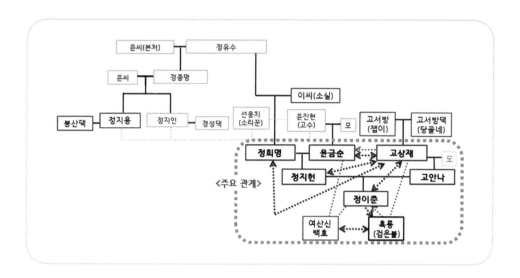

■ 정희명, 고상재, 윤금순

정희명(←정바치)은 작품의 주인공으로, 서자로 출생한다. 좌익계 가문의 영향으로 각종 사건에 연루되고 빨치산 활동 중 총상으로 실명한다. 맹인 간첩으로 복역한 후 출소한다.

고상재는 정씨집 하인(고서방)의 아들로 아버지는 잽이, 어머니는 당골이다. 신분적 열등 감을 심하게 갖고 있는 인물로 정씨 집안에 대해 무조건적으로 충성하는 부모의 태도를 경멸한다. 윤금순을 짝사랑하나 훗날 윤금순이 정희명과 결혼함에 배신감과 애증의 감정을 느낀다. 권세가였던 정씨집에 행사하는 일제의 권력을 동경하여 당대의 우월한 권력에 붙어 친일−우익−반공적 인물로 살아간다. 신분적 열등감을 시대를 지배하는 우월감으로 보상 받으려는 인물이며 빨치산 토벌 과정에서 정희명에게 총상을 입혀 두 눈을 잃게 만든다.

윤금순(←수동댁)은 고상재의 연모 대상이자 정희명의 아내이다. 가족 모두 죽을 위기에 처하게 되나, 고상재 덕분에 홀로 목숨을 구한다. 이후 눈이 먼 정희명과 결혼을 선택하며 어떤 역경에도 굴하지 않고 굳세게 가정을 지켜나가고자 노력한다. 그리고 비룡산신에게 오랫동안 빌어서 손자를 얻는다.

2차 시놉시스의 수정 과정에서 위의 세 인물에 대한 설정은 크게 변하지 않았다. 여전히 정희명의 일대기가 작품의 전반적인 소재가 되며, 사상적·이념적 대립과 윤금순을 사이에 두고 발생하는 정서적 삼각관계가 이야기를 이끄는 주된 추동력이 되고 있다. 다만 〈바깥집〉의 이야기가 정희명이라는 한 개인의 삶의 고통에 집중했다면, 〈희稀스토리〉는 정희명 뿐만 아니라 여러 인물들이 갖고 있는 고통에 주목했다는 차이가 있다. 〈바깥집〉에서 보여준 주인공의 행적을 따라가는 플롯은 연구팀의 처음 계획과는 달리 자칫 주인공을 지나치게 영웅적으로 그리게 되어 이야기에 대한 독자들의 공감을 놓칠 수 있다는 위험의 소지가 있다. 그뿐만 아니라 본 웹툰을 통해서 독자들에게 전달하고자 하는 주제와도 거리가 멀어질 가능성이 있다. 이에 주인공 개인의 드라마 비중을 줄이는 대신 다른 인물의 사연과 시각을 첨가하여 한 캐릭터에게 무게가 집중되는 것을 지양했다. 즉 〈희稀스토리〉에서는 정희명의 일대기를 나열하는 방식이 아니라, 외부 서술자의 시각을 통해 여러 인물들의 사연을 조명하는 방식을 선택한 것이다.

■ 정이준과 여산신, 백호와 흑룡

정이준은 정희명과 윤금순의 손자이자 정지헌과 고안나의 아들이다. 정희명의 묏자리에서 우연히 쇠말뚝을 뽑은 뒤 신이한 능력을 얻게 된다. 그 이후 접촉하는 사람의 심리적 트라우마가 못으로 박힌 형상으로 나타나 보이는데, 그 못을 만지면 과거로 시간이동을 할 수 있는 능력이 생긴다. 이상 능력과 행동에 대한 또래집단의 차별적 시선 때문에 친구와 친밀해질 수 있는 상황을 피하고 점점 외톨이가 되어간다. 부모에게 솔직히 말하지 못하고 에둘러 집안의 배경을 물어보나 말해주지 않는 부모에 대해 불만과 원망의 감정이 있다. 능력을 가지게 된 뒤로 자라나는 흰 눈썹에 콤플렉스를 갖게 된다. 윤금순과 고안나의 기자신앙으로 출생, 이후 신앙의 대상이던 비룡산 여산신과 그 신수인 백호에게 수호를 받는다.

여산신과 백호는 비룡산의 산신이다. 이준의 눈에 여산신은 호호백발 할머니의 모습으로, 신수인 백호로 나타난다. 자신을 모시는 윤금순의 기도에 정씨집, 정지용과 정희명, 정지헌을 두루 돌봐주고, 특히 정이준을 수호해준다. 비룡산 용소 아래 흑룡의 악행을 견제하며 흑룡과 비등한, 조금은 월등한 힘을 가진다.

흑룡은 바다로 나가 승천하려는 순간 인간들이 욕심에 눈이 멀어 박은 쇠말뚝 때문에 여의주를 잃어버리고 승천에 실패한다. 이에 인간에게 복수하고자 부정적 감정과 기운을 불어넣고, 이것은 이기적 욕망에 의한 탄압과 증오·원망·복수로 악순환된다. 이준에게는 검은 불길, 검은 비늘이나 혓바닥, 붉은 눈동자가 보이는데, 흑룡은 상재에게 일체화되었다가 이후 정이준에게 일체화 된다. 이후 정이준의 내면갈등 속 자기희생적 극복의지로 파괴되고, 박힌 쇠말뚝이 뽑힌 이후 여의주를 물고 바다로 나가 승천한다.

정이준은 〈희囍스토리〉을 구상하는 과정에서 새롭게 추가된 인물이다. 〈희囍스토리〉의 핵심적인 인물로, 작품 속에서 서술자의 역할을 맡고 있다. 처음 시놉시스를 구상하는 과정에서는 서술자를 정밭손(→정지헌)으로 설정했는데, 웹툰의 주 독자층인 청소년들의 시각에 맞추기 위해 정이준을 새로운 서술자로 내세우게 되었다. 그리고 화해와 통합이라는 시의적인 사안을 염두에 두고, 역사적 사건을 직접 경험해온 세대와의 소통 및 통일세대인 청소년의 입장을 고려하여 정이준을 주인공으로 설정하였다.

정이준의 캐릭터는 다른 인물들과는 다르게 신이한 능력을 가진 인물로 나타난다. 정이준은 우연히 쇠말뚝을 뽑는 과정에서 사람의 마음속에 있는 심리적 트라우마를 '못'으로 볼 수 있고 이를 통해 시간 여행을 하여 그 사람의 과거의 행적을 확인할 수 있는 신이한 능력을 얻게 된다. 이러한 허구적 설정은 현실의 장벽을 넘어설 수 있는 초극적인 힘과 희망적인 상상력에 해당된다. 정이준이 못을 확인할 수 있는 인물로는 정희명, 윤금순, 고상재, 정지헌, 고안나가 있다. 정이준은 못을 통해 이 인물들의 과거로 돌아가 독자들에게 자연스럽게 여러 인물들의 이야기를 전달하는 역할을 하게 된다.

정이준은 갑자기 갖게 된 능력에 적응하지 못하고 자신의 변화에 당황해하며, 다른 타인들을 점점 피하게 되는 등 소극적이고 소심한 성격을 보인다. 또한 할아버지의 과거에 대해 말해주지 않는 부모에 대해 불만을 갖게 되는데 이는 소통하지 못하는 두 세대가 안고 있는 갈등의 양상을 의미한다. 이러한 갈등은 정이준이 조부모와 부모 세대의 역사와 삶을 체험하고 눈으로 보게 됨으로써 화해로 나아갈 수 있는 실마리를 얻게 된다. 결과적으로 정이준은 현재를 살고 있는 오늘날의 세대들이 이전 세대들을 어떻게 하면 이해할 수 있을 것인가를 상징적으로 보여주는 인물이라고 할 수 있다.

■ 정지헌, 고안나

정지헌(←정밭손)은 정희명의 아들이자 고안나의 남편, 정이준의 아버지이다. 정희명의 빨치산 행적 및 간첩단 사건으로 인하여 반공체제와 연좌제에 대한 불안과 공포를 가지고 성장하였다. 대학생 때 데모하지 않고 생계위주로 살아가려하나 학생 운동을 하던 고안나를 돕다가 발각되어 함께 경찰서로 끌려간다. 거기서 정지헌이 윤금순의 아들임을 안 고상재를 만나 억울한 누명을 쓰게 되고 고문까지 받는다. 아버지에 대한 사형 선고 및 자신의 연좌제로 인하여 이후 국가와 사회로부터의 반감과 적대적 시선을 받는 것을 힘겨워 한다. 그리고 빨갱이라는 꼬리표를 자식에게 대물림 하지 않으려고 정이준에게는 양가 조부의 이야기를 비밀로 한다.

고안나는 고상재의 딸로 대학생 때 열심히 학생운동에 참여한다. 자기 때문에 끌려와 고통받은 지헌에게 죄책감과 책임감을 느끼는 한편 권력을 부정적으로 이용하여 희명과 지헌 부자에게 개인적 감정을 폭력적으로 행사하는 아버지에게 실망한다. 아버지와 기득권 세계에 대한 불신 및 증오의 감정으로 유복한 가정과 연을 끊고 가출한 후, 죄책감과 연민의 감정으로 지헌과 희명을 뒷바라지를 한다. 지헌과 결혼하고, 이후 늦게 이준을 낳는다. 결혼하고 난 뒤 계속 인연을 끊고 사는 아버지(고상재)에 대한 마음의 빚이 남는다.

정지헌은 1차 시놉시스인 〈바깥집〉의 정밭손에서 변화된 인물이다. 정밭손의 캐릭터는 작품의 서술자인 동시에 아버지의 삶과 역사를 받아들이고 화해로 나아가는 인물로 그려졌다. 그러나 〈희希스토리〉로 시놉시스가 수정되는 과정에서 정지헌의 캐릭터에 대대적인 변화를 주었다. 작품의 서술자로서 정밭손이 가지는 위치가 적절하지 않다고 판단을 내렸기 때문이었다. 본 웹툰에서 서술자의 시선은 작품을 읽는 독자들의 시선을 대신한다고 할 수 있다. 처음 주인공 캐릭터였던 정바치는 좌익 활동에 참여했던 아버지를 둔 중년남성으로 설정되어 웹툰의 주된 독자인 10, 20대들이 쉽게 공감할 수 있는 인물이라고 하기 어려웠다. 그 때문에 〈원천스토리 개발팀〉은 2차 시놉시스 수정 과정에서 작품 속에서 이야기를 이끄는 서술자를 독자층의 시선과 비슷한 연배와 상황을 가진 인물로 설정해야 한다는 데 의견을 모았다. 이에 웹툰의 서술자로 정희명의 손자인 정이준이라는 인물을 새롭게 구상했고 할아버지−아버지−자녀의 3대에 걸친 가족 구조를 설정하였다. 이에 따라 정지헌의 캐릭터는 아버지 세대를 대표하는 인물로 설정되었다.

이렇게 가족 구조를 새롭게 구상하는 과정에서 정지헌의 성격에도 변화가 있었다. 처음 정지헌의 캐릭터는 종국에는 아버지의 삶을 받아들이고 이해하는 인물로 그려졌다. 그러나 이러한 인물은 지나치게 도덕적인 캐릭터가 되어 행동의 개연성과 독자의 공감을 쉽게 획득하기 어려운 문제점이 있다. 그래서 정지헌의 캐릭터에 조금 더 입체적인 면모를 부여하기 위해 '연좌제로 인해 불안과 공포를 가진 인물'이라는 설정을 추가하였다. 정지헌은 불안과 공포 때문에 현실 문제에 대해서 다소 냉소적인 태도를 보이며, 자식들의 무사안일만을 바란다. 또한 정희명의 행적으로 인해 고상재에게 고문을 받고 위기에 처하는 장면을 추가하여 이러한 정지헌의 성격을 강화시켰다.

한편 이야기의 구조를 잡아가는 과정에서 고안나의 캐릭터가 새로 추가되었다. 고안나는 고상재의 딸이자, 정지헌의 아내로 설정하였다. 고안나는 아버지에 대한 연민과 원망으로 현실회피적인 삶을 살았던 정지헌과는 달리 아버지에 악행에 대해 분노와 기득권 세력에 대한 반발심으로 학생운동을 하는 등 적극적인 삶을 사는 인물이다. 고안나는 정희명과 정지헌을 끊임없이 고통 속에 빠뜨리는 고상재와 갈등하며 결국 아버지에 대한 원망과 희명 부자에 대한 죄책감으로 고상재의 곁을 떠나게 된다. 그러나 마음 한켠으로는 아버지에 대한 그리움과 미안함을 가지고 있으며, 언젠가는 아버지와 화해할 수 있기를 바라기도 한다.

결과적으로 본 웹툰에서 정지헌과 고안나는 자신의 아버지에 대해 반감과 연민을 동시에 가진 전쟁 2세대로, 우리의 부모 세대를 형상화한 인물들이다. 이들을 통해 가해자와 피해자의 자녀로서 각각의 아버지들에 대해 느끼는 마음과 생각을 나타내려고 하였다. 한편, 서로 상처 받은 두 남녀가 인연을 맺어 낳은 정이준이라는 인물이 사건의 해결과 화해의 실마리를 마련하게 한다는 점은 이 작품이 가진 화해와 통합의 주제의식을 강조하는 장치가 된다.

② 플롯 변화 양상

■ '못'이라는 상징적 소재를 통한 여러 인물의 상처 재현

2차 시놉시스 〈희希스토리〉에서는 〈바깥집〉에서 보여주지 못한 작품의 허구적 사건과 상황들을 추가로 설정하여 첨가하였다. 〈바깥집〉의 경우, 반동인물인 고상재를 제외한 나머지 부분은 정○○씨의 실제의 삶을 서사로 고증하는 방식을 취했다. 그러나 이러한 구성은 작품의 재미와 흥미를 담보할 수 없을 뿐만 아니라, 본 작품의 주제를 반영하기에도 한계가 있었다. 이런 까닭으로 〈희希스토리〉에서는 허구적인 요소들을 다수 설정하여 포함시켰다. 이를 통해 정희명 단 한 명에 얽힌 사연과 상처의 면모가 아닌 여러 인물이 가지고 있는 상처들에 대해 주목했다.

시놉시스에서는 한 여인을 사이에 두고 좌와 우의 상반된 길로 나아갔던 두 인물, 즉 정희명과 고상재가 펼쳐내는 이념적 분단과 극단적 갈등 구조는 그대로 유지하면서도 2세대인 정지헌과 고안나라는 인물을 설정하였다. 이들은 각각 정희명과 고상재의 자녀이면서 부부의 연을 맺게 되는데 이념이 대립했던 현대사를 살아냈던 2세대를 상징하는 존재라 할 수 있다. 또한 정지헌과 고안나의 인연은 정희명과 고상재 사이의 쉽게 끊어낼 수 없는 인연을 의미하는 동시에, 아버지 대의 봉합되지 않는 이념적 갈등이 다시 자식 대에서 또 다른 고통과 아픔으로 대물림 될 수밖에 없음을 말해주는 것이다. 또한 3세대인 정이준을 추가하였는데 정이준은 윗세대와의 소통 부재에 따른 불만을 가진 인물이다. 이러한 인물들의 상처는 작품 속에서 '못'으로 상징된다. 가슴 속 대못은 고통이나 트라우마가 심리적으로 각인되는 것을 상징하는데 이것을 보게 됨으로써 여러 인물의 콤플렉스 및 트라우마에 접근하게 된다. 이러한 못의 상징성을 통해 현실의 통합서사(치유) 부분을 염두에 두고, 청소년을 주인공으로 추가하여 그동안 모르고 있었던 할아버지와 아버지 세대의 시대적 아픔을 특별한 가족사를 통하여 이해하는 과정을 그려내고자 했다. 각자의 못이 상징하는 상처들은 다음과 같은 의미를 지니고 있다.

정희명	죽음에 대한 공포로 홀어머니와 이별하여 빨치산이 되어 올라가야 했던 기억. 사형을 선고 받고 독방 생활을 통해 생겨난 자신과 사회를 향한 원망, 그리고 가족에 대한 죄책감.
윤금순	보도연맹 속에서 가족들이 죽는 모습을 보고 자기 혼자 살아남아야 했던 기억. 자기에게 고통을 준 사람에게 빌고 부탁할 수밖에 없는 절실한 처지의 기억.
고상재	빨치산 토벌작전에서 정희명을 쐈으나 확실히 죽이지 못해 후회가 남은 기억. 인생을 바쳐 일해 온 곳에서 토사구팽 당하고 버림 받는 기억.
정지헌	맹인인 아버지가 간첩활동을 했다는 이유로 사형을 선고받는 기억. 연좌제 때문에 자신의 꿈을 제대로 펼칠 수 없을 거라는 절망의 기억.
고안나	자기를 도운 탓으로 지헌과 희명이 모두 고상재로부터 고통을 받게 된 기억. 아버지와 연을 끊고 나와 지헌과 결혼한 이후로 아버지를 찾지 않은 죄책감.
정이준	조부모님에 관한 얘기를 자기에게 모두 비밀로 하는 부모의 상황에 대한 불만. 신이한 능력을 가지게 된 후 친밀한 관계를 멀리하게 되며 외톨이가 됨.
흑룡	인간들이 박은 쇠말뚝으로 더 이상 여의주를 물지 못하게 됨. 이에 승천을 못 하게 될 거라 생각해 힘에 집착하고 상처를 준 인간에게 복수함.

정희명
정씨 가문의 자제.
눈먼 빨치산으로,
간첩단 사건에 연루됨.

윤금순
정희명 아내.
고상재의 연모대상.

짝사랑

고상재
정씨 집안 하인의 아들.
반공적인 인물, 윤금순을 짝사랑

정지헌
정희명 윤금순의 아들.
반공과 연좌제에 대한 불안과
두려움을 가지고 있음.

고안나
고상재의 딸로 아버지에 대한
실망과 반발심이 강함.
학생운동에 참여.

정이준
정지헌 고안나의 아들.
타인의 과거를 볼 수 있는 능력을 지님.

조력자

여산신

백호

정씨 가문을 지켜주는 수호신.
흑룡을 견제하여 악행을 막음.

대립구도

흑룡
사람들의 욕심으로 승천 실패 후,
인물들에게 증오, 원망, 복수의 감정을
심어줌.

〈희喜스토리〉를 제작하는 과정에서 작품의 주제를 강조하고 흥미로운 요소를 확보하기 위해 상징적이고 환상적인 부분들을 추가하였다. 〈희喜스토리〉의 구상에서 추가된 환상적 요소는 크게 두 가지이다.

첫째, 정이준(정희명의 손자)이 가진 신이한 능력이다. 정이준은 〈희喜스토리〉에서 각각의 인물들이 가지고 있는 '대못'을 볼 수 있으며 그와 접촉하는 이들의 기억으로 들어가 과거를 볼 수 있는 능력을 가졌다. 이 작품에서 정이준은 시간과 공간을 이동하며 이야기를 전개하는데, 이는 출발–모험–귀환의 플롯과도 일치하는 구조를 가진다. 그런데 서사구조 속에서 정이준은 각 인물들의 숨겨진 과거를 경험하게 되며 동시에 타자의 고통과 상처의 기억, 트라우마를 추체험을 하게 된다. 이처럼 정이준은 구체적인 상황 속으로 들어가 다른 인물들을 바라보고 함께 경험하며 타자의 삶을 이해한다. 본 웹툰에서는 이러한 지점을 강조하기 위해서 시공간의 이동이라는 환상적 요소를 구성하였는데 바로 여기서 작품이 지향하는 통합서사의 측면이 잘 나타난다. 이 내용은 시놉시스상에서 다음과 같이 구현되었다.

상재의 손등에 떨리는 손을 살짝 갖다 댄다. 상재의 가슴에 드러나는 못. 다섯 갈래로 갈라진 못. 못 주변은 시커멓게 멍든 듯, 썩은 듯 핏기 없이 말라 갈라져있다.

'있다! 못이 있어! 어차피 안 보이는데 한번 만져나 볼까?'

이준은 서서히 못 주변으로 다른 한 손을 내민다. 떨리는 손끝이 못에 닿자 찾아온, 암전.

얼음장 같이 차갑고도 불에 덴 듯 뜨거운 느낌. 가슴에 수많은 바늘침이 꽂히듯 날카로운 고통에 가슴을 움켜진 채 소리를 지르고 쓰러진 이준.

따따따따– 총소리에 깬 이준, 주변을 둘러보니 상재가 한곳을 향해 총을 겨누고 쏘고 있다. 총구가 향하는 곳. 부랴부랴 달아나는 초췌한 차림의 빨치산들과 이미 쓰러진 한 남자.

"달아나는 놈들을 어서 잡아!"

상재는 쓰러진 남자에게 간다. 고꾸라진 몸을 발로 밀어 돌린다. 얼굴은 피범벅이고 두 눈은 빠져 피로 가득하다. 그 얼굴을 보고 놀라는 이준.

'희명! 아니 할아버지?'

희명은 고통을 참지 못하고 신음소리를 낸다. 이에 총을 들고 확인 사살하려던 고상재, 한참 겨누지만 방아쇠를 당기지 못하고, 총을 내린다.

"그래, 네 놈에겐 이렇게 죽는 것도 호사지. 네 새로운 운명 어디 한번 잘 받아보라고."

상재가 총검으로 희명의 팔뚝을 찌른다. 피가 흐르고, 고통에 자지러지는 정희명. 기괴한 표정으로 검을 찌르며 정신없이 내뱉는 상재.

"제깟 서자 놈 주제에 양반 대접 받더니 분수를 모르고 설치던 새끼. 니가 편히 펜대 굴릴 동안 우리는 허리가 빠지도록 느 집구석 일은 다 해야 했어. 금수저 물고 태어나 뻔뻔하게 받을 건 다 받아 챙겨 먹는 놈!"

이번엔 허벅지를 총칼로 찌르는 고상재. 고상재의 주변에 일렁이는 검은 기운.

"어때 고통이 낯설지? 맘껏 누려라. 이 자식, 천한 신분이라, 빌어먹는 놈이라 무시 받는 기분이 어떤 건지 너도 느껴봐! 힘이 없어 당연히 밟히는 게 얼마나 기분 더러운지, 너도 한번 느껴보라고!"

고통을 더 이상 참지 못하고 희명의 옆으로 힘없이 머리가 떨어진다. 그 광경에 놀라고 무서워 바르르 떨고 있는 이준.

쓰러진 희명을 그냥 두고 다른 토벌대를 따라 쫓아올라가는 상재. 겁에 질린 이준은 희명을 흔들어 깨운다.

"할아버지! 할아버지! 정신 차리세요!"

힘없이 떨어지는 희명의 손. 그 가슴팍에 못이 드러난다. 그것을 보고 주저하는 이준.

'집으로 어떻게 다시 돌아가는 지도 모르잖아. 자꾸 멀어져도 되는 걸까? 근데 저 놈은 왜 할아버지를 죽이려고 하는 거지? 할아버지, 정말 왜 이 지경이 된 거야?!'

누운 희명의 가슴에 솟은 못을 향해 손을 뻗는 이준. 손끝이 못과 닿자 섬광이 일며 다시 고통이 찾아오고, 눈을 감고 이를 악물며 참아낸다.

둘째, 〈희喜스토리〉에서는 비룡산 산신과 백호, 그리고 흑룡을 등장시켜 인간적인 갈등과 해소 뿐 아니라 신과 신성한 동물 간의 일어나는 문제로 이야기를 확장하였다. 여기에 작품의 배경이 되는 비룡산의 풍수지리와 일제의 쇠말뚝이라고 하는 상징적 소재를 보충하여, 이들 가족이 안고 있는 상처와 아픔의 원형성과 상징성을 부각하고자 했다. 특히 흑룡은 작품 속에서 고상재에게 일체화되었다가 다시 정이준과 일체화되는데 이것은 원한과 분노가 가진 어두운 면모를 흑룡이라는 존재를 빌어 시각화 한 것이다. 그뿐만 아니라 각각의 인물들이 가지고 있던 원형적인 원한과 상처가 해소되는 과정을 다시 하늘로 승천하는 흑룡으로 상징화 했다.

이와 같이 시놉시스 제작 과정에는 두 차례에 걸친 대폭적인 수정작업이 있었다. 기본 콘셉트 구상에서부터 캐릭터 설정과 플롯 구성 과정은 대학 연구소 인력이 전담하였으나, 대중화 전략을 위한 피드백은 참여 산업체와의 활발한 소통 과정을 통해 생산적인 작업이 가능하였다. 최종적으로 허구적 요소들이 가미되고, 환타지적인 플롯으로 탈바꿈되기까지 전 과정은 지속적인 소통과 항시적인 피드백 전략을 통해 가능했다고 할 수 있다.

2.2. 시나리오 창작

시나리오 제작 단계에서는 앞서 구상한 시놉시스를 기본 뼈대로 하여 구체적인 사건과 대사, 장면들을 구성하고, 역사경험담의 일정 부분을 하나의 스토리로 재구하여 웹툰의 재미와 산업적 가치를 높일 수 있는 시나리오를 개발하였다. 이 단계는 원천스토리 및 시놉시스로 산업적 성공 가능성을 본격적으로 고려해야 하는 시점이다. 웹툰의 성공은 원화 제작의 기반이 되는 시나리오에 달려 있다고 해도 과언은 아니다. 기초 자료가 아무리 좋은 의도를 담고 있거나 원천스토리가 높은 가치를 가지고 있다고 해도 콘텐츠로서의 재미와 대중적 인기를 얻기 위해서는 질 높은 수준의 시나리오를 구성할 수 있어야 한다.

이러한 과정에서 필요한 것이 실제 콘텐츠 제작 경험의 노하우(Know-How)이다. 웹툰 콘텐츠의 제작과 구현하는 과정은 연구 집단이 가진 능력만으로는 수행되기 어려우며, 통합서사의 가치를 부각시킬 수 있는 스토리 재구 능력과 콘텐츠 창작 능력이 요구된다. 그래서 이 연구사업에는 기성작가 출신의 연구자들이 직접 시나리오 창작 과정에 참여하였으며, 또한 다수의 웹툰 작품을 배출해온 참여 산업체의 적극적인 협업을 요청하였다.

◆ 시나리오 작업 방향

– 이념적 대립, 신분계층적 차별, 인간본연의 이기적 욕망 등을 아우르는 우리 안의 분단 서사 문제를 반영.

– 본 연구팀에서 지향하는 통합서사적 가치를 높은 수준으로 구현할 수 있는 문학적 형상화와 서사적 전개를 목표.

시나리오 제작 과정에서는 기본적인 방향 설정을 선행하고, 기성작가 출신으로 구성된 인력들을 중심으로 집중화된 작업을 진행하였다. 시나리오 제작 과정에 걸쳐 작가팀이 주력 사안으로 삼은

통합서사적 가치는 다음과 같다.

현재 한국사회는 남남갈등, 세대갈등이 심화되면서 사회구성원 간 대립감정의 골이 깊어지고, 서로에 대한 지나친 혐오감과 적개심을 드러내고 있다. 이러한 갈등에는 분단과 전쟁, 분단체제의 역사 속에서 발생한 폭력과 그로 인한 아픔과 상처, 분노의 정서가 크게 자리 잡고 있다. 분단 역사를 온몸으로 부딪치며 살아온 사람들은 그때의 상처와 아픔을 가슴 깊숙이 아로새긴 채 살아가고 있다. 누군가는 분노를 무섭게 표출하면서, 누군가는 여전히 통증을 느끼면서도 가슴에 묻고 침묵하면서 말이다. 한반도 평화와 사회통합, 나아가 통일의 길을 열어나가기 위해서는 사회 갈등을 심화시키는 이러한 분단서사를 통합서사로 전환시켜 나가야 한다.

본 연구팀에서는 포용과 화해의 통합서사가 우리 안에 깊이 내재된 분단서사의 상처와 아픔을 치유해 나가는데 큰 역할을 담당할 것으로 보고 시나리오 창작 작업을 진행하였다. 웹툰 〈희希스토리〉는 비극적 역사의 소용돌이에 휩쓸려 살아온 등장인물에게 형성된 분단서사를 직면하고, 그 과거로의 긴 시간여행을 통해 공감과 이해, 소통과 통합의 세계로 나아가는 치유의 창작스토리이다. 분단을 경험한 세대의 실화를 바탕으로 하되, 문학적 장치와 상징성을 가미하여 문학성과 통합서사적 가치를 높여 분단 경험세대는 물론 경험하지 않은 세대까지 이어져 오는 역사적 트라우마의 극복과 치유의 길을 모색할 수 있도록 서사를 구성하였다.

1) 문학적 장치에 담긴 서사적 가치

흑룡은 세상을 살고 있는 사람들의 분노, 공포, 외로움, 열등감 등 수많은 트라우마가 만들어 놓은 분단서사의 상징이다.

흑룡: 우리 속에 갇힌 줄 모르고 서로를 적으로 만들더니. 가시 돋친 채 서로를 찔러대
　　고, 자기가 더 아프다고 내세우는 꼴이란. 멍청한 인간들, 후후.

이준: (흑룡을 찾으며) 닥쳐. 할아버지 할머니, 엄마 아빠도… 네 힘에 놀아난 불쌍한
　　인간일 뿐이야.

흑룡: 나도 인간들 술수에 당한 피해자인 걸? 빛이 있다면 그림자도 있기 마련이야.
　　아픈 기억이야 역사는 곧 잊을 테고. 또 서로 깔아뭉개고 죽이겠지. 인간사의 촌극
　　이 늘 그랬듯이.

이준: (사라진 흑룡을 향해 소리를 치며) 도와주진 못할망정, 상처나 파먹고 사는 이
　　기생충 같은 놈! 한 치 앞을 모르고 살아가는 어리석은 인간들이 가엾지도 않나!

흑룡: 현실의 불만 속엔 불편한 진실이 있고, 역사는 늘 되풀이되지. 그렇다고 계속 당할
　　순 없잖아. 피할 수 없다면 짓밟는 게 낫지, 안 그래? 난 그걸 도와줬을 뿐이라고.

이준: (두리번거리다 녹초가 되어) 난…이 불행을 바로 잡고 싶을 뿐이야. 제발 어떻게
　　하면 되는지 알려줘.

흑룡: 네 안에 내 힘으로 불행하게 만든 놈들을 찾아내 복수하는 거야. 그럼 네 가족들
　　도 행복해지고, 널 무시하는 놈들도 없어질 거야. 받은 만큼만 돌려주는 거라고.

이준: (힘 빠진 목소리와 눈빛으로) 그래, 다들 그렇게 시작했겠지… 근데 나는 조금
　　다르지 않을까.

〈제18화〉 시나리오 중 일부

　흑룡은 서로 적을 만들어 가시 돋친 언행으로 서로를 찌르고 상처주면서, 정작 자신만이 아프다
고 내세우는 인간군상을 비웃는다. 서로에 대한 비난과 원망, 그리고 폭력은 흑룡의 욕망을 채워줄
따름이다. 그러면서 흑룡은 분단서사에 잠식된 인간의 내면에 불덩어리가 되어 파고든다. 그래서
자신의 불행은 남 탓으로 돌리고 복수심을 불태우게 만든다. 이렇게 흑룡에게 잠식된 인물의 전형
성을 드러내는 인물이 〈희喜스토리〉에서 가상의 인물로 창조해 낸 '고상재'이다.
　고상재는 당골의 아들로 신분질서가 유지되던 시절부터 하층이었던 신분적 한계와 열등감을 지
닌 인물이다. 그래서 지주의 서자 희명과 끊임없이 경쟁하였고, 출세 욕망을 불태우게 된다. 치열
한 좌우 이념갈등 속 혼돈의 시대에 고상재는 희명의 반대편에 선다. 그리고 철저히 국가에 충성하
는 인물이 된다. 치열한 이념대립으로 부친을 잃고, 사랑하는 여인에게 외면당하는 그의 삶 속에서

그는 더욱 복수의 칼날을 휘두르며 분단서사의 검은 불덩이를 키워나가며 흑룡의 숙주가 된다.

흑룡은 복수의 화신이 되어 인간의 분단서사를 키우며 살아가는데, 거기에는 사연이 있다.

> 침을 튀기며 이야기하는 노인들.
> **노인1:** 여기가 비룡승천혈 명당인디, 일본놈들이 이 산 정기를 끊을라고 쇠말뚝을 박았다 안 혀요?
> **노인2:** 아, 내가 듣기로는 옛날에는 하도 이 산기운이 세기로 조 아래 장자집이 자꾸 무너진게, 그려서 용눈깔에다 칼을 꽂았다 허드만?
>
> 〈제20화〉 시나리오 중 일부

흑룡의 스토리는 설화적 기법으로 전개된다. 용이 승천하는 형세를 한 비룡산 아래 자리 잡은 정희명의 본댁. 아주 오래 전 명당자리에 집을 지으려고 터를 다지지만 그 집터는 용이 승천하려고 꿈틀대는 땅의 기운이니, 집이 자꾸 무너진다. 그러자 땅의 기운을 눌러서라도 명당에 집을 지을 욕심에 땅에 칼을 꽂는다. 그런데 칼 꽂은 자리가 비룡승천혈 용목(龍目)이었다. 또 세월이 흘러 일제강점기, 일본은 조선의 민족정기를 끊기 위해 산천 곳곳에 쇠말뚝을 박기 시작했다. 비룡산도 예외는 아니었다. 비룡승천혈을 찾아 커다란 쇠말뚝을 나머지 용목(龍目) 자리에 박고 말았다. 그 후로 용소는 붉은 흙탕물만 흐르게 되었고, 바다로 나가 승천해야 했던 용은 검은 불덩어리가 되어 버린다. 용은 인간들이 박아놓은 쇠말뚝으로 승천의 꿈이 좌절되고, 인간세상은 이념갈등으로 분단, 전쟁의 혼란과 아픔을 겪는다. 혼란의 시대를 중심에서 살아낸 〈희希스토리〉 배경의 1대 희명과 상재는 좌우로 갈라져 서로에게 크나큰 상처를 남겼다. 그 과정 속에서 희명은 두 눈을 실명한다. 2대 지헌과 안나는 부모세대의 갈등으로 인해 지속되는 상처, 3대 이준은 자신에게만 있는 독특한 하얀 눈썹으로 인한 상처를 안고 살아간다. 용의 꿈을 좌절시켰던 쇠말뚝은 세상 사람들의 보이지 않는 상처로 온몸 구석구석 못이 되어 꽂혀 있다. 3대가 안고 살아가는 상처(못)가 각기 개별적인 것으로 보이지만, 실상은 눈이 찔려 승천하지 못한 용, 희명의 실명, 손자 이준의 사람들 상처(못)를 볼 수 있는 능력이 스토리 안에서 매우 긴밀하게 얽혀 있다. 이는 과거 사건을 직접 경험한 자만이 아니라 그것과 체험적 관련성이 없는 자들에게도, 윗 세대의 경험과 감정이 세대를 넘어 후세대까지 연장되어 외상 후 스트레스 장애가 세대를 걸쳐 전달된다는 역사적 트라우마를 〈희希스토리〉에서 문학적 장치를 통해 형상화하고 있는 것이다.

2) 〈희希스토리〉 시나리오의 통합서사적 가치

① 대면과 이해의 서사

〈희希스토리〉는 한 집안의 3대에 걸친 비극적 삶을 다루고 있다. 시대적인 배경은 해방 전후부터 2015년까지이며, 스토리의 구성은 역행적이다. 등장인물 개개인의 트라우마로 상징되는 못이 형성된 사건이 일어난 시점으로 주인공 정이준의 시간여행이 자유롭게 이루어진다. 비극적 역사의 소용돌이 속에서 오랜 세월 힘겹게 살아나온 사람들의 다양한 상처는 어느 날 갑자기 상처(못)를 발견하고 즉시 뽑아낸다고 해서 치유되는 것이 아니다. 상처가 된 사건을 대면하고, 그 상처를 이해하는 과정이 우선되어야 한다. 치유는 상처가 쌓여 곪아온 시간보다 더 많은 위로의 시간이 필요하다. 〈희希스토리〉는 상처의 대면과 자각을 첫 번째 통합서사적 가치로 삼는다. 이는 통합서사가 갖추어야 할 기본요건 가운데 식민·전쟁·분단의 한국 현대사적 특수성과 기록되지 않은 기억의 역사성을 잘 내포하고 있다.

〈희希스토리〉 서사에서는 이준을 통해 등장인물들의 상처를 대면하고 그 상처에 기인한 사연들을 알아가는 과정을 통해 동세대 간, 선후세대 간의 화해와 치유의 실마리 혹은 여지를 마련한다. 주인공 이준의 동세대들이 경험해 보지 못한 윗 세대의 역사적 삶을 이준의 시간여행을 통해 경험하도록 하고자 한다. 이준의 대리경험은 이준이의 눈에만 보이는 개인마다 지니고 있는 못을 만지면 그 당시의 사건 현장으로, 즉 과거로의 여행이라는 환상적 장치를 통해 이루어진다. 과거로의 여행 방법은 환상적으로 이루어지지만, 대면한 과거의 사건은 실화에 기반을 두고 리얼하게 형상화된다. 이준은 용추계곡 용소에 빠지면서 어떤 알 수 없는 힘에 이끌려 시간여행을 떠나고 경험하지 못한 가족들의 역사와 대면한다.

이준이 가장 먼저 대면한 역사는 이념갈등으로 빨치산과 토벌대가 격렬하게 싸우던 시절로, 빨치산 활동 중 토벌대의 총탄에 맞아 두 눈을 실명한 희명이 사경을 헤매다 겨우 깨어난 그 순간이다. 이준의 부친 지헌이 그토록 비밀로 하고 싶어 했던, 그러나 이준은 너무나 궁금해 했던 조부의 실명 사연을 알게 되는 순간이다. 또 다른 시간여행으로 조부 희명이 인민군 점령 하에서 마을에서 했던 활동, 후퇴하면서 빨치산이 된 사연을 알게 된다.

이준은 다시 조모 윤금순의 뼈저리게 슬픈 사연과 대면한다. 상재의 도움으로 금순은 겨우 목숨은 건졌지만, 바로 눈앞에서 부친과 오빠들이 사살당하는 끔찍한 장면을 목격해야만 했던, 보도연맹 사건으로 무고한 가족의 끔찍한 죽음 앞에서도 크게 소리 내어 울 수도 없던 너무나 잔혹했던 갈등의 역사를 대면한다. 이준은 소리죽여 하염없이 눈물만 흘리는 조모 금순을 꼭 안아준다.

이준은 다시 부친 지헌과 모친 안나의 과거의 사건과 대면한다. 이준은 대면의 현장에서 희명이 간첩활동을 했다는 죄목으로 사형을 선고하는 재판장, 죄수복을 입고 끌려들어가면서도 가족을 향해 미소를 보내는 조부 희명, 흐느낌과 함께 희명을 애타게 부르는 부친 지헌과 조모 금순의 모습을 본다. 앞 못 보는 시각장애인에게 내려진 간첩 죄목과 사형선고. 이준은 자신의 집안의 비극적 역사를 알아간다. 이준은 모친 안나의 상처와 대면하면서 조부 희명이 빨치산 활동 중 눈을 실명한 것이나 간첩단 사건에 연루되어 고문을 받고 사형선고를 받게 된 것이 모두 외조부 상재의 적개심에서 비롯된 것임을 알게 된다. 이준은 지헌의 가족에게 고통만 주는 아비와 혈육의 정을 끊고 외롭게 살아온 모친 안나의 상처를 온전히 함께 느낀다. 어린 이준에게는 가족들의 상처를 대면하는 것만으로도 감당하기 버거운 시간들이다.

커져가는 화염에 휩싸인 상재와 마주 대면해있는 이준.

부하직원: (문 열고 소식을 전하며) 국장님, 정희명 잡아 놓았습니다.

상재: 후후. 그래. 내가 직접 가지. 이 여자 끌어내.

소리쳐 오열하며 저항하는 윤금순을 뒤로 하고 방을 나가는 상재.

(빈 복도를 걸어 나가는 상재를 휩싼 검은 불기운, 상재의 가슴에서 피어나는 못. 여러 갈래로 갈라져 마치 큰 꽃이 핀 듯 한 모습.)

이준: 저거야, 저걸 빨리 뽑아야 해!

(조사실 문 앞에 다다르자, 더욱 거세게 솟구치는 화염.)

이준: (불길을 무릅쓰고 못을 뽑으려 하지만 쉽사리 뽑히지 않는다) 이것만 뽑으면!

거센 화염이 상재의 못을 가리고 이준을 강하게 떨쳐 밀어내 뒤로 나가떨어져 쓰러진다.

…중략…

(상재에게 다다른 이준에게 보이는 광경-바닥에 쓰러져 있는 희명의 온몸은 피투성이, 눈동자는 돌아가 있고 입을 벌린 채 누워 있다. 희명을 내려다보며 서 있는 고상재는 붉은 빛 눈동자로 씩씩대고 있는데, 상재의 손과 몽둥이에서 검은 기운이 피어오르고 있다.)

〈제15화〉 시나리오 중 일부

이준은 외조부 상재가 조부 희명의 간첩사건을 조사하면서 희명을 고문하는 모습을 목격한다.

이준은 할아버지를 위해 무엇이라도 하고 싶다. 상재의 가슴에 꽂혀 있는 여러 갈래로 뒤틀어진 못만 뽑으면 이 비극을 끝낼 수 있을 것이라고 생각한다. 그래서 검은 화염 속을 겁 없이 뛰어 들어가 못을 뽑으려 하지만 뽑을 수가 없다. 표면적으로는 상재의 삶 속에서 만들어진 흉측한 못이 워낙 단단하게 박혀있기 때문이기도 하고, 흑룡의 방해가 강력하기도 해서 이준은 못을 뽑지 못한다. 이 상황은 이준이 아직 그들이 겪은 엄청난 상처를 감당할 수 없는 수준임을 의미한다. 이준은 현재 다른 사람의 상처도 버겁지만 자기 상처와의 대면조차 힘겹고 인정하기 힘겨운 상태이다.

(이준에게 손가락질, 욕하거나 때리고 괴롭히는 청소년들.)

청소년1: 뭘 봐? 변태 새끼.

청소년2: 뭐라고? 아 재수 없어

청소년3: 왜 자꾸 쳐다봐, 기분 더럽게.

청소년1: 야 이 눈썹 열라 구리다. 뽑아도 되냐?

이준: (분노하며) 너희들, 내가 가만두지 않을 거야.

〈제17화〉 시나리오 중 일부

이준은 독특하게 긴 하얀 눈썹으로 인해 놀림을 당하면서 분노를 표출한다. 자신의 못을 대면하는 순간 폭발해 버린 것이다. 이준이 대면한 자신의 못과 시간여행을 통해 본 가족들의 못은 그 숫자와 모양은 다양하지만 '다름'을 인정하지 않는 사람들의 인식 속에서 갈등을 겪고 있다는 점에서 서로 닮아 있다. 상처받은 자의 치유는 자기의 상처를 대면하여 그 이름을 인식하고, 타자와의 다름을 인정하는 것에서부터 시작해야 한다.

② 공감과 화해의 서사

〈희喬스토리〉에서 상처로 인한 분단서사가 가장 크게 내재된 인물은 상재와 흑룡이다. 이들에게 단단하게 얽혀 있던 분단서사는 자신과 타인의 섬세한 어루만짐을 통해 엉켜 있는 실타래를 하나씩 풀어낸다.

다시 안방, 이준 곁에 남아 있는 지헌.

측은히 이준을 바라보며 물수건을 갈아주고 이준의 손을 매만지며 혼잣말.

지헌: (혼자말로)다 말해주고 싶지만, 알고 나면 더 힘들 거야. 그냥 모르는 게 약이라 생각하자.

〈제9화〉 시나리오 중 일부

이준은 조부의 삶에 대해 철저히 비밀로 하는 부친 지헌에게 큰 불만을 갖고 있다. 그런데 지헌은 아들 이준에게 모든 사실을 다 말해줄 수 없다. 그것은 부친 희명의 삶이 부끄러워서도 아니고 부친이 잘못된 삶을 살아서도 아니다. 다른 사람들과는 다른 가치관을 지향했다는 이유로 아들인 자신의 삶이 너무나 고통스러웠기에, 그 고통을 아들 이준에게 대물림 하고 싶지 않은 아버지의 심정인 것이다.

이준은 가족들의 아픈 상처와 대면한 이후 그 가족들의 아픔을 공감하게 된다. 흑룡에게 삼켜진 이준은 흑룡 안에 있는 여러 구슬이 서로 부딪치며 내는 괴괴한 소리를 듣는다. 그 구슬에는 사람들 개개인의 상처가 고스란히 담겨 있다. 인간의 상처가 형상화되어 있는 구슬은 마치 〈차복이〉 설화에서 각기 다른 크기의 복을 담고 있는 복주머니를 연상케 한다. 이준은 차디찬 독방 안에서 수감생활의 고통을 겪고 있는 희명, 홀로 소쿠리 장사로 힘겹게 생계를 책임지며 어린 아이들을 키우고 있는 금순, 최종 면접에서 연좌제에 걸려 떨어져 괴로워하는 지헌, 끝내 부모에게 알리지 않고 홀로 결혼식장에 선 슬픈 신부 안나, 국가에 대한 맹목적 헌신에도 불구하고 조직에서 버림을 받는 상재 등 구슬 안에 단단하게 가두어둔 상처들을 보면서 그들의 마음에 공감하고 상처를 어루만진다.

구 이준: (거부하려 하지만 손이 올라간다) 으으악, 싫어!

　　새 이준의 손에서 나오는 검은 불기운과 구 이준의 손에서 나오는 희고 푸른빛이 맞닿는다.

구 이준: (고통스러워하며) 아아악―, 넌 가짜일 뿐이야!

새 이준: (섬뜩하게 웃으며) 오호, 꽤 쓸 만한 몸이구나, 내가 너보단 더 잘 맞겠어!

　　새 이준이 크게 뱀처럼 입을 벌리자 검은 에너지가 흘러나와 구 이준의 입으로 들어간다.

구 이준: (아주 고통스러워하며) 으―으아악!

…중략…

　　눈물이 앞을 가리는데 어느새 코앞으로 다가온 새 이준, 구 이준의 손을 맞잡는다.

구 이준: (손을 뿌리치려고 하며) 이거 놔!

새 이준: 그런다고 내가 사라질 거 같아? 나는 오래전부터 네 깊은 곳에 있었는 걸. 그런데
　　이제 그만 사라줘져야겠다. 후후.
　　(새 이준의 가슴에서 솟아나는 커다란 뱀 비늘 모양의 못이 날카롭게 빛난다.)

구 이준: (새 이준을 와락 껴안으며) 아니야…난…너…랑은… 달라!

새 이준, 구 이준 모두: 으으으악―!

　　구 이준의 등 뒤로는 비늘 모양의 못이 튀어나와 있고,
　　새 이준의 등 뒤로는 흰 빛깔의 큰 꽃이 꽂힌 채로 활짝 피어 있다.

〈제18화〉 시나리오 중 일부

　　이준은 친구들에게 놀림과 왕따를 당하고 괴로워하는 자신과 흑룡의 검은 불덩어리가 된 또 다른 자신과 대면한다. 구 이준은 새 이준을 철저히 외면하고 거부하려고 한다. 그러나 상처로부터 달아나고 싶은 이준과 상처를 준 대상에게 복수를 하고 싶은 분노에 찬 이준, 이 둘은 모두 이준 스스로가 보듬고 어루만져 주어야 할 상처받은 자아이다. 이준은 상처받은 다양한 자아를 모두 인정하는 순간 그토록 거부했던 새 이준을 꼭 끌어안을 수 있게 된다. 그렇게 자신의 상처마저 인정할 수 있을 때 자기 안에 꽂힌 못을 스스로 뺄 수 있는 힘을 얻게 된다. 이준은 새 이준의 가슴에 솟아나고 있는 뱀 비늘 모양의 못을 뽑아버리고 둘에서 하나가 된다.

고통스러워하는 이준을 보고 구슬을 두드리며 울고 불며 안타까워하는 구슬 안 6인.

에너지가 전달될수록 둘의 거리가 점점 가까워진다.

점점 힘이 빠져 희미해지는 구 이준의 몸 색깔, 죽어가는 것처럼 보인다.

그것을 본 구슬 안 상재(구슬은 새 이준의 등 뒤쪽)가 아주 고통스럽게 자기 몸에 박힌 못을 빼내고, 구슬을 찍어 부수기 시작한다.

이를 보고 나머지 5인도 모두 자기의 못을 고통스럽게 빼낸다.

빼낸 못으로 구슬을 찍자 구슬이 깨어지고, 6인은 웃으며 연기처럼 사라진다.

공중에 떠있는 6개의 못이 하나로 합쳐진다.

희게 빛나는 탐스러운 큰 꽃 한 송이가 되어 공중에 떠 있다.

〈제18화〉 시나리오 중 일부

구슬 속 가족들은 구 이준과 새 이준의 다툼 속에서 이준이 괴로워하자 모두 자신의 구슬을 두드리고 안타까워하며 슬픔의 에너지를 계속 전달한다. 구슬 속 가족들은 이준의 상처를 함께 느끼며 공감하고 있는 것이다. 고통스러워하는 이준을 보다 못한 외조부 상재가 가장 먼전 자신의 몸에 박힌 못을 고통스럽게 뽑아내고 상처의 기억 구슬을 스스로 부수어 버린다. 그러자 나머지 가족들도 고통스럽게 자신의 못을 스스로 뺀 다음 상처의 기억 구슬을 부수어 버린다. 자신의 상처를 스스로 보듬고 어루만짐으로써 그동안 통증을 주던 못을 빼자, 상처의 기억을 깨부수어 날려버릴 수 있는 내면의 힘이 생겨난 것이다.

각자 뽑아 낸 못이 공중에 떠 있다가 하나로 합쳐져 탐스런 하얀 꽃이 된다. 못이 상처를 상징한다면 못이 변한 꽃은 치유의 상징으로 볼 수 있다. 〈희希스토리〉에서는 분단서사가 통합서사로 바뀌어 가는 과정을 못과 꽃이라는 상징으로 풀어내고 있다.

서서히 다가오는 무표정의 고상재. 고상재는 힘겹게 걸어와 정희명의 산소 앞에 가서 아무 말 없이 술을 따라 무덤에 붓는다. 검은 선글라스를 쓰고 찍은 정희명의 영정 앞에 힘없이 주저앉는 상재. 상재 주르륵— 흘리는 눈물.

금순: 이제야 속이 시원하오? 당신이 그리 죽자고 괴롭히던 양반, 인자 저—짝으로 깨 팔러 가 부럿소. 근데 어쩌자고 여까지 또 왔단 말이요.

검버섯이 피고 시커멓게 병색이 짙은 얼굴, 고상재는 숨을 쌕쌕이며 말한다.

상재: 이 놈이 죽었응게 이놈 따라 이 맴도 자연히 없어져야 할 거 아잉가! 근디 왜 내 속이 꽉 막힌 거 모냥 이렇소? 저 놈이 아니라 이, <u>이 맴을 죽였어야 하는 거인디…</u> <u>금순이, 나도 이제 죽을 날이 가차운가 비요.</u> (흐느껴 운다)

금순: 산송장 되야 그런가 별 소리를 다 허네요. 나도 인자 곧 떠나는 마당에 뭐가 아쉬울 게 있겠소. 시절도 참 지랄 맞게 타고 난 거이제. <u>가는 마당에 우리가 다 안고 갑시다.</u> 그래야 남은 우리 아그들도 참말로 행복하지 않겠소. (지헌과 안나를 쳐다본다.)

지헌과 안나, 금순가 상재 앞에 꿇어 앉어 운다.

조용히 지켜보는 일꾼들과, 술판 무리들.

…중략…

등 뒤로 감춘 듯 쇠말뚝을 쥔 손.

그리고 불쑥 나타나는 소리.

"안녕하세요."

〈제19화〉 시나리오 중 일부

등장인물들이 자신의 상처를 보듬고 어루만짐으로써 자신과의 화해를 이루어 냈다면, 인간관계 속 화해는 희명의 장례과정에서 이루어진다.

상재는 희명의 묘소에 나타난다. 그는 한 평생 자신에게 열등감과 증오심만 불러일으켰던 희명의 무덤에 술잔을 기울이며 화해의 손길을 내민다. 비록 무덤 앞에서 내민 화해의 손이지만 희명은 기쁜 마음으로 그 손을 맞잡았을 것이다. 상재가 자신의 분단서사로 만들어 낸 수많은 상처에 대한 속죄의 의미로 흘린 눈물은 그 동안 그에게 상처를 받아온 희명·금순·지헌·안나·이준 모든 이들의 회한을 한 순간에 녹여낸다. 물론 이 화해의 서사는 현실적으로 보면 매우 작위적일 수 있다.

그러나 이념갈등으로 생긴 상처의 기억 구슬이 점점 더 단단해지기만 하는 현 시점에서 화해로 나아가기 위한 희망의 서사라는 점에서 의미가 있다.

〈희囍스토리〉에서 두 번째 통합서사적 가치로 삼은 공감과 화해의 서사에는 통합서사의 기본 요건인 역사주체로서의 각성과 미래지향적 자세와 가치중립적 태도를 통한 화해와 치유의 힘이 잘 녹아들어 있다.

③ 소통과 치유의 서사

한 평생 좌우 대립 지점에서 가장 격렬하게 싸워왔던 희명과 상재의 화해의 서사는 오랜 세월 자기 스스로 단단하게 가둬 놓은 분단서사의 상처를 들여다보고, 더 나아가 스스로 그 구슬을 깨고 나올 수 있는 인식 전환의 계기를 마련해 준다. 또한 단절된 관계 속에서 소통의 희망을 보여준다.

> 술잔을 주고받으며 허물어져 노는 술판의 어른들을 멀리서 바라본다.
> 몇몇 가슴에는 녹이 슬고 모지라진 못들이 여전히 박혀있다.
> 몇몇의 가슴에는 헐거워 곧 빠질 듯 덜렁이는 못들도 보인다.
> 못이 빠져 이미 뚫린 구멍으로 따뜻하고 밝은 흰 기운이 흘러 통하는 사람도 있다.
> (금순, 상재, 지헌, 안나)
>
> 〈제20화〉 시나리오 중 일부

이준은 조부 희명의 장례식에서 스스로 고통스럽게 못을 빼낸 어른들의 모습을 멀리서 바라본다. 누군가는 가슴에 아직 녹이 슬고 모지라진 못이 박혀 있고, 누군가는 아주 오랜 세월만큼이나 못이 헐거워져 저절로 빠질 듯 덜렁거리고 있다. 반드시 못을 뽑지 않아도, 이들처럼 그 못의 날카로움이 어느 정도 무뎌져 통증도 함께 무뎌지기만 한다면 치유의 길로 나아갈 수 있다.

이준은 금순, 상재, 지헌, 안나를 바라본다. 그들은 이미 상처의 못을 뺀 이들이다. 그들의 가슴에 박혀 있던 못의 자리는 여전히 구멍으로 남아 있다. 그렇다고 할지라도 그 구멍은 이제 막혀있지 않다. 그 구멍으로 따스하고 밝은 기운이 흐르고 그 기운은 다시 서로를 통하여 전달된다. 긍정의 기운도 부정의 기운도 함께 나누게 된 것이다. 이 서사는 갈등과 대립, 분열의 아픔 속에서 고통 받은 이들에게 '상처받은 치유자'라는 인류 보편적 공명의 역할을 할 수 있다.

노인3: 근디 워째 예전보다 용소물이 훨씬 맑아졌구만, 맨 뻘건 흙탕물 아니던가.

노인4: 그기 용소에 살던 이무기가 바다로 나가 승천해서 그렇다두만. 참말로 누가 봤당게.

노인1: 에이 설마. 그런 걸 누가 어찌 본다요.

노인4: 아이, (행동으로 과장하며) 저 김씨가 새벽에 소피가 매려 나가는디, 저-짝 용소에서 새-파란 용이 여의주를 물고 쌰악- 하고 바다로 날아가 부르륵 용트림하고 승천했다두만!

…중략…

돌아선 이준, 정희명의 무덤을 쳐다본다.

정희명의 무덤가에 한 송이 흰 꽃이 피어난다.

흰 꽃 앞에 앉아 꽃잎을 만지는 이준.

꽃잎이 떨어지고 바람에 휘날려 공중으로 뱅그르르 돌며 떠올라간다.

저 멀리 하늘가로 사라진 꽃잎.

그 곳에 선글라스를 벗고 눈을 뜬 모습의 희명이 편안히 날아올라 있다.

희명의 미소. 서서히 옅어지며 사라지는 희명의 모습.

그 위로 서서히 저녁 반달이 겹쳐 떠오른다.

〈제20화〉 시나리오 중 일부

소멸은 곧 재생을 의미하는 것과 같이 희명의 죽음은 대립과 갈등의 역사를 화해의 역사로 바꾸어 놓는 시작점이 된다. 이준이 희명을 매장하기 위해 땅을 파는데, 그곳에서 과거에 비룡승천혈에 박아놓았던 쇠말뚝이 발견된다. 이준은 그 쇠말뚝을 뽑아버린다. 그로 인해 그동안 쇠말뚝에 눈이 찔렸던 용의 혈이 다시 흘러 진흙탕이던 용소물이 맑아지기 시작했다. 승천의 꿈이 좌절되어 검은 불기운이 되었던 흑룡은 다시 바다로 나가 승천의 꿈을 이룬다. 이 부분은 용의 승천 후일담을 설화적 기법으로 처리함으로써 환상성과 문학적 가치를 높이고 있다.

이준이 쇠말뚝을 뽑는 행위는 대립과 분열의 고리를 끊었음을 의미한다. 또한 그로 인해 막혀 있던 땅의 기운이 뚫려 용이 바다로 나가 승천하고, 두 눈을 잃고 반평생을 암흑의 세상에서 고통 받으며 살아온 희명이 두 눈을 뜨고 무덤가에 핀 꽃들을 보며 희미하게 사라져 가는 모습은 화해와 소통의 길이 열렸음을 의미한다. 이는 과거세대가 만들어 놓은 대립과 분열의 시대를 끝내고 이제 이준으로 대표되는 미래세대에 의해 소통과 통합의 시대를 열어가야 한다는 의미가 담겨 있다.

〈희希스토리〉에서 세 번째 통합서사적 가치로 삼은 소통과 치유의 서사는 통합서사의 기본 요건인 역사주체로서의 각성과 미래지향적 자세, 가치중립적 태도를 통한 화해와 치유의 힘, 상처받은 치유자의 이야기를 통한 인류보편적 공명성을 다양한 문학적 장치를 활용하여 잘 함축하고 있다.

2.3. 원화 제작

원화 제작 과정은 캐릭터 스케치와 컬러링, 주요 배경 스케치와 컬러링 등 작업 단계별로 원화 작가와 대학 연구팀 간의 상시적인 협업으로 진행되었다. 원화작가는 시나리오를 바탕으로 하여 주요 인물의 스케치를 제작하였다. 제작한 인물의 스케치를 바탕으로 하여 웹툰 제작에 관한 1차 회의를 통해 전체적인 인물의 윤곽을 확정하였다.

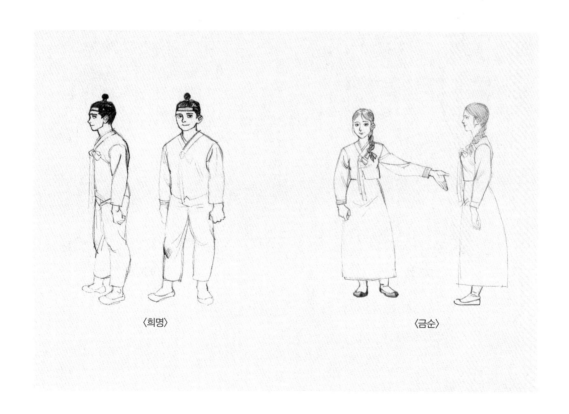

〈희명〉   〈금순〉

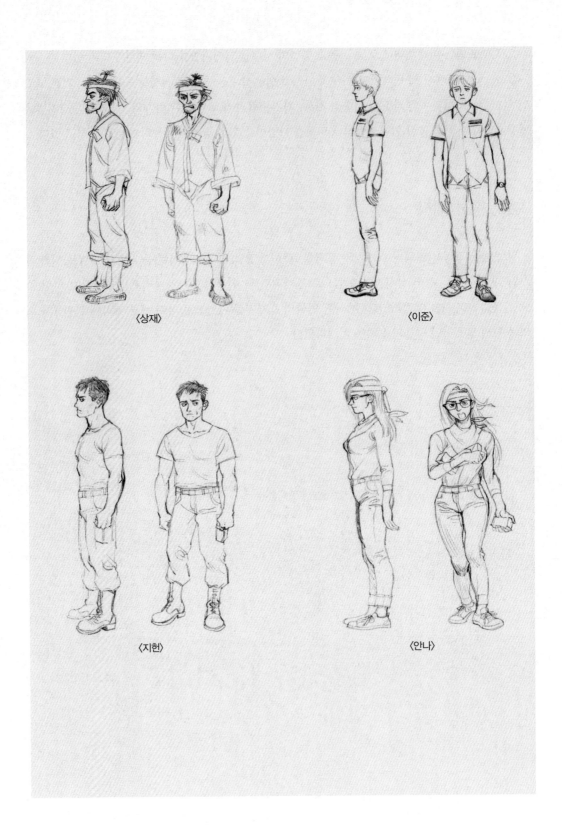

〈상재〉

〈이준〉

〈지헌〉

〈안나〉

122

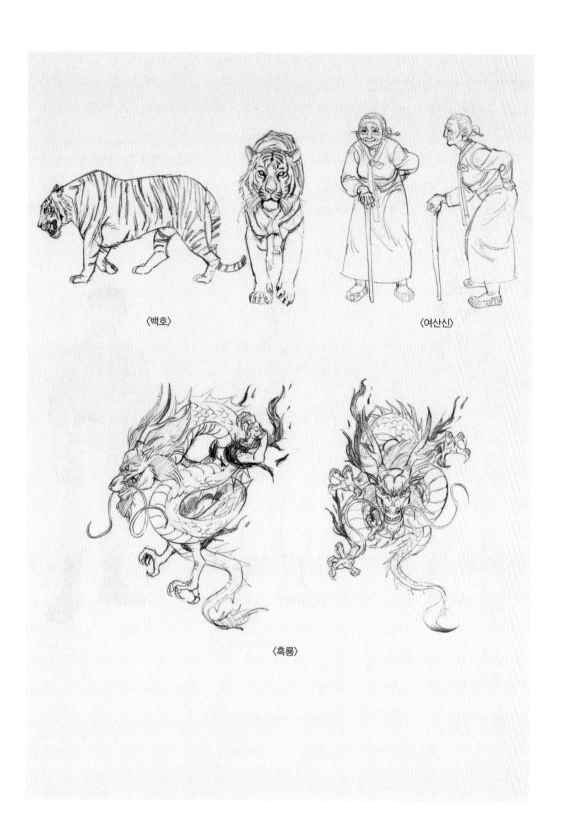

〈백호〉 〈여산신〉

〈흑룡〉

각각의 캐릭터를 만들 때는 인물의 성격 요소의 원인이 되는 사연을 바탕으로 하여, 캐릭터의 특성을 부각하도록 하였다. 그것은 시나리오 작성 과정에서 생략되고 축소되어 실제로 드러나지 않은 부분들도 있지만, 캐릭터의 내면과 욕망의 원천이 되어 캐릭터 성격을 확립하는데 도움이 되었다.

이러한 과정을 거쳐 스케치는 펜터치 및 채색 과정으로 이어졌으며 완전한 캐릭터로 탄생하게 된다. 그리고 웹툰 〈희希스토리〉의 주요 배경 또한 위와 같은 스케치, 펜터치, 컬러링 과정을 거쳐 설정되었다. 이 과정에서도 역시 대학 연구팀과 원화 작가 간의 웹을 통한 항시적인 의견 교류가 진행되었다.

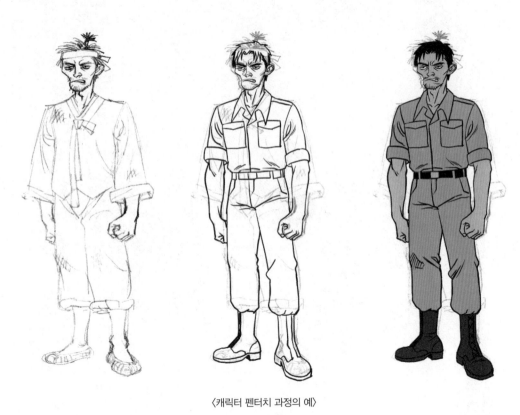

〈캐릭터 펜터치 과정의 예〉

〈배경 구상의 예〉

실제로 시나리오 창작 작업과 원화 제작 과정은 다음과 같이 동시에 진행되었다.

시나리오 및 원화 제작 단계	1-3화까지의 시나리오 완성 및 송부
	시나리오 1화 수정본 송부
	작가의 콘티 송부 (그림 추가)
	콘티의 배경에 대한 피드백 및 수정
	작가의 1화 가안 송부
	1화 가안에 대한 피드백 제시

1~3화까지의 시나리오가 작성 완료된 후 원화 작가에게 이관되었고, 원화가 제작되는 동안 이후의 시나리오 작업이 병행된 것이다.

시나리오를 건네받은 원화 작가는 콘티를 구상하였다. 콘티 작업 과정은 1화 스토리의 분량을 조절하여 화면을 배분하고, 웹툰의 특성인 종스크롤에 따라 화면을 배분하는 일이다. 컷 크기를 나누어 구성하고, 화면의 전체적인 구도와 배치될 요소들의 위치를 배분하는 것이 주요 작업이었다.

〈콘티 작성 과정의 예〉

이렇게 완성된 콘티는 웹상으로 전달되어 대학 연구팀에게 피드백이 요청되었다. 그리고 원화 작가는 다시 종합적인 의견을 바탕으로 콘티를 수정하고 1화 가안을 그렸다. 이 과정은 확정된 콘티를 기본으로 하여, 캐릭터 제작 과정과 마찬가지로 '스케치 → 펜터치 → 컬러링'을 통해 완성된다. 이 가안 역시 웹상으로 대학 연구팀으로부터 피드백을 받고 수정되었다.

마지막으로 미리 완성해 둔 배경 이미지를 포함시켜 전체 이미지를 완성한다. 그리고 완성된 이미지에 대사와 말풍선을 입력하여 전체적인 웹툰을 완성하도록 한다. 대사와 말풍선의 위치는 콘티를 제작할 때 미리 고려하여 독자의 시선 흐름에 거슬리지 않도록 자연스럽게 삽입되는 깃이 관건이다.

03
웹툰 〈희㐮스토리〉의 주요 장면과 샘플

　이상의 과정을 거쳐 통일문화콘텐츠 웹툰 〈희㐮스토리〉는 총 20화로 제작되었다. 완성된 웹툰의
회차 별 작품 개요와 주요 장면은 다음과 같다. 여기에서는 완성된 작품의 효율적 제시를 위하여 전
체의 1/3 분량인 제7화까지만 제시한다.

주요 내용	할아버지의 성묘에 따라간 이준. 이준은 할아버지의 사연에 대해 궁금함을 느끼지만 가족들은 아무도 할아버지에 관한 이야기를 하려 하지 않는다. 한편 어느샌가 이준의 눈에는 다른 사람의 몸에 박힌 못이 보이기 시작한다. 이준은 자신의 눈에만 보이는 못으로 인해 혼란스럽기만 한데…….
주요 장면	

← 이준은 돌아가신 할아버지에 관한 사연을 궁금해 하지만 가족들은 이에 대해 침묵할 뿐, 할아버지에 관한 이야기를 들려주지 않는다.

이준의 눈에는 다른 사람에게는 보이지 않는 '못'이 보인다. →

작품의 중요한 상징이 되는 '못'. ↓

주요 내용	모르는 어떤 '힘'에 이끌려 간 이준은 낯선 곳에서 눈을 뜨게 되고, 그곳에서 총상을 입고 실명하여 의식불명인 상태인 자신의 할아버지 '정희명'의 과거를 보게 된다. 그리고 이준은 고상재가 집안으로 들어와 행패를 부리는 모습을 목격하게 되는데…….
주요 장면	

← 이상한 힘에 이끌려 들어간
이준은 낯선 곳에서 눈을 뜨게 된다.

마을을 찾아 내려간 이준은 그 곳에서 눈에
총상을 입어 실명한 뒤 사경을 헤매고 있는
정희명을 만나게 된다. →

← 정희명의 집에 들어가
행패를 부리고 있는 고상재.

주요 내용	이준은 자신을 보지 못하는 다른 사람들과는 달리 자신을 알아본 어느 할머니의 도움을 받아 정희명의 본가인 정지용의 집으로 가게 된다. 그곳에서 이준은 정지용의 집으로 찾아와 또 다시 행패를 부리는 고상재를 보게 되고 집안의 비밀을 풀어줄 '못'에 관한 단서를 듣게 된다.
주요 장면	

정지용의 집에 가 또 다시
행패를 부리는 고상재. →

← 못에 대한 단서를 듣게 되는 이준.

■ 4화

주요 내용	윤금순을 사랑하고 있던 고상재는 윤금순에게 정희명의 곁을 떠나라고 종용하지만 윤금순은 고상재의 마음을 거절한다. 윤금순에게 거절 당할수록 정희명과 정씨 가문에 대한 고상재의 미움은 더욱 커져만 간다. 한편 이준은 고상재의 가슴 속에 박혀 있는 '못'을 발견하고, 못을 통해 고상재의 과거 속으로 들어가는데……
주요 장면	  ← 윤금순을 사랑하는 고상재는 하루 빨리 윤금순이 정희명의 곁을 떠날 것을 종용하지만, 윤금순은 희명의 곁을 떠나지 않을 것이라며 고상재의 마음을 거절한다.  ← 자신의 마음이 거절 당하자 정희명과 정씨 가문에 대해 복수를 다짐하는 고상재. 고상재의 마음 속에 박혀 있는 못을 발견하는 이준. → 

■ 5화

주요 내용	고상재는 빨치산 토벌 과정에서 빨치산으로 산에 올라간 정희명의 눈에 총상을 입혀 실명하게 만들고, 그에 대한 강한 증오를 드러낸다. 이 모습을 보고 있던 이준의 눈에 정희명의 가슴에 박힌 못이 보인다.
주요 장면	

← 고상재의 못을 통해 과거를 보게 된 이준은 자신의 할아버지가 실명하게 된 광경을 목격하게 된다.

정희명에게 강한 증오심을 드러내는 고상재. →

← 정희명의 가슴에 박혀 있는 못을 보게 되는 이준.

주요 내용	정희명의 가슴에 박힌 못을 따라 과거를 보게 된 이준은 정희명이 빨치산이 되어 산으로 올라갈 수밖에 없었던 과정을 보게 되고, 정희명이 어머니와 이별을 하는 과정을 보면서 가슴 아파한다. 한편, 이준은 자신의 할머니인 윤금순의 가슴에 박힌 못을 통해 그녀의 과거도 보게 된다.
주요 장면	 ← 산으로 피신할 수밖에 없는 상황이 되자 정희명은 어머니와 윤금순을 두고 인민군을 따라 산으로 올라간다.   자신의 할머니인 윤금순의 가슴에 박힌 못을 보게 되는 이준. →

주요 내용	윤금순의 과거 속에서 이준은 자신의 할머니 윤금순이 겪었던 비참했던 경험을 목격하게 된다. 윤금순의 가족은 보도연맹 사건으로 인해 모두 학살되었고 윤금순만이 오직 고상재의 도움으로 혼자 살아남았던 것이다. 비로소 할머니가 겪은 슬픈 과거를 알게 된 이준은 윤금순의 가슴에 박힌 못을 뽑으려 하는데

주요 장면

윤금순은 자신을 사랑하던 고상재의
도움으로 가까스로 목숨을 구하게 된다. →

← 윤금순의 아버지와 오빠는 보도연맹 사건으로 인해 비참하게 죽음을 맞게 되고 윤금순은 멀리서 그 광경을 목격하게 된다.

← 이준은 할머니 윤금순의 가슴에 박힌 못을 뽑으려 하지만 그 순간 알 수 없는 목소리가 이준을 방해한다.

04
웹툰 〈희喆스토리〉의 홍보 마케팅 및 서비스 과정

4.1. 웹툰 〈희喆스토리〉의 홍보 마케팅 전략

1) 개요

웹툰은 방송 산업과 유사하게 광고료로 발생하는 간접 수익에 대한 의존 정도가 매우 높다. 그래서 무료 배포를 통해 인지도와 원천 콘텐츠에의 주목도를 높이고, 이에 기반하여 파생 상품을 개발(OSMU)하여 부가 수익을 얻는 것이 웹툰의 또 다른 수익 창출 방법이다. 이를 위해서 웹툰은 다른 문화콘텐츠 산업에 비해 홍보 마케팅이 매우 중요한 수단이다. 특히, 웹툰은 출판만화와 달리 칸들의 분할과 조합이 가져올 수 있는 짧은 호흡으로 인해 비약이 많이 약화된다. 대신 독자 스스로 마우스 조작을 통해 칸과 구성의 범위와 간격을 정할 수 있는 여지가 생겨난다. 스토리의 흐름을 제시하고 완급을 조절하며, 여유롭고 서정적인 느낌을 강조하기에 수월하다. 그리고 다양한 댓글과 인터랙션으로 독자의 참여와 개입 가능성이 증가하기 때문에 온라인을 기반으로 한 홍보가 중요하다.

현대 웹툰의 장르적 특성은 매우 복합적이다. 그럼에도 웹툰 구독자들은 웹툰을 어떠한 특정 장르로 규정하고자 하는 특성을 지닌다. 이 웹툰은 그 틀을 파괴하고 21세기형 뉴웨이브적 성향을 가지고 있다. '뻔히 보이는 결과인 해피엔딩'식의 단순한 갈등─해소의 전형적인 스토리를 〈희喆스토리〉는 과감히 탈피하고자 한다. 독자를 점점 웹툰에서 멀어지게만 하는 트릭을 위한 트릭, 오락적이고 깊이 없는 허탈감을 배제하고 인간의 숨은 내면적 힘, 철학적이고 성찰적인 가치를 지향하고 자 한다. 내 속에 숨어있는 갈등의 끝없는 전쟁, 계속되는 사회적 · 가족적 관계에서 갈등하는 나약 한 인간의 초상을 보여주고자 한다. 그래서 본 웹툰은 슬프면서도 희망적인 휴머니즘이다.

작품키워드	外 : 전쟁 · 빨치산 · 남북갈등 · 역사 · 분단 · 갈등 內 : 희망 · 통합서사 · 소통
분위기	가슴 뭉클함 / 안타까움 / 미래 지향적
스토리	순수한 고등학생이 바라본 부모와 할아버지의 이야기

2) 목적

웹툰 〈희希스토리〉를 기반으로 분단서사를 극복하여 통합서사로 이끌어 내는 통일문화콘텐츠 래퍼런스를 만들어 낸다. 또한 통합서사가 무엇이고, 왜 필요한 것인지를 이해할 수 있게 한다. 통 일문화콘텐츠에 관심있는 시민 · 공무원 · 전문가 · 업체 등을 부가적인 타겟으로, 이들에게 분단 통합 서사와 통일문화콘텐츠를 소개하고 다양한 콘텐츠 확장을 유도한다.

3) 방안

본 통일문화콘텐츠는 이벤트나 행사 중심의 오프라인 홍보 마케팅이 아닌, 감성을 자극하는 홈 페이지 · 모바일 앱 · 블로그 및 SNS 연동을 통한 마케팅을 효과적으로 진행한다. 이를통해 자연스 럽게 통일문화콘텐츠 정보 제공 및 브랜드를 노출하여 신뢰도 및 인지도 상승과 함께 참여율 제고 효과를 누린다.

- 공식 홈페이지 및 모바일 앱 개설 운영 및 SNS와의 연동
- 통일문화콘텐츠 대상 홍보를 위한 연관 키워드 매칭 노출
- SNS를 통한 콘텐츠 확산

홍보 마케팅 프로세스는 다음과 같다.

- 분　　석 : 통일문화콘텐츠 주시청자 및 잠재 시청자 needs분석
- 전략수집 : 통일문화콘텐츠 핵심 메시지 선정
- 사전준비 : 홈페이지 · 앱 · 블로그 및 SNS 활동 비율 조정
- 콘텐츠 생산 : 리뷰 형태 콘텐츠 생산, 텍스트/이미지 등 다양한 콘텐츠 생산
- 활동 전개 : 각 매체별 활동 전개
- 리 포 트 : 콘텐츠 확산 정도 및 매체별 로그분석

4) 전략

최근 온라인 및 소셜 홍보의 유행에 따라 다양한 콘텐츠들이 블로그 · 페이스북 · 트위터의 계정을 생성하여, 일회성의 맹목적인 참여 이후에는 업데이트에 있어 방치되는 경우가 많이 발생하였다. 또한 기존의 콘텐츠를 단순히 등록만 하여 효과적 홍보 마케팅을 수행하지 못하고 있다. 소셜 네트워크는 각각의 채널이 다른 특징을 가지고 있으므로 특징에 맞게 접근하여 진행할 필요가 있다.

① 온라인 홍보

통일콘텐츠와 관련된 기관 및 기업 홈페이지 온라인 배너 및 팝업을 제작하여 홍보 마케팅을 수행하며, 콘텐츠의 방해요소를 최소화하고, 웹페이지의 로딩 속도에 영향을 미치지 않게 제작한다. 또한 웹툰의 다양한 이미지를 활용하여 배너를 제작하되, 다양한 사이즈와 이미지를 활용하여 주기적 업데이트를 통해 온라인 홍보 효과를 극대화한다.

〈온라인 홍보의 예〉

② 소셜네트워크 홍보

공식 페이지를 만들되 일방적인 홍보보다는 커뮤니케이션 수단을 활용한다. 이를 통해 단순히 콘텐츠를 전달할 뿐만 아니라, 독자들끼리의 소통의 창구로 활용하고, 질문에 대한 답변을 시시각각 전하는 커뮤니티의 역할을 담당한다.

〈소셜네트워크서비스(SNS) 홍보의 예〉

③ 언론보도 홍보

통일문화콘텐츠 뉴스를 온라인 보도자료로 제작하여 언론·포털 등에 배포하고, 국내 언론사 뿐만 아니라 주요 포털에 보도자료를 게재하여 국민적 관심을 확대시킨다. 또한 검색 시 쉽게 정보에 접근할 수 있도록 검색 엔진 최적화(Search Engine Optimization)기술을 적용하여 노출 및 언론 보도를 극대화한다. 또한 언론보도 기사와 함께 소셜 공유, RSS피드 등 다양한 소셜 미디어 배포를 통해 미디어 연계 홍보로 시너지 효과를 누린다.

④ 시연회 홍보

통일문화콘텐츠를 하나의 플랫폼에 연동하여 PC 및 스마트 디바이스를 통해 공개 시연회를 개최한다. 시연회를 통해 독자와 소통의 장을 만들어내어 다양한 의견을 반영하고, 추후 콘텐츠 업데이트 및 리뉴얼에 활용하여 인문학적 통일문화콘텐츠의 발전을 도모한다.

[콘텐츠 전략]

– 감성을 자극하는 스토리텔링 전개를 통해 시청자들의 자발적 참여 유도

– 누구나 관심을 가질 만한 이슈들로 콘텐츠 제작

– 시민/지역/다양한 미디어와의 콘텐츠 교류를 통한 온라인 연계협력 강화

– 원천자료와 가공 콘텐츠 및 서비스 콘텐츠를 통해 다양한 통일문화콘텐츠 구성

– 다양한 부가적 콘텐츠 구성을 통해 참여자(구독자)의 재방문률 제고

[디자인 전략]

– 통일문화콘텐츠에 맞는 스킨디자인을 제작하여 브랜드 광고 효과 극대화

– 통일문화콘텐츠 BI를 프로필 이미지로 활용하여 브랜드 이미지 일관성 유지

– 통일문화콘텐츠 온라인 배너 설치: 브랜드 노출 및 홈페이지 방문 유도

[카테고리 전략]

– 콘텐츠 컨셉에 맞는 카테고리 구성

– 카테고리 접근성을 고려한 구성

– 체류시간 및 페이지뷰를 높이도록 구성

[관리 전략]

– 키워드 분석을 통한 정확한 시청자 타깃 설정 및 홍보 전략 수립

– 한 번 배포된 콘텐츠가 2차 · 3차로 확산되어 퍼져나갈 수 있도록 소셜 공유 버튼 최대한 노출

– 일일 · 주간 · 월간 방문 유입 분석을 통한 효율성 극대화

– 이웃관리 · 댓글관리를 통해 블로그 운영 활성화 및 브랜드 이미지 상승

– 검색 엔진 최적화(SEO) 작업으로 콘텐츠를 검색 결과 상단에 노출되도록 함

– SNS 연동을 통한 콘텐츠 확산 및 신규 방문자 유도

– 짧은 영상 · 이미지 등 SNS 채널에서 간편하고 빠르게 볼 수 있도록 재생산

– 일회성 교류로 끝나지 않고 지속적인 소통을 통해 친근한 이미지 형성

4.2. 웹툰 〈희쵸스토리〉의 서비스 과정

1) 웹 서비스

① 웹 서비스의 제작 개요

본 사업의 최종 목표인 웹툰과 아카이브는 웹서비스를 1차 목표로 한다. 이를 위해 웹 표준화 작업를 통해 누구나 웹 콘텐츠에 접근할 수 있도록 제작하며, 웹 콘텐츠 서비스의 필수 구성요소인 HTML · CSS · Java Script 등에 대해서 W3C 국제표준을 정확히 준수하여 서비스한다.

구분	내용
웹 표준	1. 표준 (X)HTML 문법 준수
	2. 표준 CSS 문법 준수
웹 호환성	3. 동작 호환성 확보
	4. 레이아웃 호환성 확보
	5. 플러그인 호환성 확보

깜빡거리는 객체 사용을 최소화하여 광과민성 효과를 자제하고 쉬운 내비게이션을 기반으로 콘텐츠의 논리적 테이블 구성을 준수하고, 저사양의 인터넷 환경 · 시끄럽거나 조용한 인터넷 환경에서도 활용될 수 있도록 텍스트 · 이미지 · 동영상 · 웹툰의 콘텐츠를 최적화한다. 텍스트는 콘텐츠 형으로 구성하여 GUI를 구성하고 이미지는 눈의 피로도를 제거하는 색감을 사용한다. 또한 배경음은 사용하지 않으며, 동영상 및 녹취 콘텐츠의 경우에 콘텐츠 효과를 극대화하는 경우에만 사용한다. 동영상은 FLV 기반으로 하여 사용자 편의성을 극대화한다. 웹툰 콘텐츠는 ① 구조 및 내용, ② 표현, ③ 동작으로 분리하고, 각각 XHTML 1.1, CSS2.0, Script를 기준으로 제작하며, 각 콘텐츠는 고유한 URL에 의하여 접근이 될 수 있으며, 별도의 정의된 메타데이터를 가진다.

② 웹 서비스 구현

웹툰 콘텐츠는 별도의 서버를 기반으로 독자들에게 제공한다. 스마트 단말과 웹 서비스의 확산으로 콘텐츠 소비가 점차 멀티스크린 환경으로 변화되고 있는 현실에서 N-스크린 환경에서 사용자 주도로 자유로운 콘텐츠 분리, 이동 및 복제 기술 필요, 또한 멀티 단말간 웹 콘텐츠 및 서비스를 끊김없이 제공하는 기술이 요구된다. 이를 위해 웹 서비스는 모바일 환경을 고려하여 서비스할 필요가 있다.

또한 웹툰 콘텐츠는 출판 만화와 달리 스크롤 방식을 채택하기 때문에 웹과 모바일 동시 서비스를 위하여 UI/UX 구성을 최적화하여 구현하도록 한다.

〈웹툰〈희希스토리〉의 웹 서비스 화면〉

2) 모바일 서비스

① 모바일 서비스의 제작 개요

통일문화콘텐츠의 활용 확대 및 교육의 즉시성을 위하여 모바일 기반의 플랫폼을 개발하여 웹툰의 모바일 서비스를 운영하고자 한다. 콘텐츠의 업데이트 및 효율적 관리를 위해 멀티플랫폼 하이브리드 어플리케이션 서비스를 개발하며, 기존 제공되고 있는 아카이브와 웹툰을 결합하여 콘텐츠의 시너지 효과를 누린다.

모바일 서비스는 텍스트·이미지·동영상 등 다양한 콘텐츠를 탑재하여 구성하되, 콘텐츠 업데이트가 용이하도록 설계하며 다양한 OS 및 Device별 해상도를 최적화한다.

시스템 구조도는 다음과 같다.

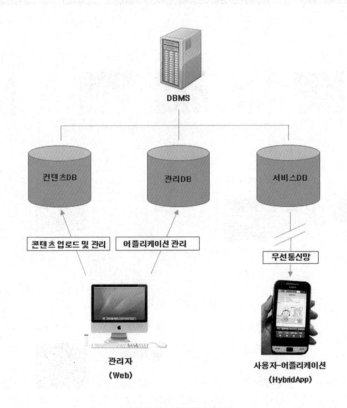

〈모바일 서비스 시스템 구조도〉

본 서비스를 위해 특정한 레이아웃 틀(화면 크기)을 가지지 않는 프레임 오프 디자인 구조로 구성하여, 사용자가 적용하는 크기 또는 단말기별 크기에 따라 레이아웃이 유동적으로 변경된다. 그리고 CSS의 스타일 기준으로 각 환경의 시스템에서 지원하는 서체로 자동 변경되어 디스플레이하도록 구성하였다.

② 모바일 서비스 구현

웹툰은 통일문화콘텐츠를 주제로 한 창작 만화를 제작하여 활용할 수 있도록 한 만화 자료 리스트와 만화 자료 옆에 만화가 실행될 수 있도록 하였다.

본 웹툰은 UI/UX 기반의 모바일 서비스를 통해 구독자의 시각적 선처리와 지각 방해를 최소화하여 콘텐츠의 집중을 할 수 있도록 고려되었다. 통일문화콘텐츠 "웹툰"을 활용하여 다음과 같은 효과를 얻을 수 있다. 첫째, 구독자의 사용 편의성으로 흥미·동기·몰입도가 유기적 관련을 맺고, 콘텐츠와 디자인 요소가 결합되어 통일문화콘텐츠에 대한 관심도가 상승한다. 둘째, 아카이브 콘텐츠와 연동되는 Well-made 콘텐츠로서 구독자는 웹툰 외에 다양한 분단-통합 서사에 대한 관심도가 증대하게 된다. 셋째, 하이브리드 모바일 서비스로 정적인 콘텐츠가 아닌, 공지 및 알림 서비스를 통해 커뮤니케이션의 기능을 포함하게 된다.

〈모바일 서비스 구현의 예〉

제**4**부

인문브릿지
사업의 기대효과
및 정책 제언

01

통합서사 구술 아카이브 및 통일문화콘텐츠 개발의 기대효과

본 연구팀의 '통합서사 구술 아카이브 구축 및 통일문화콘텐츠(웹툰) 개발'은 여러 측면에서 새로운 도전을 시도한 사업이었다. 문화콘텐츠 산업에서의 활용을 염두에 두고 역사경험담 아카이브를 구축하였고, 인문지식을 기반으로 하는 웹툰을 통하여 역사 교육과 통일 교육의 기능을 발휘하고자 하였다. 그 과정에서 인문학자 주도의 산학협력 모델을 마련하였으며, 홍보 전략 추진과 비즈니스 시도를 통해 산업적 효과를 증대하고자 하였다. 이러한 의미 있는 시도는 학문적인 영역은 물론 사회·문화적인 발전에도 크게 기여하며, 고부가가치를 만들어 낼 수 있는 산업적 활용 방안도 기대하게 한다.

1.1. 학문 영역 발전의 기여도

역사경험담의 통합서사적 가치 발굴로 인문학의 새로운 지평 확장

그동안 역사경험담과 같은 구술자료는 연구 자료로 활용되거나, 역사적 상처를 발견하고 치유 방안을 내어오는 실마리로서 수집되었다. 본 연구사업을 통해 역사경험담이 분열된 우리 사회를 통합할 수 있는 서사적 가치를 가지고 있고, 문화콘텐츠의 원천자료로 활용될 수 있다는 새로운 인문학적 개발 경로의 가능성이 입증되었다. 역사적 자료이자 사실의 문학으로서 학술적 가치 발견에 머무른 것이 아니라, 사회적 확산을 실천하면서 역사경험담의 효용성이 확인되었다는 것이다.

역사경험담은 매력적인 이야기 소재이면서도 생활 밀착적이고 무궁무진한 생산력이 보장되어 있기에 이야기 산업의 메카로 부흥할 가능성을 가지고 있다. 또한 인문정신이 반영되면서 역사적 상처에 대한 성찰과 치유의 힘을 발휘하기에, 소비적 콘텐츠가 아닌 생산적 콘텐츠라 할 수 있다. 본 연구사업을 시작으로 역사경험담의 가치가 널리 알려지면서 학문적·산업적 접근이 활성화되고, 대중의 관심도 고취될 것이라 생각한다. 역사경험담의 문화콘텐츠화라는 새로운 인문학 분야의 활용 경로가 심화·확장되는 것은 물론, 사람의 아픔을 어루만지고 화해로 이끄는 실천적 주제를 통해 인문학 정신의 본령을 확인할 수 있을 것이다. 이렇듯 역사경험담의 통합서사적 가치를 고려한 양질의 문화콘텐츠 개발로 정통 인문학의 위상이 회복되는 동시에 실용 인문학의 지평이 확장되고, 다양한 분야에 인문학의 가치가 확산될 수 있는 것이다.

통합서사 구술 아카이브 구축으로 콘텐츠 원천자료 서비스·유통의 활성화

역사경험담의 학문적 가치가 인정되기 시작하면서 그 자료의 축적과 관리 문제가 급선무로 떠올랐다. 역사경험담 구술자료의 DB화 필요성 및 그 방법론에 대한 견해가 제시되기 시작한 것이다. 본 연구사업은 식민·분단·전쟁에서부터 지금까지도 지속되고 있는 분단의 상처들에 맞선 한국인의 이야기는 물론, 탈북민과 코리언 디아스포라들이 경험한 역사적 상처에까지 시야를 확장시켜 방대한 범위의 역사경험담 DB화를 시도하였다. 또한 역사경험담의 실용적 가치를 제고하기 위해, 대중적 확산과 산업적 성과로 직결될 수 있도록 '문화콘텐츠의 원천자료 보급' 기능에 초점을 맞추어 아카이브를 구축하였다.

콘텐츠 개발자와 연구자·대중에 이르기까지 접근이 용이한 방식의 원천자료 아카이브 구축은 그간 콘텐츠학에서도 제기되었던 시의적인 사안이었다. 통합서사 구술 아카이브를 통해 매력적인 이야기 소재인 역사경험담이 체계적으로 축적되고, 대중에게 편리하게 제공되며, 인문학과 이야기 산업 양자 간의 활발한 소통의 경로가 마련될 수 있다. 아카이브 상에서 역사경험담 구술자료는 지속적으로 자료 보충이 가능한데다 통합서사적 가치를 갖는 자료 원문과 시놉시스 형태의 원천스토리까지 제공한다. 이에 역사경험담 원천자료 아카이브의 성공적 모델로서 학문·교육·문화콘텐츠 산업 분야 전반에 걸쳐 큰 역할을 담당할 것으로 기대된다. 그리하여 통합서사 구술 아카이브 구축을 통해 대학 연구소와 산업체 간에 원천자료의 유통을 활성화하는 것은 물론, 인문지식이 공공(公共)에게 유용한 자원으로 전환되는 인문학의 실용화를 입증할 수 있다.

정통+실용 인문학 역량과 콘텐츠 제작 능력을 겸비한 학문 후속세대 양성

기존 문화콘텐츠학계의 가장 큰 과제 중 하나는 현장에 능숙한 인재를 양성하는 문제였다. 산업체가 요구하는 인재를 양성하기에는 학계의 여건이 아직 충분하지 못했기 때문이다. 문화콘텐츠학의 교육과정에서는 질 높은 원천자료 발굴을 위한 학문적 기반이 갖추어져야 하고, 그 내용을 담아내는데 필요한 전문적 기술 정보도 섭렵해야 한다. 게다가 산업적 활용 전략까지 타진할 수 있는 다방면적인 역량이 전문 인력에게 요구된다. 그러나 당장 문화콘텐츠학 분야에서는 문화콘텐츠 산업분야로 배출할 인력 교육 여건의 부실이라는 문제에 당면한 상태이다.

이러한 과제에 있어 본 연구팀에서 실행한 산학협력 시스템은 콘텐츠학의 발전과 후속세대 양성에 기여할 것으로 전망된다. 실제로 본 연구사업 과정은 사업에 참여한 석·박사과정 연구원들에게 중요한 경험이 되었다. 인문학자가 전 과정을 주도하는 형식 자체가 콘텐츠 제작의 전 과정을 체화하는 경험이며, 사업을 진행하는 기간 동안 지속적으로 산업체와 소통해야 했기 때문에 산학협력의 생생한 현장을 이해할 수 있었다. 또한 원천자료의 현장조사에서부터 콘텐츠 제작을 위한 자료 선별, 그리고 시놉시스 창작 활동에 이어 콘텐츠 제작 업체와 소통하며 직접 콘텐츠 제작에 참여하면서, 그간 접할 수 없었던 지식과 경험을 축적할 수 있었다. 본 연구사업은 '2014 인문브릿지 사업' 종료 이후에도 지속적으로 아카이브에 원천자료를 증보하고, 아카이브를 통해 산업체의 수요를 확인하면서 역사경험담 발굴과 통일문화콘텐츠 제작 작업을 지속할 것이다. 이를 통해 '정통+실용' 인문학 기반을 갖추고, 질 높은 원천자료를 발굴해 나가며 콘텐츠 제작 과정에도 능숙한 인재를 계속하여 양성해나갈 것이다.

1.2. 사회·문화적 기대 효과

인문정신에 대한 사회적 각성과 대중적 요구의 촉발

본 연구사업은 역사경험담의 통합서사적 가치를 통일문화콘텐츠를 통해 대중에게 확산시키고자한다는 점에서 사회 통합적 의의를 지닌다. 통합서사의 상생적·치유적 가치가 '머리'라고 한다면, 통일문화콘텐츠(웹툰)는 그것을 말하는 '입'이라고 할 수 있다. 통일문화콘텐츠는 다소 관념적이고 추상적일 수 있는 인문학적 가치들을 대중들에게 쉽고 재미있게 전달하는 역할을 수행한다. 이러한 대중적 확산을 통해 본 연구사업은 인문학이 단순히 책상 앞의 학문이 아니라 실제로 효용성을 가진 학문이라는 인식을 확산시킬 수 있을 것이다. 인문학이 자본주의 사회의 경제논리에 밀려 힘을 잃고 있는 현실에서 수준 높은 인문지식이 반영된 콘텐츠는 상업적, 경제적 가치가 대신해 줄 수 없는 잔잔한 감동을 통해 인문정신에 대한 인식 전환과 사회적 각성을 촉발하고, 인문학의 가치가 실현되는 사회의 기틀이 만들어질 수 있다.

역사적 상흔에 대한 치유의 힘 확산과 화해의 가능성 제고

본 연구사업은 역사경험담 자료 중 역사의 소용돌이를 온 몸으로 감내해온 한 인물의 이야기 속에서 미움과 원망이 아닌 화해와 치유의 힘을 발견하고 그의 이야기가 가진 통합서사로서의 가치를 발굴하였다. 그 결과물은 개인에게 실제로 주어진 상황과 그에 대한 사람의 정서·가치·사고·태도를 중심으로 그것이 부각되는 서사로 재구한 형태이다. 이러한 통합서사는 그것을 보는 우리로 하여금 역사와 사람의 관계를 되돌아보게 하면서 어떻게 현재를 살아가고 미래를 열어갈 것인지를 스스로 탐구하게 한다. 이와 같은 상처받은 치유자(Wounded Healer)로서 민중의 전형은 현재의 우리에게 커다란 감동과 삶의 지혜를 전해주고 자신의 문제를 스스로 해결하고 희망찬 미래를 설계할 수 있는 힘을 마련해준다. 이러한 의미가 담긴 콘텐츠의 확산으로 우리 사회에 전쟁과 적개심이 아닌 치유와 화해의 패러다임이 전파될 수 있다.

통일문화콘텐츠(웹툰)를 통한 적대적 분열의 극복과 평화의 가치 증진

본 연구사업은 윤리·도덕적 통일 교육이나 통일의 경제적 가치 인식이 아니라, 역사적 당면 과제에 마주한 사람의 이야기를 통해 대중들의 마음을 움직일 수 있다고 판단했다. 이에 따라 통합서사를 가장 대중적이며 빠른 속도로 확산될 수 있는 유통경로를 확보한 웹툰(인터넷 만화)으로 제작하여 대중화하고자 하였다. 웹툰은 독보적인 성장 속도로 각광받는 문화콘텐츠 산업이며, 영화나 드라마 제작으로까지 이어지는 고부가가치 산업이자, 그 서사의 확산이 다방면으로 이루어질 수 있는 유용한 매체이다. 한국의 웹툰은 세계시장으로 진입할 만한 시장성을 갖추고 있기 때문에 본 연구사업의 결과물 또한 세계로 뻗어갈 만한 가능성을 내포하고 있다.

전쟁과 분단의 역사경험담은 역사적 사건이 변화시킨 개개인의 삶의 궤적을 생생하게 보여주는 한편, 역사적 상처가 내면화하면서 사람들의 삶을 규정하는 과정을 고스란히 담고 있다. 이처럼 전쟁과 분단의 역사경험담은 인류 보편적인 의미를 지니면서도, 식민·분단·전쟁에 이르기까지 한국인만의 역사적 경험을 바탕으로 하고 있어 그 특수성 또한 보장되어 있다. '역사와 사람'이라는 주제로 세계의 누구나 공감하며 화해와 치유의 가치에 대해 절감하도록 하고, 비극 앞에서도 자신과 가족의 삶을 지켜낸 초극적 힘이 전수될 수 있기에, 통일문화콘텐츠는 세계적인 평화문화콘텐츠 모델로서 그 역할을 다할 것이라고 기대한다.

1.3. 산업적 가치

웹툰 비즈니스를 통한 수익 창출과 인력고용 효과

본 연구사업은 콘텐츠 개발 성과에만 머물지 않고, 실제로 비즈니스를 시도해본다는 목표를 갖고 구체적인 홍보 전략을 수립했다. 모바일·웹·테블릿을 통한 유통을 가능하게 하기 위해 플랫폼 개발에도 투자하였다.

웹툰 20화 분량을 제작 완료하고 다양한 홍보 마케팅 및 OSMU를 위한 서비스를 준비하였다. 협력 산업체는 네이버 웹툰 1일 평균 이용자를 약 620만 명(2014.06)으로 추산하고, 시장의 약10%을 확보할 것을 목표로 서비스를 추진하였다. 부분유료화·PPS(Page Profit Share)·E-pub·메신저 스티커·PPL(Product Placement)·모바일 카툰 서비스 수익에 영화·다큐·연극·뮤지컬 등의 2차 창작물 판권 수익까지 포함하여, 웹툰 1회 개발로도 부가적인 수익이 발생할 것으로 전망하고 있다. 그리고 협력 산업체는 기존 인력 이외에도 이 사업을 위해 총 3인의 스크립터 작가 및 홍보 마케팅 인력을 채용하였으며, 향후 서비스 확장을 위해 캐릭터 디자인·상품 디자인·출판 기획자 등 산업 확대를 위한 다양한 분야의 인력 고용 창출을 지속할 예정이다.

'통합서사 구술 아카이브' 구축을 통한 대학 연구소와 산업체의 선순환적 상생 효과

역사경험담의 영상·음성·사진·문자 자료들은 포털사이트에 아카이빙되어, 연구자는 물론 창작자·산업체·일반대중에 이르기까지 자유롭게 자료를 공유할 수 있는 '통합서사 구술 아카이브'로 구축되었다. 이 아카이브를 통해 질 높은 원천자료이자, 고갈되지 않은 생산력을 지닌 '한국인의 역사경험담'은 기왕의 산업전략인 OSMU을 넘어서서 다양한 소재의 다양한 활용(MSMU; Multi Source Multi Use)으로까지 힘을 발휘하여 콘텐츠 산업의 기지로 부상하게 될 것이다. 이로 말미암아 방대한 원천소스가 지속적으로 공급되는 콘텐츠 산업의 허브로서 통합서사 구술 아카이브가 격상될 것이라 예상된다. 통합서사 구술 아카이브에서는 기존의 DB를 체계화하여 나열한 아카이브와 달리 콘텐츠 사업화에 바로 활용할 수 있도록 원천자료를 2차 가공 후 서비스하여 콘텐츠 거래 활성화에 이바지할 것이다. 더 나아가서는 문화콘텐츠 산업의 허브 역할 및 원작자-개발자-소비자의 선순환 상생 효과를 창출할 것이다.

교육콘텐츠로의 확산 가능성

한국사회의 통합을 지향하는 '통합서사 구술 아카이브'와 '통일문화콘텐츠(웹툰)'는 다양한 학습자 주도형의 교육콘텐츠 개발로 그 성과를 이어갈 수 있다. 기존 문화콘텐츠는 CPNT(Contents·

Platform · Network · Terminal)로 이어지면서 콘텐츠 수용자의 참여가 매우 제한적이었다. 본 연구팀은 사업을 통해 개발된 통일문화콘텐츠(웹툰)를 기반으로 다양한 참여형 서비스를 기획 · 운영하고자 한다. 역사경험담 강연 및 역사 공간(보성지역) 캠프, 그리고 역사 교육 현장에서 이 웹툰을 교재로 활용하는 방안도 함께 구상하고 있다. 또한 통합서사 구술 아카이브를 통해서 지속적으로 원천소스가 제공되어 방대한 양의 통일문화콘텐츠가 다양하게 기획될 수 있기에, 사업 구상의 기대효과도 그만큼 급증할 수 있으리라 예상한다.

다양한 장르의 상품화를 통한 부가 수익 창출의 기대

현재 서비스되고 있는 웹툰은 1,200여 편에 이르며, 그 산업적 가치가 1,500.6억 원(2014년 한국콘텐츠진흥원)으로 추산될 정도로 그 시장 범위는 막강하다. 대중의 접근이 용이하기 때문에 산업 발전이 급속도로 이루어졌고, 2003년부터 웹툰의 OSMU가 활성화되면서 블루오션으로 주목받고 있다. 인기 웹툰 〈순정만화〉는 출판 만화 · 영화 · 연극 · 무빙 카툰 등으로 재가공되어 당시 단일 웹툰으로는 가장 많은 OSMU에 성공하며 원천 콘텐츠로서의 가능성을 보여주기도 하였다. 이렇게 웹툰을 원작으로 한 영화 · 드라마 · 게임 · 캐릭터상품 · 디지털아이템 등의 판권이 성공적으로 판매되고 있는 상황에 더하여, 단행본 만화로 출판되어 베스트셀러가 되고 해외 수출도 활발하게 전개되는 성공 사례도 늘어가고 있다. 일부 웹툰의 경우는 웹툰 원작 영화의 인기가 포털 웹툰의 신규 소비자 유입을 증가시키기도 하고, 다양한 캐릭터 상품과 출판물의 판매에도 기여하기도 한다. 역사경험담이 활용된 통일문화콘텐츠(웹툰)는 이러한 선행 작품들의 성과를 뒤따르면서도, 멀티소스의 특장점을 발휘하여 OSMU를 넘어선 MSMU효과를 기대하게 한다. 이 사업의 성공으로 디지털산업 및 콘텐츠 산업의 시장이 확대되고, 연계된 기타 산업 발전 및 다양한 직종의 일자리 창출에도 기여할 것으로 전망된다.

02
인문학과 문화콘텐츠 산업의 상생을 위한 정책 제언

인문브릿지 사업은 인문학자 주도의 문화콘텐츠 개발 연구를 통해 인문학의 위기를 타개할 수 있는 실마리를 제공하며, 문화콘텐츠 산업이 더욱 전문화될 수 있는 구체적인 활로를 개척한다는 데에 큰 의미를 지닌다. 이러한 사업성과를 장기적으로 확산하고, 산학협력 모델의 지속적인 발전을 모색하기 위해서는 제도적인 지원이 뒷받침되어야 한다. 여기에서는 인문학자가 주도하는 산학협력 시스템을 통한 문화콘텐츠 제작 과정에서 체감한 바를 토대로, 인문학과 문화콘텐츠 산업의 상생을 위한 정책을 제안하고자 한다.

'문화콘텐츠 원천자료 허브(Hub) 시스템'에 대한 지원 제도 마련

지금까지의 문화콘텐츠 산업은 국가주도로 이루어졌으며, 국가의 지원으로 양질의 문화콘텐츠가 다수 생산되기도 하였다. 현재 문화콘텐츠 산업에서는 매력적인 원천자료가 지속적으로 보급될 수 있는 방안이 요구되며, 대학 연구소에서도 고급 인문지식이 산업적으로 유통될 수 있는 경로가 마련되는 일이 필요하다. 이에 우선 그간 문화콘텐츠 생산에 주력했던 국가 지원의 범위가 원천자료의 DB화와 그 시장 유통을 가능하게 하는 아카이빙 연구사업으로 확장되어야 할 것이다. 다음으로는 인문지식 자료 및 관련 연구 성과의 체계적 축적과 활발한 활용을 위한 자료 저장 시스템으로서 '문화콘텐츠 허브'가 구축되어야 하며 그에 따른 기금 지원이 이루어져야 할 것이다. 뿐만 아니라 제도적 보호 시스템도 마련되어야만 일회적인 문화콘텐츠 개발 성과를 넘어서 장기적인 발전을 꾀할 수 있다.

'문화콘텐츠 허브'는 콘텐츠 제작과 관련한 인문지식의 은행(Bank) 역할은 물론이고, 문화콘텐츠 개발 자료의 활발한 공유를 매개하는 '허브(Hub)'역할을 동시에 담당하여, 대학 연구소와 산업체의 실제적인 소통 경로가 될 수 있다. 이 허브를 통해 자료의 축적 및 DB화 차원을 넘어 포괄적·장기적·효율적으로 자료를 보관·증보하고, 원천자료 및 가공된 자료를 산업적으로 유통하는 경로가 활성화될 수 있는 것이다. 우리 사회가 기대하는 문화콘텐츠 산업의 발전을 지속하기 위해서는 풍부한 원천자료의 축적·체계적인 관리 방법·다양한 활용 가능성을 염두에 둔 가공 등의 일관된 원칙에 따라 '문화콘텐츠 및 원천자료의 관리 정책'을 수립할 필요가 있다.

'문화콘텐츠 원천자료 허브'의 기존 사례로는 문화콘텐츠닷컴 홈페이지를 들 수 있다. 문화콘텐츠닷컴에서 제공되는 원천자료는 음악·미술·문학·무용·전통의례 등 다양한 영역에 걸쳐 있고, 그 시대성도 고대에서 현대까지 폭넓게 포함하고 있다. 그러나 여기에서는 관주도의 입찰 형식으로 수주 받은 사업을 맡고 제출된 결과물은 기관에 전달하는 식으로 이루어지고 있어, 해당 항목 작성자의 전문성은 검색 이용자로서 실상 검증하기 어렵다. 게다가 원천자료의 원문 출처나 그 전문이 공개되어 있다기보다는 가공되거나 정리된 형태로 제공되고 있어, 원문이 궁금한 이용자는 또 다시 다른 검색 과정을 거쳐야 한다. 그리고 계약기간이 끝난 사업은 추후 관리를 전혀 하지 않기 때문에 자료의 지속적인 업데이트나 오류 개선이 어렵다는 문제점도 있다.

반면 본 연구팀에서 구축하는 아카이브는 직접 조사한 자료를 통해 마련되었다. 그렇기 때문에 그 전문성과 자료에 대한 심층적인 이해를 바탕으로 원천자료 전문을 공개하고, 지속적인 관리가 가능하다는 점에서 차별점이 있다. 더구나 근현대사의 시대적 배경과 식민·전쟁·분단의 문제를 관통하는 주제적 카테고리로 아카이브 내 원천자료간의 밀접한 관련성과 전문영역에 집중하여 연구지점을 심화·발전 시키고 있다는 점이 변별적인 특장이다. 이에 더하여 아카이브 내 원천자료로 개발된 원천스토리나 문화콘텐츠 작품을 서비스하여 이용자의 자료 감상 및 검색의 편의를 제고하였다. 이와 같이 전문 연구소에서 직접 운영하는 특수한 영역·주제나 지역별 전문 영역의 아카이브도 차차 안정적으로 구축될 수 있도록 정부차원의 지원 방침과 신규 사업에 대한 계획 및 관리 제도의 도입이 시급하게 필요하다.

지적재산권 제도의 활성화 및 관리 규정의 구체화

본 연구사업은 인문학자가 소재 발굴에서, 원천자료의 2차 가공, 그리고 시나리오 창작과 원화 제작에까지 직접 참여하는 특별한 산학협력 시스템으로 진행되었다. 원천자료의 DB화는 물론 통합서사적 가치 분석을 통한 콘텐츠화 가능성 점검, 그리고 시나리오에 이르기까지 오롯이 인문학자의 역량으로 해내었다. 산학협력 시스템에서 인문학자와 산업체는 역할 분담을 명확하게 할 수밖에 없었으며, 창작물에 대한 책임 소재도 분명했다. 이 작업 과정에서 필수적인 과제는 지적재산권의 마련이었다. 단순히 창작물의 소유권을 확보하는 것을 넘어서, 사회문화적인 영향을 미칠 수 있는 인문지식에 책임과 의무를 다한다는 차원에서 지적재산권의 마련은 필수적이었다. 그러나 지적재산권의 영역이 한정적이었기 때문에, 시나리오와 트리트먼트·웹툰을 제외하면 본 연구팀이 주력한 통합서사 구술 아카이브와 DB화된 원천자료들의 지적재산권 보호에 대한 방안을 마련하지는 못하였다.

지적재산권에 대한 관리는 유·무형의 지적 생산물의 가치를 제고하고 인문학 연구 성과와 산업·기술적 역량에 대한 정당한 권리를 보호하기 위해 반드시 필요한 부분이다. 또한 본 연구팀은 전문적인 인문지식으로 발굴·생산된 자료들이 무분별한 복제와 도용으로 왜곡되어 유포되거나 역사경험담 주인공들의 인권이 침해되는 등의 문제를 예방할 수 있는 지적재산권 규정이 강화되어야 할 필요성을 절감하였다. 그러므로 지적재산을 보호할 수 있는 관리규정 마련이 시급하다. 또한 문화콘텐츠 개발 사업의 특성상 '표절'에 대한 문제도 예민한 사안이니 만큼 그에 대한 구체적인 관리규정이 요구된다. 지적재산권이 아직까지 통상적으로 활용되고 있지 않는 상황에 대한 대안으로 그 권리와 책임에 대한 각성을 고취시키는 방안도 마련되어야 할 것이다. 지적재산권에 대한 권리와 의무·절차적 과정·그 유지와 활용 방안에 대한 적극적인 교육이 필요하다고 할 수 있다.

교육 현장에서의 문화콘텐츠 활용을 위한 제도적 장치 마련

전문적 인문지식이 반영된 양질의 문화콘텐츠는 단지 산업 분야뿐만 아니라 교육 목적에 부합할 수 있도록 재가공하여 다양한 교육 현장에 적용될 수 있다. 현재 교육 현장에서는 주입식 방식을 지양하고 보다 창의적이며 체험적 성격의 학습자 주도형 교육에 대한 수요가 급증하고 있다. 문화콘텐츠는 인문지식을 흥미로운 방식으로 전달하며, 디지털화를 통해 언제 어디서나 쉽게 접할 수 있기 때문에 현시점에서 적실한 교육 자료로서 활용될 수 있다.

이러한 문화콘텐츠가 교육 현장에 적용될 수 있는 방안이 강구되어야 한다. 문화콘텐츠에 대한 질적 평가는 물론 학습대상에 대한 적절성, 그리고 교육 내용에 대한 가치 판단 등은 공적 절차를 통해 검수되어야 하고, 그 유통 경로 또한 지나친 상업화로 인해 오염되지 않고 공공의 재산으로 공유될 수 있도록 정부기관의 제도를 통해 이루어져야 한다. '문화콘텐츠 산업과 교육 산업의 연계'에 대한 정부의 지원과 제도 마련은 문화콘텐츠 산업의 발전에 크게 기여할 것이다.

산학협력의 안정성 확보를 위해 대학 연구소와 산업체 간의 정보교류 시스템 마련

산학협력 과정에서 무엇보다 중요한 것은 대학 연구소와 산업체 간의 신뢰이다. '2014 인문브릿지 사업'은 대학 연구소가 유망한 산업체와 직접 연결하여 산학협력을 추진하는 형태로 진행되었다. 본 연구사업의 경우는 사업기획 단계부터 연구소와 산업체가 소통해왔기 때문에 큰 무리 없이 진행될 수 있었다. 또한 대학 연구소의 인력 대다수가 산업체와 함께 콘텐츠 성과물을 생산한 이력이 있었기 때문에 산학협력의 소통 과정을 효율적으로 행할 수 있었다. 이번 사례가 유사 사업에 대한 경험이 많았기 때문에 별무리 없이 진행되었듯이 산학협력 과정에서 양자 간의 이해와 신뢰는 사업의 성패에 큰 영향을 미치는 요인이다.

이에 산학협력을 조직하기 위한 사전 정보를 취하기 위해서 대학 연구소와 산업체의 산학협력 성과물에 대한 양적·질적 평가 지표를 데이터화하는 방안이 필요하다고 본다. 정부기관이 주도하여 객관적인 평가를 내리고 이를 데이터화하여, 대학 연구소와 산업체 간에 서로에 대한 정보를 사전에 충분히 취합할 수 있도록 제공해줄 필요가 있다. 이와 더불어 콘텐츠 성과물이 단지 상업적 성과로만 평가되지 않고 질적 우수성이 함께 고려되며, 산학협력 과정에서의 이해도나 소통 능력·사업 업적에 대한 신뢰도 평가 등이 객관적으로 이루어져서 산업계와 학계에 제공된다면 산학협력의 시너지가 더욱 증폭될 것이다. 이러한 데이터는 정부지원의 산학협력 성과물에 대한 정밀한 검토를 가능하게 할뿐 아니라 사업 기간에 맞추어 방만하게 결과물 생산에만 주력하던 콘텐츠 개발 지원 사업의 한계점을 보완하는 대안이 되기도 할 것이다.

참고문헌

20세기민중생활사연구단 편, 『한국민중구술열전』1-15, 눈빛, 2006.

권명숙, 「구술기록의 수집 절차에 관한 연구 -민간인학살사건 다큐멘테이션을 중심으로」, 경북대학교 석사학위논문, 2007.

권미현, 「강제동원 구술자료의 관리와 활용」, 『기록학연구』 제16호, 한국기록학회, 2007.

권용혁, 「인문·사회 학술 지원 정책에 대한 연구」, 한국연구재단, 2009.

김경섭, 「여성생애담으로서 시집살이담의 의의와 구연 양상」, 『겨레어문학』 제48집, 겨레어문학회, 2012.

김경섭·김정경, 「시집살이 이야기 조사연구 중간보고」, 『인문과학논총』 제47집, 건국대학교인문과학연구소, 2009.

김규찬, 『문화콘텐츠 산업 진흥정책의 시기별 특성과 성과 : 1974~2011 문화예산 분석을 중심으로』, 서울대학교 박사학위논문, 2011.

김기덕, 「콘텐츠의 개념과 인문콘텐츠」, 『인문콘텐츠』 창간호, 인문콘텐츠학회, 2003.

김기덕, 「문화원형 디지털콘텐츠화사업의 사회적 효용」, 『인문콘텐츠』 제5호, 인문콘텐츠학회, 2005.

김기덕, 「문화원형 층위(層位)와 새로운 원형 개념」, 『인문콘텐츠』 제6호, 인문콘텐츠학회, 2005.

김기덕, 「전통 역사학의 응용적 측면의 새로운 흐름과 과제 : '인문정보학'·'영상역사학'·'문화콘텐츠' 관련 성과를 중심으로」, 『역사와 현실』 제58호, 한국역사연구회, 2005.

김기덕, 「문화콘텐츠의 등장과 인문학의 역할」, 『인문콘텐츠』 제28호, 인문콘텐츠학회, 2013.

김기덕, 「인문학과 문화콘텐츠-〈인문콘텐츠학회〉의 정체성의 문제」, 『인문콘텐츠』 제32호, 인문콘텐츠학회, 2014.

김기덕·이병민, 「문화콘텐츠의 핵심 원천으로서의 역사학」, 『역사학보』 제224호, 역사학회, 2014.

김동윤, 「창조적 문화와 문화콘텐츠의 창발을 위한 인문학적 기반 연구 : '융합 학제적' 접근의 한 방향」, 『인문콘텐츠』 제19호, 인문콘텐츠학회, 2010.

김미주, 「인터넷을 통한 구술자료 서비스 현황과 메뉴설계 방안」, 충남대학교 석사학위논문, 2007.

김선풍 외, 「현지조사방법론」, 『민속이란 무엇인가』, 집문당, 1993.

김성민, 『소통, 치유, 통합의 통일인문학』, 선인, 2009.

김성민, 「분단과 통일, 그리고 한국의 인문학」, 『대동철학』 제53집, 대동철학회, 2010.

김영순 외, 『인문학과 문화콘텐츠』, 다할미디어, 2006.

김영희, 「구전이야기 현지조사연구의 문제와 시각」, 『구비문학연구』 제17집, 한국구비문학회, 2003.

김종군, 「지리산 인근 여성 생애담에 나타난 빨치산에 대한 기억」, 『통일인문학논총』 제47집, 건국대 인문학연구원, 2009.

김종군, 「구술을 통해 본 분단트라우마의 실체」, 『통일인문학논총』 제51집, 건국대 인문학연구원, 2011.

김종군·정진아, 『고난의 행군 시기 탈북자 이야기』, 박이정, 2012.

김종군, 「구술생애담 담론화를 통한 구술 치유 방안 : 『고난의 행군시기 탈북자 이야기』를 중심으로」, 『문학치료연구』 제26집, 한국문학치료학회, 2013.

김종군, 「전쟁 체험 재구성 방식과 구술 치유 문제」, 『통일인문학논총』 제56집, 건국대 인문학연구원, 2013.

김종군, 「한국전쟁 체험담 구술에서 찾는 분단 트라우마 극복 방안」, 『문학치료연구』 제27집, 한국문학치료학회, 2013.

김종군, 「분단체제 속 통합서사 확산을 통한 사회통합 방안」, 『한국민족문화』 제56집, 부산대 한국민족문화연구소, 2015.

김종군, 『탈북청소년의 한국살이 이야기』, 경진출판, 2015.

김종군, 「통합서사의 개념과 통합을 위한 문화사적 장치」, 『통일인문학』 제61집, 건국대 인문학연구원, 2015.

김진환, 「한국전쟁체험담 DB 구축: 현황과 방향」, 『통일인문학』 제56집, 건국대 인문학연구원, 2013.

김창유, 「문화콘텐츠 제작교육중심에서 바라본 현행 산학협력의 한계 그리고 운영 개선방안」, 『조형논총』 제8권, 용인대학교 조형연구소, 2003.

김태현, 「성경읽기 콘텐츠 제작을 위한 정보구조 설계에 관한 연구—출애굽기를 중심으로」, 한국외대 석사학위논문, 2008.

김현, 「전자문화지도 개발을 위한 정보편찬기술」, 『인문콘텐츠』 제4호, 인문콘텐츠학회, 2004.

김현, 「한국향토문화전자대전 콘텐츠 제작 프레임워크 개발 연구」, 『인문콘텐츠』 제9호, 인문콘텐츠학회, 2007.

김현, 『인문정보학의 모색』, 북코리아, 2012.

노대진, 「국내 구술사료의 관리 실태와 서비스 방안」, 원광대학교 석사학위논문, 2007.

박기수, 「문화콘텐츠 교육의 현황과 전망」, 『국제어문』 제37집, 국제어문학회, 2006.

박상천, 「문화콘텐츠 개념 정립을 위한 시론」, 『한국언어문화』 제33호, 한국언어문화학회, 2007.

박석환·박현아, 「웹툰산업의 구조적 문제점과 개선방안」, 『코카포커스』 2014-02호, 한국콘텐츠진흥원, 2014.

박선영, 「(통일·안보 문화 체험 도장 오두산통일전망대) 북한 실상 정보 제공에서부터 직접 체험 가능한 콘텐츠 다양」, 『북한』 제422호, 북한연구소, 2007.

박영균, 「분단의 아비투스에 관한 철학적 성찰」, 『시대와 철학』 제52호, 한국철학사상연구회, 2010.

박재영, 「통일을 대비한 문화유산 교육의 방향」, 『중학사론』 제37집, 중앙대 중앙사학연구소, 2013.

박재인, 「낯선 고국에 대한 막연한 동경과 이산 트라우마의 단면」, 『통일인문학』 제60집, 건국대 인문학

연구원, 2014.

박현숙, 「여성 전쟁 체험담의 역사적 트라우마 양상과 대응방식」, 『통일인문학논총』 제57집, 건국대 인문학연구원, 2014.

신동흔, 「경험담의 문학적 성격에 대한 고찰: 현지조사 자료를 중심으로」, 『구비문학연구』 제4집, 한국구비문학회, 1997.

신동흔, 「역사경험담의 존재 양상과 문학적 특성」, 『국문학연구』 제23호, 국문학회, 2011.

신동흔, 「시집살이담의 담화적 특성과 의의: '가슴 저린 기억'에서 만나는 문학과 역사」, 『구비문학연구』 제32집, 구비문학회, 2011.

신동흔, 「한국전쟁 체험담을 통해 본 역사 속의 남성과 여성 −우리 안의 분단을 넘어서기 위하여」, 『국문학연구』 제26권, 국문학회, 2012.

심상민, 「인문예술 분야 산학협력 활성화 방안에 관한 연구−영국 AHRC(예술인문연구회) 정책사례조사를 중심으로」, 『인문과학연구』 30집, 성신여대 인문과학연구소, 2012.

심성보, 「교수 · 학습 자료용 기록정보 콘텐츠 서비스의 구성 및 개발」, 『기록학연구』 제16호, 한국기록학회, 2007.

양인호, 「기록정보콘텐츠의 품질향상 방안 연구」, 『기록학연구』 제23호, 한국기록학회, 2010.

용세중 외, 『산학협력의 사례분석과 협력증진을 위한 제도개선방안』, 과학기술부, 2005.

우지원 · 이영학, 「과거사 관련 위원회 기록정보콘텐츠 구축방안 연구」, 『한국기록관리학회지』, 제11권 제1호, 2011.

원도연, 「이명박 정부 이후 문화정책의 변화와 문화민주주의에 대한 연구 : 이명박 정부의 문화정책 평가를 중심으로」, 『인문콘텐츠』 제32호, 인문콘텐츠학회, 2014.

유동환, 「문화콘텐츠 기획과정에서 인문학 가공의 문제」, 『인문콘텐츠』 제28호, 인문콘텐츠학회, 2013.

윤택림, 「기억에서 역사로: 구술사의 이론적, 방법론적 쟁점들에 대한 고찰」, 『한국문화인류학』 제25집, 한국문화인류학회, 1994.

이기상, 「문화콘텐츠 학의 이념과 방향」, 『인문콘텐츠』 제23호, 인문콘텐츠학회, 2011.

이연정, 『문화산업분야 산학협력 활성화 방안 −'산학협력 지원센터'를 중심으로』, 한국문화관광정책연구원, 2004.

이옥선, 「한국향토문화전자대전 서비스 시스템 사용성 향상 방안 연구」, 한국외대 석사학위논문, 2008.

이은영, 「교육용 기록정보콘텐츠 개발 절차에 관한 연구」, 『기록학연구』 제29호, 한국기록학회, 2011.

인문콘텐츠학회 · 경제인문사회연구회, 『인문콘텐츠의 사회적 공헌』, 북코리아, 2013.

장병집 · 정지용, 「국내 산학협력체제의 활성화 방안에 대한 연구」, 『산업경제연구』 제18권 제1호, 한국산업경제학회, 2005.

전영선, 「남북관계 변화에 따른 통일문화콘텐츠 개발 필요성과 방향」, 『한민족문화연구』 제18집, 한민족문학학회, 2006.

정진아, 「국내 거주 고려인, 사할린 한인의 생활문화와 한국인과의 문화갈등」, 『통일인문학 논총』 제58

집, 건국대 인문학연구원, 2014, 35-65면.

정진아, 「한국전쟁기 좌익피해담의 재구성-국가의 공식기억에 대한 도전-」, 『통일인문학논총』 제56집, 건국대 인문학연구원, 2013.

최혜진, 「명창 안향련의 생애와 예술적 성과」, 『구비문학연구』 제7집, 한국구비문학회, 1998.

통일인문학연구단, 『구술로 본 코리언의 역사적 트라우마』, 도서출판 선인, 2015.

통일인문학연구단, 『문화분단』, 도서출판 선인, 2012.

통일인문학연구단, 『분단체제를 넘어선 치유의 통합서사』, 도서출판 선인, 2015.

통일인문학연구단, 『탈북민의 적응과 치유 이야기』, 경진출판, 2015.

한국정신대문제대책협의회 편, 『강제로 끌려간 조선인 군위안부들 증언집』 1-3, 한울, 1993-1999.

한국정신대문제대책협의회 편, 『기억으로 다시 쓰는 역사 증언집』 4, 풀빛, 2001.

한국정신문화연구원 편, 『구비문학 조사방법』, 한국정신문화연구원, 1981.

한승준, 「문화산업의 산학협력 활성화 방안에 관한 연구 : 대학의 역할을 중심으로」, 『사회과학논총』 제15집, 서울여대 사회과학연구소, 2008.

한동현, 「문화콘텐츠 개발을 위한 구술자료의 자원화 방안 연구」, 한국외대 박사학위논문, 2010.

한동현, 「문화콘텐츠학의 새로운 포지셔닝: 디지털 인문학」, 『한국문예비평연구』 제40집, 한국현대문예비평학회, 2013.

부록

〈부록1〉 통합서사 구술자료 목록

분류	조사일	조사지역	제보자	자료 제목
군치하생활담	2006.06.22	서울	탁○○	한국전쟁 때 겪은 이야기
	2006.06.22	서울	김○○	반공 웅변과 시 낭독
	2008.10.17	전남 전주	강○○외 5인	무서웠던 인민군에 대해 회상하다
	2008.10.24	전남 진도	정○○	맏딸 덕분에 목숨을 구하다
	2008.10.17	전남 전주	강○○ 외 5인	인공시절에는 숨어 지내다
	2008.11.29	충남 공주	이○○	난리를 겪다
	2008.12.29	경남 하동	이○○	빨치산의 눈을 피하기 위해 염병에 걸린 척하다
	2012.01.30	전남 담양	오○○ 외 2명	반란군과 인민군에게 시달린 이야기
	2012.02.07	전남 함평	임○○	경찰 가족임을 숨기고 힘겹게 살아가다
	2012.02.19	전남 함평	임○○	죽고 죽이는 와중에서 살아남기
	2012.04.19	서울	이○○	국군과 인민군 사이에서 살아남기
	2012.06.15	경기 인천	김○○	마을 사람들의 억울한 죽음을 목격하다
	2012.06.08	경북 상주	박○○ 외 2명	인민군, 국군, 미군에 대한 경험
	2012.07.25	강원 횡성	임○○	'색시'하며 쫓아온 흑인이 전쟁보다 무섭더라
	2013.02.19	강원 춘천	박○○	잊지 못할 무서운 난리
	2013.02.18	강원 춘천	조○○	중공군과 함께 생활한 사연
	2013.02.19	강원 춘천	승○○	산속 피난생활과 겨울 난리
	2013.03.14	충북 청주	김○○	피난민이 부른 '비 내리는 고모령'이 슬펐던 이유
	2013.03.15	충북 영동	김○○	인민군에게 끌려가 부역하고 경찰서에 자수한 사연
	2013.05.09	충남 당진	김○○	1.4 후퇴 때 벌어진 보복사건
	2013.05.24	충남 공주	이○○	인민군 덕에 이밥을 먹어보다
	2014.02.12	경기 구리	이○○	인민군, 연합군, 중공군에 얽힌 기억
	2014.05.19	강원 평창	김○○ (가명)	군인에게 겁탈당한 시누이 이야기

분류	조사일	조사지역	제보자	자료 제목
디아스포라 이산경험담	2012.10.03	중국연변	정○○	현재의 중국 건설 주력군으로서의 자부심
	2012.10.03	중국연변	한○○	빅트라우마, 문화대혁명
	2012.10.04	중국연변	이○○	우리는 사역관계가 아니에요
	2012.11.21	일본동경	김○○	조선인이라는 정체성을 드러내기 꺼려진다
	2012.11.22	일본동경	김○○	부모가 겪은 상처를 내면화하다
	2012.11.22	일본동경	김○○	일본인으로부터 받은 따돌림과 차별
	2012.11.22	일본 동경	서○○	재일조선인의 인권을 위해 활동해야 할 역사적 존재
	2014.02.03	서울	김○○	서울에서 러시아 식당을 열다
	2014.02.17	서울	세○○	배우고 싶은 한국말, 돈을 벌기 위해 남해까지 가다
	2014.03.03	서울	우○○	고향 사할린을 등지고, 영주귀국을 신청한 이유
	2014.03.03	서울	우○○	러시아 땅을 휩쓴 코리아 열풍
	2014.03.16	서울	신○○	일본에서 민족의 나라 한국으로 유학 오다
	2014.07.14	서울	우○○	종교적 탄압으로 괴로웠던 삶
	2014.07.14	서울	우○○	사할린 땅에 울려 퍼진 눈물
빨치산경험담	2012.01.10	경남 하동	이○○	빨치산 치하의 힘들었던 날들
	2012.01.10	경남 하동	이○○ 외 1명	노부부의 빨치산·한국전쟁 체험기
	2012.02.19	전남 함평	김○○	빨치산 토벌대에서 활약하며 여러 번 죽을 고비를 넘다
	2012.07.24	전남 담양	고○○	부친을 잃고 힘겨웠던 피난 생활
	2013.01.21	경남 산청	진○○	마지막 빨치산 정순덕과의 추억
	2013.05.23	전남 광주	이○○	여성 빨치산이 되다
	2013.08.20	전북 무주	이○○	전쟁이 끝난 후 더욱 치열해진 동네 빨갱이들의 횡포
	2013.08.01	경기 인천	김○○	소년 빨치산에서 비전향장기수가 되다
식민	2006.11.07	대구	김○○	일제시대에서 해방까지 힘들었던 삶
	2014.03.03	서울	우○○	일본군에게 죽은 아버지를 위해 어머니가 직접 복수하다

분류	조사일	조사지역	제보자	자료 제목
이념갈등담	2006.07.13	서울	김○○	서로 아끼고 위해주며 살아야 한다
	2012.02.13	전남 나주	허○○ 외 1명	경찰 아버지와 좌익 숙부간의 비극
	2012.02.06	제주	이○○ 외 1명	제주의 전쟁을 말하다
	2012.02.06	제주	강○○ 외 1명	제주도의 4.3과 6.25
	2012.02.21	전남 장성	정○○ 외 1명	전쟁통에 피어난 많은 이야기
	2012.02.19	전남 함평	안○○	나무하러 간 아버지가 반란군으로 몰려 죽임을 당하다
	2012.02.07	전남 나주	김○○외 1명	친정 오빠와 시아주버니로 인해 고초를 당하다
	2012.03.09	경북 문경	채○○	국군에 의한 문경 석봉리 양민학살
	2012.03.10	경북 문경	채○○	집단 학살에서 구사일생으로 살아났지만
	2012.03.09	경북 문경	채○○	초등학교 방학날 당한 학살의 날벼락
	2012.07.25	전북 전주	김○○	보복으로 물든 마을의 다양한 사연
	2013.01.17	충남 금산	한○○	공산당원이 되기를 거부하자 고생한 아버지
	2013.02.14	충남 홍성	최○○	인민재판으로 처참하게 돌아가신 아버지
	2013.02.15	충남 홍성	최○○	결성초등학교 일어닌 보복사건
	2013.03.15	충북 영동	박○○	미군 지나간 자리에 껌, 인민군 지나간 자리에 밀똥
	2013.05.22	전남 보성	윤○○	이념 갈등으로 혈육을 잃다
	2013.08.20	전북 무주	이○○	반란군으로 몰려 총살 위기에 처하다
	2013.08.20	전북 무주	조○○	시체더미에 묻혀 운 좋게 살아나신 아버지
	2013.08.20	전북 무주	김○○	이념의 피해자와 인민재판
	2014.01.21	제주	현○○	집단학살 현장에서 오빠 시신을 찾다
	2014.01.22	제주	양○○	예비검속 때 억울하게 아버지를 잃다
	2014.01.21	제주	오○○ (가명)	4.3 사건과 죽음의 소용돌이
	2014.03.27	전남 강진	윤○○	한국의 모스크바 '강진 수동마을'의 비극
	2014.04.16	전남 영암	김○○	인민군보다 지방 빨갱이가 더 무섭던 시절
	2014.04.18	충남 서천	임○○	돼지고개 사건의 산 증인
	2014.04.21	서울	현○○	할머니한테 들은, 아버지 살아난 사연
	2014.07.11	전남 보성	한○○	보고 들은 전쟁을 전하다(2)
	2014.07.12	전남 보성	정○○	좌익 활동 가족으로 인해 고초를 겪다

분류	조사일	조사지역	제보자	자료 제목
전쟁고난담	2005.09.28	서울	박○○	나라가 약하면 여성들이 수모를 당한다
	2006.01.26	서울	강○○	6.25때 미군들의 횡포
	2006.12.20	청주	서○○	전장에서 고생한 사연
	2007.05.14	청주	박○○	전쟁에서 성기 잘린 이야기
	2008.10.24	전남 진도	정○○	열을 낳고 그 가운데 셋을 잃다
	2008.12.29	경남 하동	이○○	빨치산, 무서운 세상을 살다
	2008.12.27	강원 횡성	최○○	아군과 인민군의 횡포를 경험하다
	2008.12.07	강원 강릉	신○○	홀아버지와 동생들을 위해 군인들과 맞서다
	2009.01.17	제주	현○○	시아주버니로 인해 폭도의 집안이 되다
	2009.01.16	제주	부○○	4.3.사건으로 할아버지, 할머니, 아버지, 오빠, 언니를 잃다
	2009.01.17	제주	고○○	곱게 죽여주기만을 바라다
	2009.01.16	제주	김○○	오빠 때문에 온 가족이 4.3사건의 중심에 놓이다
	2009.03.07	강원 평창	안○○	한국전쟁 때 죽을 고비를 넘기다
	2010.01.28	충남 아산	백○○	작은아버지 덕분에 목숨을 구하다
	2010.01.15	충북 음성	이○○	인민군보다 미군이 더하다
	2010.02.22	강원 홍천	원○○	어머니가 인민군의 총에 세상을 떠나다
	2012.02.20	전남 나주	황○○	잿더미가 된 마을과 집
	2012.02.20	전남 나주	박○○	피난 중에 동생을 버리려고 하다
	2012.04.26	서울	장○○	황해도 연변에서 강화도로 월남한 사연
	2012.06.21	충남 공주	안○○	자식 목숨보다 내 목숨이 귀했던 사연
	2012.07.24	전남 담양	이○○ 외 1명	남편은 전쟁터로 떠나고 홀로 가족을 지키다
	2013.03.03	강원 홍천	강○○	홍천의 6.25전쟁
	2013.06.28	충북 제천	신○○	전쟁 중에도 여자라 괄시받은 사연
	2013.06.30	강원 인제	곽○○ 외 1명	가족 찾아 삼만리
	2013.08.30	강원 속초	박○○	세상을 나와 전쟁을 이긴 소녀
	2013.08.20	전북 무주	조○○	남편에 대한 원망과 죄책감으로 눈물짓다
	2014.01.21	제주	한○○	다리부상으로 살려준 목숨
	2014.04.29	경북 예천	김○○	징용, 의용군, 국군을 거쳐 살아 돌아온 남편
	2014.04.29	경북 예천	이○○	어머니의 재치로 아버지를 치료하다
	201307.11	충북 단양	이○○	천한 목숨이라 피난 가지 못하고 집에 홀로 남겨진 사연
	2013.02.17	경기 가평	현○○	열여섯 명의 일가족이 자신이 죽을 구덩이를 스스로 파다

분류	조사일	조사지역	제보자	자료 제목
전쟁미담	2006.01.26	서울	조○○	이국충신이 되었던 지난 삶
	2007.05.14	청주	박○○	징병에 아이 가지게 해준 일
	2008.11.29	충남 공주	이○○	한국전쟁이 발발하고 인민군 새상을 살다
	2009.10.17	강원 평창	최○○	전쟁이 나자 경상도로 피난가다
	2013.01.17	충남 금산	전○○	포로로 잡힌 인민군 여성을 두 번 시집보내다.
	2013.05.13	강원 인제	김○○	인간의 도리를 아는 사람과 그렇지 않은 사람
	2013.05.13	강원 인제	김○○	북에 두고 온 남편과 남에서 만난 남편
	2013.07.11	충북 단양	김○○	딸을 구하기 위해 50리 길을 걸어 온 부정(父情)
	2013.08.01	경남 창원	정○○	거제도로 피난 온 북한 사람들
	2006.12.20	청주	박○○	재가한 부인과 전쟁에서 살아온 남편

분류	조사일	조사지역	제보자	자료 제목
참전담	2006.06.22	서울	윤○○	전쟁과 인민군에 대한 비판
	2012.02.23	강원 원주	원○○	악랄한 상사 때문에 적군의 귀를 자른 사연
	2012.02.07	제주	고○○	거제도 포로수용소 헌병 시절의 기억
	2012.06.21	충남 공주	유○○	전쟁보다 무서웠던 배고픈 설움
	2012.06.22	충남 공주	변○○	보상받지 못한 전쟁
	2012.06.09	경북 상주	이○○	압록강까지 진격했다가 중공군의 포로가 되다
	2012.07.17	충남 금산	길○○	전방에서 겪은 피비린내 나는 전쟁
	2013.01.23	서울	이○○	토벌대로 활동하면서 다양한 전투를 치르다
	2013.02.16	강원 춘천	유○○	일제 강점기와 6.25 전쟁을 모두 치른 못된 세대
	2013.02.14	충남 홍성	김○○	군대 간지 3개월 만에 태어나 죽은 첫아들이 효자인 이유
	2013.02.17	경기 가평	이○○	제2국민병으로 끌려간 형님을 알아보지 못한 사연
	2013.03.24	경북 김천	이○○	경찰로 참전한 한국전쟁
	2013.03.04	강원 홍천	임○○	북한 정보원으로 지냈던 시간
	2013.04.30	서울	최○○	인민군으로 참전해 포로가 되다
	2013.05.22	전남 보성	정○○	인민의용군에서 탈영하여 국군으로 자원하다
	2013.05.22	전남 보성	정○○ 외 1명	인민의용군의 탈출과 국군으로 참전한 전쟁의 기억
	2013.08.19	전북 장수	양○○	치안대원으로 여러 번 죽을 고비를 넘다
	2013.12.16	경기 인천	서○○	국민 방위군 사건의 실상
	2014.01.21	제주	이○○	항상 최전방 제일 앞에서 싸우다
	2014.01.20	제주	홍○○	6.25전쟁 때문에 처음으로 제주도를 떠나다.
	2014.03.26	전남 진도	조○○	인민군 탈영해서 군인이 된 사연
	2014.03.16	충남 서산	손○○ 외 1명	의용군에서 빼 준 고마운 옛 동료
	2014.04.21	경기 인천	김○○	미군부대에 배속되어 첩보수집 활동을 하다
	2014.05.19	충남 당진	손○○	죽을 사람은 죽고 살 사람은 사는 인생
	201304.04	경기 인천	유○○	전쟁 중에 군에서 맺은 특별한 인연

분류	조사일	조사지역	제보자	자료 제목
직업특수체험담	2012.05.29	경기 양평	박○○(가명)	인민군과 미군치하에서 군복을 만들다
	2013.03.03	강원 홍천	이○○	전쟁이 선물한 새로운 인생
	2013.03.02	강원 홍천	이○○	하우스보이로 마을을 배부르게 하다!
	2013.07.31	경남 진주	김○○	징발된 부친의 배를 타고 바다 피난생활
	2013.07.31	경남 진주	장○○	빨치산과 6.25에 대한 어린 시절의 기억
	2013.08.31	강원 속초	어○○	어린 아이가 바라 본 6.25 전쟁의 참상
	201304.16	경기 인천	김○○ 외 1명	바다 위 피난생활과 지나가는 피난민 돕기
	2013.02.17	강원 춘천	전○○	어린 눈으로 전쟁을 보다.

분류	조사일	조사지역	제보자	자료 제목
피난담	2006.07.13	서울	홍○○	6.25전쟁 피난 이야기
	2012.02.21	전남 장성	김○○	피난 중에 동생을 버리려 하다
	2012.02.07	전남 함평	박○○	피난 중에 군인 덕에 목숨을 건지다
	2012.03.09	경북 문경	이○○	비행기 폭격의 공포와 포로가 된 오빠의 탈출기
	2012.06.08	경북 상주	송○○	피난 갔으면 1등 국민, 피난 가지 않았으면 2등 국민
	2012.07.25	강원 횡성	배○○	월남으로 고아가 되 삶의 이야기
	2012.07.26	강원 횡성	한○○	네 살 난 자식을 눈 속에 묻어야만 했던 사연
	2012.07.13	강원 강릉	김○○	피난처에서 일군 또 다른 삶
	2013.02.17	강원 춘천	송○○	버릴 수 없었던 눈 먼 남편
	2013.02.17	강원 춘천	김○○ 외 1명	바위굴 피난생활과 친척집 피난생활
	2013.02.18	강원 춘천	신○○	지금도 기억하는 아군들의 여자짓
	2013.02.19	강원 춘천	민○○	북쪽 신의주로 피난 간 사연
	2013.02.19	강원 춘천	박○○	청주 피난민 수용소의 추억
	2013.02.18	강원 춘천	송○○	전쟁준비를 시킨 선생님과 무시한 아버지
	2013.03.24	경북 김천	이○○	가족과 헤어진 피난, 비행기 폭격의 공포
	2013.04.07	강원 홍천	김○○	홍천 야시대리의 비극적 사건
	2013.05.23	충남 공주	이○○	금강 다리를 사이에 두고 어머니와 이별하다.
	2013.06.27	충북 제천	강○○	더 절박할 수밖에 없었던 서로의 다른 선택
	2013.07.17	서울	김○○ 외 2명	전쟁과 휴전으로 고향을 잃다
	2013.11.16	강원 속초	김○○	전쟁으로 헤어진 가족들
	2014.02.12	경기 구리	허○○	아이 일곱을 피난처에 묻다
	2014.03.30	충남 태안	변○○	생사를 초월한 탈출과 운명적인 만남
	2014.04.28	경북 의성	신○○	아이를 잃어버린 사람들, 아이를 버린 사람들
	2014.08.25	경남 거제	한○○ 외 3명	장본인들이 이야기 하는 흥남 철수

분류	조사일	조사지역	제보자	자료 제목
탈북과정담	2010.04.09	서울	한○○	기독교 신자 추방으로 양강도 삼수갑산으로 이주한 사연
	2010.04.09	서울	한○○	강제추방 된 이후 고된 삼수갑산 생활 적응기
	2010.04.09	서울	한○○	굶주림으로 아들과 이별한 가슴 아프고 힘들었던 기억
	2010.04.09	서울	한○○	두만강을 건너던 이야기, 두 번에 걸친 탈북과정
	2010.04.09	서울	한○○	감옥생활 – 남편의 죽음, 사람잡아먹는 사람들의 이야기
	2010.04.21	서울	한○○	남편 옆에서 새 남편과 첫날밤을 보낸 탈북 여성
	2010.04.21	서울	한○○	풀독이 올라 고생했던 옆집 가족
	2010.04.21	서울	한○○	나무에 묶어 놓았다가 잃어버린 아이
	2010.05.19	서울	이○○	고난의 행군 시절 삶의 모습
	2010.05.26	서울	이○○	중국으로의 탈출과정, 4년간의 중국생활
	2010.05.26	서울	이○○	중국 여성과 재혼한 탈북자 이야기
	2010.05.26	서울	이○○	남한으로의 탈출과정
	2010.07.07	서울	이○○	거미 인생을 사는 북한의 엄마들
	2010.09.06	서울	이○○	어머니와 동생의 죽음
	2010.09.06	서울	이○○	구치소에서 머리를 빡빡 민 이야기, 신문받았던 기억
	2010.09.06	서울	이○○	강제북송되는 탈북자들의 모습
	2010.09.06	서울	이○○	압록강, 두만강을 긴너는 북한 사람들
	2010.09.06	서울	이○○	중국에서 만난 인신매매범
	2010.10.16	서울	이○○	중국에서의 생활
	2010.10.16	서울	이○○	도둑질하는 꽃제비들
	2010.10.16	서울	이○○	탈북 후 중국에서 했던 일들
	2010.10.16	서울	이○○	중국으로 도강하기까지의 과정
	2010.10.16	서울	이○○	태국을 통해 남한으로 오게 된 과정
	2010.10.16	서울	이○○	몇 번의 걸친 탈북과 체포
	2011.03.17	서울	김○○	두 번의 시도 끝에 탈북을 성공하다
	2011.03.17	서울	김○○	뻔한 수법의 자백 권유, 순진했던 할머니
	2011.03.17	서울	김○○	훌쩍 커버린 동생과의 재회
	2011.05.03	서울	박○○	얼어붙은 두만강을 건너 중국, 몽골을 거쳐 한국으로
	2011.05.03	서울	박○○	굶주림에 시달려 죽을 뻔했던 꽃제비 생활
	2011.05.14	서울	정○○	아편쟁이 훗아버지와의 삶
	2011.05.14	서울	정○○	아무도 없는 집에서 사흘을 기다리다
	2011.06.27	서울	김○○	군대 휴가를 나왔다가 탈북을 하다

분류	조사일	조사지역	제보자	자료 제목
	2011.06.27	서울	김○○	목숨을 걸고 진입한 북경 영사관
	2011.06.27	서울	김○○	한국드라마를 보고 한국행을 결심하다
	2011.08.12	서울	강○○	탈북으로 이산된 가족
	2011.08.12	서울	강○○	할머니의 무덤 흙주머니와 수호신 같은 소금주머니
	2011.08.12	서울	강○○	두만강–곤명–메콩강–태국감옥을 거쳐 한국으로
	2011.09.21	서울	이○○	유복했던 엘리트 집안이 고난의 행군시기로 어려워지다
	2011.09.21	서울	이○○	술김에 건너버린 두만강
	2013.09.21	서울	신○○	굶어 죽느냐, 국경을 넘다 총에 맞아 죽느냐
	2013.09.21	서울	신○○	중국에서의 첫사랑, 그리고 한국영사관 문을 두들기다
	2013.12.02	서울	박○○	추방당했지만 단란했던 가정, 그리고 강을 넘다
	2014.01.15	서울	김○○	한국드라마를 보며 한국행을 꿈꾸다
	2014.01.15	서울	김○○	유명한 아빠에게 닥친 숙청의 위기
	2014.01.15	서울	김○○	두만강 얼음물에 떠내려가는 아줌마
	2014.01.15	서울	김○○	인사도 못하고 헤어진 우리 엄마
탈북민한국적응담	2010.04.21	서울	한○○	'국가'에 대한 애절한 심정
	2010.04.21	서울	한○○	탈북여성들의 정절관념을 문제 삼는 것에 대한 항변
	2010.04.23	서울	한○○	남한에 와서 부러웠던 점
	2010.04.23	서울	한○○	새로운 문화를 몰라 일어났던 실수들
	2010.07.07	서울	이○○	결혼이 어려운 북한의 여성과 탈북한 남자들
	2010.07.07	서울	이○○	남한 생활 적응기
	2010.10.16	서울	이○○	같은 반 친구에게 '간첩신고'당하다
	2010.10.16	서울	이○○	자신감이 없던 소년이 만난 여자친구
	2011.03.16	서울	김○○	새터민 청소년 그룹 홈 가족 이야기
	2011.04.12	서울	이○○	편안했던 하나원, 전쟁터 같은 남한 사회 적응기
	2011.05.14	서울	정○○	한국에서 처음 맛 본 진짜 밥맛
	2011.08.12	서울	강○○	가족의 해체로 어려웠던 한국 적응
	2011.09.21	서울	이○○	북에 두고 온 가족 걱정
	2013.09.21	서울	신○○	대안학교에서 일등하다
	2013.09.21	서울	신○○	수업 중에 밝힌 '나는 탈북자'
	2013.09.21	서울	신○○	어머니의 빠진 손톱을 보고 굳게 먹은 마음
	2013.09.21	서울	신○○	탈북자임을 당당히 밝히고 시작한 학교생활
	2013.12.02	서울	박○○	스무 살짜리 고등학교 2학년

분류	조사일	조사지역	제보자	자료 제목
	2013.12.02	서울	박○○	적응하고 또 적응해야 하는 대학생활
	2013.12.02	서울	박○○	대학졸업반, 금융맨이 되다
	2013.12.02	서울	박○○	북한 남자와 남한 여자의 연애에서 결혼까지
	2014.01.15	서울	김○○	너희 나라로 가라는 사람들과 따듯하게 손을 잡아준 사람들
	2014.01.15	서울	김○○	한국에서 연기자로 살아가기
	2014.01.14	서울	박○○	하나원에서 처음 만난 어머니와 한국의 신문화
	2014.01.14	서울	박○○	한국에서의 교우관계와 연애

스크립트 라이터 : 이원영(건국대)

〈제1화〉

비룡산 용두암

희명의 무덤 앞에 소박한 제수와 자리가 준비되어 있다. 절을 하는 세 명. 지헌, 안나, 이준. 술을 올리고 산소 주변으로 뿌려 흘리는 지헌. 할머니(금순)와 안나는 제수 정리를 한다.

지헌: 몇 달 새 이렇게 풀이 자랐네.(듬성듬성 높이 자란 잡초를 뽑는다)

이준: (우두커니 서있다 질문) 아빠… 할아버지는 왜 실명하신 거예요?

(이준의 질문에 금순과 안나, 지헌을 쳐다본다.)

지헌: 뭐 옛날에…(주저하며) 아프셨다고 하더라.

이준: 무슨 병 때문에요? 어려서 다치신 건가?

지헌: (화들짝 놀라며) 그게 뭐가 그렇게 궁금해? 풀이나 뽑아.

이준: 아 속시원히 좀 얘기해줘요! 할아버지는 젊으셨을 때 어떠셨어요? 혹시 저처럼 흰눈썹 있으셨어요?

지헌: (묵묵부답)

이준: 아 정말. 답답하게. 할머니―, 저 낳게 해달라고 비셨다던 거기 아직도 있어요?

금순: 으, 으응. 암만. 요 아래 용추폭포 뒤에 있지야. 근디 그건 뭐 땀시 묻는다냐?

이준: 거기에다가 물어보는 게 차라리 나을 거 같아서요.(하고는 쌩하니 산길을 내려간다)

용추계곡―용추폭포, 용소

떨어져 내리는 폭포 물줄기 뒤로 파여져 있는 암석.

이준: 저기 폭포 뒤에 저기구나.(이동)

이준: 산신님, 저도 할아버지처럼 앞을 못 보게 될까요? 겁나요, 솔직히. 아무한테도 말은 못했지만… 그냥 제가 미쳐가는 건가 싶기도 하고. 아님 무슨 병에 걸렸나 싶기도 하고…

(휴대폰 메시지 알림소리, 확인해보니 반 친구들이 이준 사진을 올리고 놀리며 장난침)

이준: 아 계속 이러네. 이 새끼들. 가만두지 않을거야. (회상으로 연결)

회상1- 학교 교실

친구1: 야, 너 눈썹 내가 뽑아줄까?(하면서 흰 눈썹을 뽑으려고 함)

친구2: 히히 얼마나 긴지 함 보자, 네가 뽑아봐.

친구2는 이준의 머리를 잡는다. 친구1은 눈썹을 손끝으로 잡아당긴다.

이준: 아 싫다니까, 뽑아도 또 날건데 왜 그래.

(거부하면서 얼굴을 들어 둘러싼 친구들을 본다. 그런데 눈에 박히고, 귀에 박히고, 혀에 박히고, 가슴에 박히고, 머리에 막히고, 손에 박히고, 등에 박히고, 못 하나에서 고슴도치처럼 박히기까지 한 친구들의 모습)

(손가락으로 가리키며) 으악! 너네 왜 그래! (소리 지르며 눈을 감아버린다)

친구들 이준 모습에 아리송해하며 이상한 눈길로 쳐다본다.

이준 다시 눈을 떠보니 아무 이상 없다.

친구들: 야 너 왜 그래? 아 미친놈. 아침부터 재수 없게. 장난 좀 친 걸 갖고 왜 화를 내.

(친구 1, 2가 이준을 때리려고 한다.)

여자애: 야, 그만해. 준이 싫다는데 너네가 먼저 괴롭혔잖아.

(친구 1,2 입을 샐쭉거리면서 이준을 째려보며 자리에 앉는다. 큭큭 거린다.)

회상2-하교길

가로등이 띄엄띄엄 켜져 있지만 어두운 골목길.

평소에 좋아하던 여자애를 발견한 이준이 달려온다.

이준: 야! 밤에 위험한데 그렇게 이어폰 꽂고 핸드폰만 보면 어떡해!

여자애: 앗 깜짝이야! 아참, 이준아 너 아침에 기절했다던데 괜찮아?

이준: 응, 별거 아냐, (여자애 얼굴을 보는데 뺨에 박힌 가시가 보인다) 근데 너…

여자애: 응? 얼굴에 뭐 묻었어? (두 손바닥으로 얼굴을 만져본다) 뭐? 아무것도 없는데? 아, 장난치지마.

이준: 너 뺨에 가시처럼 생긴 거 있잖아, 시커멓고 뻘겋고 막 그런데?

여자애: 아, 아닌데. 네가 잘못 봤나보지.

이준: 있는데, 내 눈에만 보이나? 너 뺨 안 아프냐? (뺨에 손을 갖다 대려 하는데)

여자애: 아, 하지 말라구! (손을 밀치고)

친구는 눈을 흘겨보더니 다른 골목길로 가버린다. 혼자 남은 이준.

회상 끝. 다시 비룡산.

이준: 혹시 막 신내림 그런 건가? 아님 나만 모르는 우리집 유전병? 그냥 엄마 아빠한테 솔직하게

　　말해볼까? 난 이제 어떻게 되는 걸까?

　　(갑자기 검은 바람이 불고 뒤 용소에 빠진다. 허우적대어 보지만 끌어당기는 힘에 아래로 가라앉

고 꼬르륵, 눈을 감는다.)

〈제2화〉

비룡산 용두암

'일어나'하는 소리에 눈을 뜨는 이준.

　무슨 말을 들은 듯 한데 둘러봐도 어둔 밤 아무도 없고, 오싹한 기운에 산길을 부랴부랴 내려

간다.

　해가 진 산길은 벌써 어둡고, 내려가는 동안 내내 누군가 쫓아오는 것만 같은 기분.

　이때 어디선가 두런두런 들리는 말소리. 이준은 본능적으로 그 소리를 따라 급히 내려간다.

　바깥집 마당과 희명의 방—이씨와 정희명의 집

　바깥집 마당에는 소담하게 차린 상 앞에 서서 두 손을 모아 빌며 중얼중얼 기도를 외는 흰 소복

차림의 당골.

　그 옆에서 허리를 굽히고 손이 닳도록 비는 한 늙은 여인과 굿상에 돈 한 뭉치를 올리고 절하는

중년의 남성.

　방 앞마루에 앉은 처녀는 걱정스러운 눈길로 눈에 붕대를 두르고 누운 총각을 바라보며 눈물을

흘린다.

희명: (가느다란 목소리로) 물… 물…

금순: (소리를 듣고 놀라며) 어머니 희명씨가 깨어났어요!

이준: (독백) 희명? 많이 들어본…어… 우리 할아버지 이름인데?

　방으로 달려오는 부인, 누운 병자의 손을 붙잡고,

이씨: 살았구나, 천지신명 은덕으로 용케 살았어.

　순간 밖에서 와장창 그릇이 깨지는 소리.

상재: 멍청하게 미신 따위나 믿고 말이야, 지금이 어떤 시절인데!

젊은이는 굿상을 엎어 마당을 엉망으로 만들고, 방으로 들어와 병자의 멱살을 잡는다.

상재: 이 독한 빨갱이 새끼, 죽지 못한 걸 후회하게 될 거다. 후후.

이씨: (소리를 지르며) 네 이놈! 내 아들을 이 꼴로 만든 것도 모자르더냐! 천벌을 받은 놈!(울며 매달린다)

상재: 어이, 아짐, 천벌은 누가 받을지 지켜봐야죠. 이 새끼, 엄살 피지 말고 얼른 일어나!

금순: (울며 매달려 부탁하며) 뭔 조사를 하더라도 정신은 차려야 할 거 아녜요, 일주일만, 아니 며칠만 기다려주세요. 이 몸으론 어디 도망도 못가잖아요, 제발.

상재: (눈빛이 흔들리며) 눈 멀은 병신 새끼 어디 받아줄 곳이나 있겠어? 기운 차려라, 곧 데리러 올테니.

희명: (누운 상태로 눈을 감싼 붕대 사이로 피눈물을 흘린다)

상재는 대문을 나가다 문지방에 서서 우두커니 보고 있던 이준과 눈이 마주친다.

이준이 뒤로 물러서고, 젊은이는 고개를 돌리고 씩씩대며 나간다.

이준: (독백) 뭐야 저 무서운 놈은. 그건 그렇고… 내가 지금 도대체 어디로 온 거야?!

휴대폰은 전화도 문자도 모두 불통이다. 사람들 몰래 집안을 둘러보니 낡은 옛날 세간.

이준: (독백) 이게 꿈이야 생시야?

손등을 깨물어 보지만 역시 아프다.

바깥집 부엌

여인과 처녀가 부엌으로 간다. 이준도 부엌에서 일하는 집주인에게 가서 말을 붙여 본다.

이씨: 희명이가 깨어났는디 뭐라도 먹여야제. 내가 죽이라도 쑬텐게 넌 저짝 가서 좀 쉬그라.

금순: 아녜요, 제가 가서 쌀 씻어 올게요.

이준: 저−기 할아버지, 아 아니지, 저 누워계신 희명씨 손자인데요. 할아버지의 어머니시면 저한테 그럼…왕할머니? 저, 전 정이준이라고 하는데, 여기가 어디예요? 저도 모르게 여기로 와서요. 히잉.

손짓발짓 해가며 물어봐도 늙은 부인과 처녀는 보지도, 듣지도 못한다.

이준: (독백) 뭐야 날 못 봐? 설마 내가 죽은 건가? 아님 귀신이라도 된 거야?

부엌에서 밥 짓는 냄새가 피어오른다. 배에서 나는 꼬르륵 소리, 허기가 진다.

이준: (독백) 그러고 보니 아침부터 아빠랑 싸우느라 밥도 못 먹었네. 하루 종일 굶었더니 배고파.

어차피 보이지도 않는 판국. 숟가락을 들고 솥에 든 밥을 푸려는데 밥그릇의 밥알이 그대로다.

이준이 급한 맘에 이것 저것 집어 먹으려 해도 결국 입으로 들어가는 것은 없다.

멘붕에 빠진 이준. 이때 뒤로 들리는 소리.

산신: 배고프냐?

고개를 돌리니 허리 굽은 백발의 호호할머니. 빙그레 웃고 있다.

이준: 엥? 할머니는 제가 보이세요?

대답 없이 스르르 대문 밖으로 나가버리는 노인. 그리고 어느새 담장 너머로 들리는 말,

산신: 배고프면 따라오니라.

⟨제3화⟩

정씨 가문 큰댁 사당

호호할머니를 따라 들어간 큰 기와집 전경.

마당을 지나 들어가니 흐드러지게 붉게 핀 동백나무 뒤로 사당이 있고, 아까 돈을 내놓고 절하던 남자가 그 앞에 서 있다.

지용: 할아버지, 희명 아재가 살았습니다. 걱정 말고 진지 드세요.

신위 앞으로 소반에 잘 차려진 한 상을 내려놓는다. 그것을 보고 호호할머니가 말한다.

산신: 저거 먹거라잉. 난 아까 많이 먹었어.

이준은 혹시나 하여 숟가락으로 밥을 푹 찔러본다.

숟가락에 묻어 딸려 올라오는 밥알을 보고 정신없이 퍼먹기 시작한다.

어느새 하얀 노인들이 무리지어 이준이 먹는 것을 쳐다본다.

이준: 저 뺏어먹는 게 아니라요, 저 할머니가 먹으라고 해서. 헤헤. 잘 먹겠습니다.

하얀노인들: (흐뭇하게 웃으며 고개를 끄덕인다) 천천히 많이 먹그라잉

정씨 가문 큰댁 마당

그때 저벅저벅 발굽소리, 대문을 밀치고 마당에 들어 닥친 장정들.

상재: 어딨어, 정지용! 이 새끼 어서 나와!

이준: 무슨 소리야? 또 저 녀석이네? (구경하러 나온 이준)

온 집을 뒤집는 장정들.

마당 앞으로 끌려간 정지용, 우두머리(상재) 앞에 붙잡혀 세워진다.

상재: 네깟 놈이 우리 엄니를 또 데려다 굴려?

지용: 상재야, 당골네가 고서방 생각해서라도 하자고해서 그런거다. 내가 억지로 시킨 게 아니야.

상재: 뭐 고서방? 당골네? 네 놈이 아직도 정가네 큰 도령인줄 아나보지!

　상재는 분을 이기지 못하고 정지용을 총으로 쳐 꿇린다.

지용부인: 저, 저놈이. (손으로 가리키고는 파르르 떨며 마루에 주저앉는다.)

지용: (말없이 고개를 치켜들어 상재를 째려본다.)

상재: 기껏 돈 들여 일본유학까지 보냈던 동생놈은 북으로 가고. 서자 아재비는 눈먼 빨치산이 되서 목숨이 간당-간당. 네놈도 옛적 미군 몰래 저쪽에다 돈 올려다 줬잖아. 네놈 집안의 구린내 내가 다 알고 있는데 아직도 날 문간채 종놈 보듯 하면 섭하지!

　총개머리판으로 지용의 머리를 때리려고 폼을 잡는 상재.

　그때 등짝을 때리고 들어오는 사람, 아까 굿집에서 본 당골이다.

당골네: 이 배은망덕한 놈, 갈 곳 잃고 헤매던 천것들 받아주신 분들헌테 은혜를 웬수로 갚는 놈! 이 분 아니었음 니 아버지랑 나는 입에 풀칠도 못했구만! 이 집서 태어난 놈이 위아래를 몰라? 니 아버지 얼굴에 똥칠을 해도 유분수제!

상재: 평생 하라는 대로 일만 하던 울 아버지, 아무 죄도 없는디 죽인 놈들이 이 빨갱이들 아니요!

당골네: 왜 죄가 읊어! 아들놈이 앞재비 감투씌고 온 마을을 쑥대밭으로 맹글었는디! 아이고 어저까. 이제 남부끄러워서 이 마을에서도 몬살겠네. 아이고 내 팔자야 서방 잃고 아들이라고 하나 있는 놈이. 인자 니 에미도 복장터져 죽는 꼴 볼라고 그랴! (바닥에 퍼져서 땅을 친다)

　그 소리에 상재는 기가 죽은 듯 주변을 의식한다.

상재: 하여튼! 엄니는 앞으로 이 집안 그림자도 밟지 마쇼!

　상재는 마당에 침을 탁 뱉더니, 정지용에게 눈을 흘기며 집 대문을 나가버린다.

큰댁 사랑채

당골네: (섬돌 아래에 서서)아이구. 도련님, 어쩐대요, 이런 꼴을…

지용: (사랑채 마루에 앉아) 괜찮네. 그나저나, 희명 아재는 쾌차하겠는가.

당골네: 암요, 일어나시겠지요. 작은마님이 을매나 정성으로 빌고 계시는디.(눈물을 훔친다)

지용: (찻잔에 차를 따라 마시며) 상재에게 너무 뭐라 말게, 긁어 부스럼이야.

당골네: 자가 왜 저러는지 저도 도통 알 수가 없고만요.

지용: 무심코 던진 돌에도 개구리가 맞는 법이라하니, 더부살이에 상처가 많았나 보네 그려.

당골네: 아이고, 그래도 어르신 아니었음 글도 못 뗐을 놈인디…

지용: 그때 상재도 희명 아재랑 같이 학교에 보낼걸 그랬네. 아마도 어린 맘에 설운 못이 박힌 거 같

구만.

지용의 말을 듣고 놀라는 이준.

이준: (독백) 못? 금방 못이 박혔다 그랬어. 마음에 못이. 그럼 여기도 같은 게 보일까? 한번 만 보고 가자.

이준, 상재를 뒤쫓아 집을 나간다.

〈제4화〉

희명의 집 앞.

씩씩대며 저 만치 걸어가는 상재의 뒷모습을 바라보는 이준.

이준: (독백) 분명히 마음에 못이 박혔다 그랬어, 여기서도 보이는지 한 번 확인해보자.

혹여 상재에게 들킬까 거리를 두고 뒤따라가는 이준.

상재는 희명의 집을 지나다 마당 한켠 장독을 닦고 있던 금순을 발견한다.

다짜고짜 집안으로 들어가 금순의 손을 끌고 사립문 밖으로 나온다.

희명의 집 앞 반쯤 열려진 대문 앞에서 선 상재와 금순.

상재 : 여기서 지금 뭐하는 거야, 내가 이집이랑 엮이면 안 된다고 했지. 이거 가지고 서울로 떠나.

상재가 무언가를 품에서 꺼낸다.

금순의 손바닥 위에 올린 금가락지 한 쌍.

아무 말 없이 금가락지를 쳐다보는 금순.

상재 : 가서 연락해, 곧 따라갈 테니까.

금순은 금가락지를 손에 쥔 채 가만히 고민하는 듯 슬픈 표정으로 생각한다.

금순: 저 혼자 살자 도망가라고요? 아뇨. 전 희명씨 곁을 지킬 거예요. 상재씨야말로 다 잊어버리고 서울서 하고픈 대로 사세요.

금순은 반지를 상재의 손에 돌려주고, 희명의 집 부엌 안으로 들어간다…

이준: (독백) 으잉? 할아버지를 지킨다고? 그럼 저 예쁜 아가씨가 우리 할머니?!

문 밖에 남은 상재는 서서 손바닥에 올려진 금가락지를 보다 주먹을 꽉 쥔다.
상재: (혼잣말로) 금순이 니가 날 버리고 고작 눈먼 빨치산 놈을 택해? 나는 널 위해 무슨 짓까지 했
는데… 어떻게 나한테 이럴 수 있어?

마침 내려오는 경찰 지프차. 상재의 부하들이 타고있다.
이를 본 상재가 차를 세운다.
상재: 사무실로 곧장 가.

상재의 사무실, 책상 위로 서류 뭉치들이 겹겹이 쌓여 있다.
부하들에게 지시하는 상재.
상재: 빨갱이 새끼들, 조사해서 다 집어 쳐 넣어. 정지용이고 정희명이고 다 끌고 와!

부하들이 대답하며 나간다.

의자에 앉아 등을 돌린 상재.
둘만 남자, 상재의 생각이 이준에게 들린다.
상재: (독백) 정희명… 정희명 네 놈을 내가 그때 죽였어야 하는데!
화를 이기지 못하고 부르르 떨며 주먹으로 쾅! 책상을 내려치는 상재.

이준은 괜히 겁이 나서 조심조심 상재 옆으로 간다.
상재는 의자에 기대 눈을 감는다.
상재의 가슴에 드러나는 무언가.
시뻘겋게 달아오른 듯 보이는 못. 비틀어지고 여러 갈래로 갈라져 흉측한 모양.
못 주변은 시커멓게 썩은 듯, 시퍼렇게 멍이 든 듯 함몰되어 있다.

이준: (독백) 있다! 못이 있어!

　자기도 모르게 손을 내미는 이준.

이준: (독백) 이게 뭐 길래 나한테만 보이는 거지?!

　이준의 손가락 끝이 못 위에서 멈춘다.

이준: (독백) 어차피 안 보이는데 한번 만져볼까?

　떨리는 손끝이 못에 닿고, 짧은 섬광과 함께 찾아온 암전.

〈제5화〉

얼음장 같이 차갑고도, 불에 덴 듯 뜨거운 느낌.
가슴에 수많은 바늘침이 꽂히듯 날카로운 고통에 가슴을 움켜진 채 소리를 지르고 쓰러진다.

따따따따— 총소리에 깬 이준.
주변을 둘러보니 상재가 한곳을 향해 총을 겨누고 쏘고 있다.
총구가 향하는 곳.
부랴부랴 달아나는 초췌한 차림의 빨치산들과 이미 쓰러진 한 남자.

상재: (부하들에게 명령) 달아나는 놈들을 잡아!

　상재는 쓰러진 남자에게 간다. 이준도 따라간다.
　상재가 쓰러진 남자의 고꾸라진 몸을 발로 밀어 젖히어 돌린다.
　얼굴은 피범벅이고 두 눈은 흘러내린 피로 가득하다.

이준: (놀라고 황급한 표정으로) 할아버지! 할아버지!

　희명의 옆에 앉아 깨우려 한다.

상재: (총개머리판으로 희명의 복부를 내려치며) 이 새끼 죽었냐?!

희명: (고통을 참지 못하고 신음소리를 낸다.) 으윽—.

상재: 질긴 놈… 네 귀한 명줄, 오늘로 끝이다.

상재는 한참 희명의 머리를 겨눈다.

결국 상재는 방아쇠를 당기지 못하고, 총을 내린다.

상재: 네 놈에겐 이렇게 죽는 것도 호사지.

상재가 총검으로 희명의 어깨를 찌른다.

피가 흐르고, 고통에 자지러지는 정희명.

억울한 듯, 고통스러운 듯, 우는 듯, 웃는 듯 기괴한 표정으로 상재가 말한다.

상재: 금수저 물고 태어나 펜대나 굴렸지! 제깟 서자 놈 주제에!

이번엔 허벅지를 총칼로 찌르는 고상재.

주변에 일렁이며 피어오르는 검은 기운.

활활 타는 듯한 검은 불길이 뒤에서 나와 상재 온 몸을 휘 감는다.

상재: 밟히는 기분이 어때, 더 이상 네 놈한테 뺏기지 않는다. 이제 꿀릴 거 없다고!

고통을 더 이상 참지 못하고 희명의 옆으로 힘없이 머리가 떨어진다.

그 광경에 놀라고 무서워 바르르 떨고 있는 이준.

탕탕. 고개 너머 쪽에서 나는 총소리.

상재: 후후, 외로운 저승길 빨치산 동무들이랑 같이 보내주지.

쓰러진 희명을 내버려 두고 빨치산을 쫓아가는 상재.

겁에 질린 채 남은 이준이 희명을 흔들어 깨운다.

이준: 할아버지! 할아버지! 정신 차리세요!

힘없이 떨어지는 희명의 손.

이준: (희명의 손을 껴안으며) 할아버지…이렇게 가시면 어떡해요…(머리와 윗몸을 들어 안고서 응

시한 채로 눈물 흘린다.)

희명의 가슴팍에 못이 드러난다. 그것을 보고 놀라는 이준.

이준: (못을 만지려 손을 내밀어 본다.)

이준: (주저하며) 젠장…뭐가 어떻게 돌아가는 거야…
주저하는 마음에 손을 다시 끌어당긴다.
일어서서 상재가 떠나간 산너머를 쳐다보고 누워 쓰러진 희명을 쳐다본다.

이준: (주먹을 꽉 쥐며, '저 놈이 우리 할아버지를 죽였어. 할아버지, 정말 왜 이 지경이 된 거야!라는 표정 처리)
핏발이 쓴 부릅뜬 눈, 주먹을 꽉 쥐고 이를 악 다물고 상재가 간 곳을 노려본다.

희명의 가슴에 솟은 못을 향해 손을 뻗는 이준.
손끝이 못과 닿자 섬광이 일며 다시 고통이 찾아오고, 눈을 감고 이를 악물며 참아낸다.

〈제6화〉

기억의 어두운 공간 속 여러 기억의 파편들 사이를 헤매다가 어느 한 장면으로 빨려 나온다. 밝아진 세상. 팔에 완장을 찬 깨끗하고 건장한 모습의 희명이 이준을 보고 웃는다.

이준: (울 것 같은 표정)할아버지!
　　　(눈물을 훔치며) 그런데, 내가 보이는 건가?
그때 뒤에서 들리는 목소리에 뒤를 돌아보니 윤금순이 학교 교실에서 아이들에게 한글을 가르치고 있다. (창문 안으로 보이는 인공기.)

추가된 부분—금순이 아이들을 교육하는 장면.
금순: 자, 형제끼린 콩 한쪽도 나눠먹는다는 말 들어봤지? 배고프고 불쌍한 친구도 마찬가지야. 이

렇게 힘들 때 서로 나누고 돕는 좋은 관계를 상부상조라고 해.

금순: 자 소리 내서 읽어보자. 콩 한쪽도, 나누어, 먹는다. 상부, 상조.

아이들: 콩 한쪽도! 나누어! 먹는다! 상부! 상조! (아이들 목청껏 소리를 높여 따라 말한다.)

희명, 그런 금순을 흐뭇하게 보다가 학교 마당에서 짐을 옮기는 청년들을 돕는다.
이때 라디오에서 급하게 전해지는 속보.(귀를 찌르는 기계음)

라디오 소리: 미제 맥아더 장군이 인천으로 상륙하여 서울을 치고 올라왔다. 전선의 부대들은 작전 상 후퇴하여 북상한다. 동지들은 하던 일을 멈추고 급히 해산하여 후퇴하라.

청년들 일제히 동작을 멈추고 멍한 표정으로 서로를 멀뚱히 쳐다본다.
금순도 아이들과 나와 혼란스러운 표정을 짓는다.

수군대는 사람들.

마을사람1: 미군이 돕는다니 이제 경찰 놈 가족들이 기세 등등 하겠구만.

마을사람2: 아이ㅡ 우리도 얼매나 복수를 했는디 그놈들이라고 가만히 있겠어?

마을사람3: 괜히 남았다가 보도연맹 때 그 꼴, 또 당하는 거 아니여?

그때, 여러 대의 트럭이 도착하고 대장 차림새의 인민군이 내려 말한다.

대장: 동무들 속보는 들었지? 함께 할 사람은 어서 차에 올라타라. 남을 동지들은 다시 만날 날까지 알아서 몸을 보전하길 바란다. 이상.

모두 바삐 짐을 챙겨 트럭에 실으며 떠날 채비를 한다.(긴장, 초조한 표정들)

희명이 금순의 손을 잡고 얘기한다.

희명: (차분하고 결연한 표정) 금순씨, 저는 홀어머니만 두고 저 혼자 살자 떠날 수가 없습니다. 저는 알아서 잘 피신할 테니 저들을 따라가세요. 곧 다시 만날 수 있을 겁니다.

꾸벅 인사를 하고 집으로 발걸음을 옮기는 희명.

금순은 희명의 뒷모습을 보며 눈물을 머금는다. 이를 가엾게 바라보던 이준은 희명을 뒤따라간다.

희명의 집

희명이 방에서 어머니 손을 붙잡고 얘기한다.

희명: 어머니 전세가 불리하다 해서 다들 떠났어요. 저는 완장도 차고 했으니 군경들이 절 잡겠다고 들이닥칠 거예요. 어머니도 몸조심 하셔야 합니다.

이씨(희명母): (발길을 돌리려는 희명에게)희명아! 가기 전에… 밥이라도 한 숟갈 하거라.

    망설이는 희명의 눈빛

    밥상 클로즈업

    밥상을 앞에 두고 어머니와의 마지막 식사가 될 지도 모른다는 생각에 목이 메는 희명.

희명: 저나 큰댁 때문에 어머니까지 화를 입으실까 걱정이에요. 혹여 제가 내려오지 않더라도 산에는 절대 올라오지 마세요. 아셨지요?

이씨: 다 늙은 에미 걱정은 말고 싸게 먹고 얼른 가야, 꼭꼭 숨어야 혀.

    희명이 눈물, 콧물 흘리며 밥을 꾸역꾸역 먹는 모습에 이씨도 손으로 연신 눈물을 훔친다.

    그 모습을 보고 있던 이준도 가슴이 아파 희명과 이씨 뒤로 가서 둘을 모두 안는다.

    희명은 절을 하고 뒷문으로 나간다.

    이준이 따라 나가려는 찰나 문밖으로 들리는 여자 목소리.(어머니?) 곧 방문이 열린다.

금순: 벌써 갔나 봐요… 전 여기 남아서 어머님을 돌봐드릴래요.

이씨: 아이고, 금순아 너도 조심해야할 거인디. 일단 밥부터 먹그라잉, 먹어야 힘이 나제.

금순 : 네, 어머니.

    이씨가 밥을 가지러 부엌에 가자 금순의 뺨에 눈물이 흐른다.

    금순의 맞은편에서 금순의 손을 꼭 잡아주는 이준.

이준: (독백) 할머니 괜찮아, 할아버지 살아서 돌아올 거야.

그때 금순의 가슴에 솟는 여러 개의 못을 보고 놀라는 이준.

이준: (독백) 할머니까지… 못이?! 이 못은 대체 뭘 의미하는 걸까.

조심스럽게 금순의 못에 손을 갖다 댄다.
뜨거운 섬광과 찌르는 고통을 참아낸다.

〈제7화〉

어둠이 걷히고 도착한 곳. 사람들의 웅성거리는 소리.
주위를 둘러보자 사람들의 무리 뒤쪽으로 금순이 보인다.

한 젊은 남자(경찰)가 명부를 들고 종이를 넘기며 윽박지르듯 호명한다.

경찰: 자, 다음! 윤진현, 윤정현, 윤세현, 윤금복, 윤금철 들어와!
  아버지와 삼촌과 오빠들이 경찰서 안으로 들어간다.
금순: 아부지! 삼촌! 오라버니! 저도 같이 갈래요!
경찰: 쳇, 넌 좀 기다려.

상재는 마침 지서로 들어오면서 경찰과 얘기중인 금순을 본다.
놀라 호명하던 사람에게 황급히 다가가 말을 거는 상재.

상재: 어이, 이제 내가 할 테니 시원한 막걸리나 한잔 하라고.
경찰: 그러면 나야 뭐, 헤헤 고마우이.

장부를 받아든 상재는 금순의 이름이 적힌 종이를 넘기고, 마지막으로 남은 사람을 모두 부른다.
상재: 정말순, 정끝순. 최동식. 최동재. 한명호!

다 들어가자 혼자 남은 금순이 주변을 두리번거린다.

상재는 주변을 힐끔 보며 윤금순의 서류 부분을 몰래 찢는다.

상재: 윤금순, 따라와!

상재의 손에 이끌려 비룡산 산마루까지 올라간 금순.

상재: 세상 무서운 줄 모르고 어디다 이름을 막 쓰고 다니는 거야! 그러려고 학교 댕겼냐! 잘 봐. 힘이 없으면 저렇게 당하는 거야.(금순에게 소리치며 손가락으로 밑을 가리킨다)

상재가 가리킨 곳을 저 밑을 내다보니 줄줄이 손과 손이 묶인 사람들이 다섯 명씩 서 있다.

(효과음) 땅!땅!땅!땅!땅!!
총을 맞고 쓰러진 사람들은 구덩이 밑으로 떨어진다.
구덩이 안에 이리저리 엉겨 쌓여진 시체더미.

이를 보고 놀란 금순과 이준(충격과 공포의 표정)
금순: 아버-웁!(금순의 입을 막는 상재의 손). 아악!(손을 비집고 나오는 금순의 소리.)

다음 차례로 나란히 줄을 선 아버지와 삼촌, 오빠들.

금순: (상재의 손을 뿌리치려고 발버둥치며) 아버지-! 오라버니-!
달려가려는 금순을 붙잡아 더욱 소리를 못 내게 막는 상재.

(효과음) 땅!땅!땅!땅!땅!!

총소리에 놀라 굳은 금순의 얼굴과 몸.
총을 맞고 죽은 금순 가족들.
금순은 오열하며 상재를 째려본다.

상재: 너도 따라가고 싶겠지만, 어린 아그들 생각하면 너라도 살아야 하지 않겠어?

이 말에 푹 힘없이 주저앉는 금순.

멍하니 산 밑을 바라보는 금순의 눈에 눈물만이 주르륵 흐른다.

상재: 나 조만간 여기 뜬다. 그때 같이 서울로 가자. 나중에 후회 말고 마음 단단히 먹어.

상재는 금순을 위로해주려고 금순 어깨로 손을 뻗지만 주저한다.

밑에서 들리는 호루라기 소리에 등을 돌려 산을 내려가는 상재.

퍼지고 앉아 하늘을 보며 하염없이 우는 금순.

금순: 아버지…흑…오라버니…흑흑…저는 이제 어떡해요….

이준이 앞으로 다가가 우는 금순을 안아 준다.

금순의 가슴에 자라나는 못.

이준: (독백) 할머니… 왜 이제까지 아무 말도 안했어. 이 못, 내가 빼줄게.

금순의 못에 다가가는 이준의 손.

흑룡: (갑자기 내지르는 소리) 안돼!!!

고함소리에 놀란 이준, 손은 못으로 뻗은 채로 뒤를 돌아본다.

(화면 끝자락에 일렁이는 어두운 기운)

〈제8화〉

흑룡: (갑자기 내지르는 소리) 안 돼!!!

고함 소리에 놀란 이준, 손은 못으로 뻗은 채로 뒤를 돌아본다.

시커먼 불덩어리가 활활 타오르고 있고, 주변의 공기마저 시커멓게 변한다.

활활 타오르는 불길 속으로 검은 비늘이 보인다.

검붉은 불길 속으로 길게 갈라진 혓바닥이 보이기도 한다.

흑룡의 모습을 한 불길 속으로 붉은 눈동자가 나타나 이준을 노려본다.

흑룡: 웬 귀찮은 놈이 끼어들었군. 얼른 꺼져!

이준: (놀라 당황하여) 뭐, 뭐지?! 너, 너 누구야!

흑룡: 네 놈이 알아서 뭘 하려고. 살고 싶으면 그 손 내리는 게 좋을 거다.

이준: 니가 뭔데 이래라 저래라야?! 혹시 이 못… 네놈 짓이냐!

흑룡: 후후… 남 탓하는 건 똑같군. 난 내가 받은 만큼 돌려줬을 뿐이야.

이준: 네놈 일엔 관심 없어. 우리 할머니 할아버지나 되돌려놔!

흑룡: 내가 뭘 어쨌다고…인간들 알아서들 잘 박던데. 후후.

스르륵– 움직이며 이준에게 다가오는 시커먼 불덩어리.

흑룡: 시건방진 놈, 분수를 모르고 까불면 혼나야지.

이준을 향해 뻗어오는 흑룡의 꼬리와 검은 화염.

곧 흑룡의 몸통은 이준을 온몸은 감아 옥죄고 공중으로 들어올린다.

이준: (숨이 막혀서) 윽. 이거 놔. 으윽.

헤어나려 버둥대면 댈수록 더 세게 조여질 뿐이다.

이준: (정신을 잃어가며 속으로) 아무나 도와줘요, 제발…

그때, 산 전체를 울리는 엄청난 사자후. (효과음) 어–흐흐–흥!!크르렁!!!

큰 나뭇가지 위에 올라선 호호백발 할머니(산신)와 큰 백호.

산신: 어디서 네놈이!(따라 울부짖는 백호)

산신: 용소 밑에 잠잠히 숨어있나 했더니, 여태 몹쓸 짓을! 그래가지고 승천이나 하겠냐! 괴로워하는 인간들이 불쌍하지도 않으냐!

흑룡: 쳇, 불쌍? 이건 인간들이 먼저 시작한 전쟁이야. 이놈도 결국 똑같은 놈이 될 뿐이야!

산신: 아이 그건 두고 봐야제! 호랑아 싸게 가서 저놈아 풀어 주드라고!

백호가 울부짖어 대답하곤 쏜살같이 날아가는 시커먼 불덩어리를 물어뜯는다.

흑룡: 으윽– 으윽– 니깟 놈이 감히 날!

어느새 느슨해진 시커먼 불길에 바닥에 떨어지는 이준.

산신: 아야, 여기는 니가 있을 곳이 아니여. 이제 후딱 가거라잉.

　할머니가 백호에게 손짓을 하고 백호가 움직인다.
　이준을 물고 오는 백호, 대롱대롱 매달린 이준.
이준: (버둥대며) 으허헉. 이, 이거 놔! 난 아무 잘못도 없다고!
　심드렁한 백호는 용두암 밑으로 이준을 떨어뜨린다.

　추락해서 깊은 용소에 빠지는 이준.
이준: (손을 휘저으며) 으아아악! 사, 살려줘! 살려주세요!

　허우적대다 용소 밑으로 가라앉는 이준.
　수면에 비치는 빛이 흐려지더니 이준의 등이 바닥에 닿는다.
이준: 할아버지…할머니…죄송해요…
　곧 정신을 잃는다.

〈제9화〉

　눈을 떠보니 어디선가 들리는 소리.
　내 이름(정이준)을 부르는 소리이다.

지헌, 안나: 준아~~~! 준아~~~~~! 어디 있니!!! 준아~~~~!
이준: (기운이 없어 누운 채로 큰 소리를 내지 못하고) 아…빠…엄…마…나 여기 있어…

　멀리서 보이는 불빛이 가물거린다.
　흐릿해지는 눈앞으로 다가오는 정체불명의 검은 그림자에 오싹해진다.

이준: 누. 누구지…제발…살려줘…

힘겹게 들었던 손을 내리며 눈을 감는 찰나, 정면으로 비치는 후레쉬 불빛.

지헌: 찾았다! 준이엄마! 준이 여깄어!

아버지(지헌)의 등에 업혀 산길을 내려가는 동안 이준을 따라 움직이는 시커먼 불덩어리.
이준은 비몽사몽간에 게슴츠레하게 뜬 눈으로 검은 불덩어리를 본다.
이준: (독백) 저게 여기까지 따라온 걸까. 아님 내가 지금 헛것을 보는 걸까…
손가락으로 가리키려다 정신을 잃고 잠드는 이준.

할머니집의 안방. 할머니(금순)와 지헌과 안나가 이준을 간호하고 있다.

지헌: (안타까운 눈빛으로 보며)이 녀석 온 종일 비를 다 맞고 있었나봐, 옷이 다 젖었네.
안나: (이준의 이마와 팔다리를 주무르며) 어떡해. 온몸이 불덩어리야…(지헌을 째려보며) 그렇게
    당신은 오기 싫다는 앨 끌고 와서 이게 뭔 사단이야? (둘 싸우는 장면)
지헌: 당신은 애가 어디 간 줄도 몰랐잖아! 여태 안 들어왔다고 왜 말을 안 해!
안나: 윽박질러 쫓아낸 게 누군데! 애가 얼마나 답답하면 거기 가 있겠어!

문을 열고 밖으로 나간 안나는 장독대 옆에 서서 눈물을 훔친다.
방에서 나와 안나의 옆에 다가온 금순(시어머니).

금순: 아도 아픈디 싸우지들 말어라. (안나의 어깨와 손을 만져주며) 그나저나 멧돼지고 배암이고,
    밤에 나다니면 위험한디 워째 거기로 갔다냐…
안나: 모르죠. 자기 딴엔 지푸라기라도 잡아보려고 그랬는지.(한숨을 쉬고) 준이한테 말못할 비밀
    이 많아 너무 미안해요…흑흑.(손등으로 눈물을 훔친다)

금순이 못 본척 하며 정화수 한 그릇을 떠 장독대에 올리며 말한다.
(달을 향해 금순이 손을 빌며 굽신굽신 기도한다.)

금순: 그려도 산신님 덕분으로 우리 준이가 살았응게… 참말로 고맙습니다요…
    안나도 두 손을 모아 기도한다.

안나: (독백) 산신님, 전부 제 잘못입니다. 제발 용서해주세요…(눈물)

　　다시 안방, 이준 곁에 남아 있는 지헌.
　　측은히 이준을 바라보며 물수건을 갈아주고 이준의 손을 매만지며 혼잣말.
지헌: (독백)다 말해주고 싶지만, 알고 나면 더 힘들 거야. 그냥 모르는 게 약이라 생각하자.

　　'흐흐흑흐흐흑'
　　(웃음소리인지 울음소리인지 분간하기 어려운 해괴하고 음흉한 소리)
이준: (기분 나쁜 소리를 듣고 깨어난 이준) 으…응…무슨 소리야…

　　고개를 들어 눈을 떠보니 이준의 손을 잡고서 옆에 앉은 지헌(아버지).
　　지헌은 방 벽에 등을 기대고 쪼그려 앉아 팔을 괸 채 웅크리고 졸고 있다.

이준: 아빠? 뭐야 다 꿈이었나?!

　　그런데 아버지 쪽에서 또 다시 들리는 '흐흐흑흐흐흑'소리

　　섬뜩한 느낌에 이준의 정신이 명료해진다.
　　일어나서 지헌의 앞에 고쳐 앉아 주변을 살펴본다.
　　'흐흐흑흐흐흑'소리와 함께 지헌 등 뒤로 솟는 못.
　　(여러 개의 못이 박혀 등이 힘겹고, 무거워 보인다.)

이준: 어헉! 아빠! 아빠 등에!(놀라고 겁나는 표정으로)
지헌: (잠꼬대 소리로) 준아…미안해…아, 아부지…안, 안 돼요. 가지 마, 마세요…

이준: (독백) 아빠, 도대체 무슨 소리야. 아이, 젠장! 어떡하지!

　　이준, 손을 뻗어 지헌의 등에 솟은 못에 손을 갖다 댄다.

〈제10화〉

거무스름한 기억 속에 필름처럼 되돌아 감기는 이준의 어린 시절.

거슬러 올라가던 기억이 멈춘다.

한 시간과 장소. 지헌과 금순은 의자에 앉아 있다.

지헌과 금순을 마주 보고 선 이준.

이준: (독백) 여기가 어디야? 아빠가 할머니랑 왜 같이 앉아있지?

이때 들리는 땅땅땅– 망치 소리.

판사: 피고 정희명에게 사형을 선고한다.

이준: (독백) 응? 할아버지가 사, 사형?!

이준이 고개를 들어 주변을 살펴보니 재판장이다.

주변에 많은 사람들이 있고, "여보""아버지""누구야"하는 울음소리가 난무한다.

여러 가족들이 울며 줄줄이 묶여 들어가는 각기 죄수들을 부른다.

지헌과 금순도 희명을 부른다. (옆에 서서 지켜보는 이준)

금순: 여보!

지헌: 아버지!

희명이 감은 눈으로 소리를 더듬어 객석의 지헌과 금순을 찾는다. (옆에 서서 지켜보는 이준)

지헌: 여기에요! 아버지.

금순: 여보! 흑흑.

희명이 지헌의 소리 나는 쪽을 바라보고 웃음을 남기고 들어간다. (옆에 서서 지켜보는 이준)

손수건으로 입을 막고 흐르는 눈물을 참는 금순.

주먹을 꽉 지고 부들부들 떨며 분노하는 지헌. (사태의 심각성에 걱정과 초조한 이준의 얼굴.)

금순: 야야, 어떻게 해서라도 살 방도를 찾아봐야 않겠냐.

지헌: 걱정마세요, 어머니. 제가 꼭 아버지를 구해낼 거예요.

금순은 지헌과 함께 재판장 밖으로 나온다. (금순의 어깨를 잡아주며 옆에 따라 나오는 이준)

조금 멀리서 기다리고 서있는 세련된 차림의 젊은 아가씨(안나)

우두커니 창밖을 바라보며 착잡한 표정으로 서있다. (자세한 얼굴은 안 보임)

이준: (독백) 저 여자는 왜 자꾸 쳐다보는 거야. 아는 사람인가?

걸어나오는 지헌과 금순의 인기척에 고개를 돌려 둘을 확인한 후,

고개를 숙인 채로 말을 하는 안나.

안나: 다 저 때문이에요, 그때 선배한테 도와달라고만 안했으면…흑…암튼 전부 다 제 잘못이에요.
정말 죄송합니다. 흑.(울먹거린다)

안나 앞에 선 지헌이 싸늘하고도 분노에 찬 소리로 말한다.

지헌: 뭐가 죄송해? 아, 데모하다 도망치던 너 때문에 내가 누명쓰고 고문 받은 거? 아님 우리 아버지가 사형당하는거?!!!

사형이란 말에 놀란 안나, 고개를 푹 숙인 울다 고개를 들어 경직된 얼굴로 물어본다.

안나: 네? 사…사형이요?!!

지헌: 그래, 너도 봤지? 우리 아버지… 앞 못 보는 맹인이셔. 그런 사람이 사형당할 만큼 위험한 간첩이야? 정말 미안하면, 그 대단한 네 아버지한테 가서 무릎 꿇고 빌어! 불쌍한 우리 아버지 살려달라고!!!(안나의 몸을 두 손으로 잡고 흔들며 얘기하다 밀어버린다.)

금순: (뿌리쳐진 안나의 몸을 잡아주며) 아이고, 안나양 오늘은 그냥 가요…

지헌과 안나 사이에 서서 둘을 번갈아 쳐다보던 이준.

이준: (독백) 어, 엄마?…엄마가 왜?…설마…외할아버지가??!!(안나 쪽을 째려보는 이준)

말을 마치고 쌩하니 지나치는 지헌. 남아서 흐느껴 우는 안나.

금순이 안나의 손을 꼭 잡고 등을 도닥여주며 말한다.

금순: 안나양, 지헌이가 오죽하면 저리 화를 내겠소. 제발, 우리 지헌이 아버지 꼭 살려달라고 아버님께 부탁 좀 해주쇼잉…

(지헌을 따라 자리를 떠나는 금순, 이준은 안나 앞에 서있다)

빈 복도에 홀로 남아 다리에 힘이 풀린 듯 주저앉아 고개를 숙인 채 우는 안나.

안나: 무릎 따위 벌써 꿇었다구요…흑…흑…

안나 어깨에 손을 올리고 마주 선 이준.

이준: (독백) 엄마…그래서 외할아버지 얘길 한 번도 안 해준 거였어? 그냥 모른 척 하고 잘 살지… 어쩌다 아빠랑 결혼까지 한 거야…도대체 왜…

이때 갑자기 안나의 뺨에 솟아나는 못.

덩굴장미 줄기처럼 뾰족뾰족 가시가 돋은 못줄기가 돋아나더니 안나의 온몸을 휘감고 이리저리 얽혀 온 몸을 둘러싼다.

이준: (독백) 어,엄,엄마… 엄마까진 안 돼! 엄마는 꼭 내가 지켜줄 거야!

이준 안나의 몸을 휘감은 가시덩쿨을 뜯어내려 용을 쓴다.

이준: 안 돼. 안 된다고!!!

암전.

〈제11화〉

펑! 펑!(최루탄 터지는 소리) 매캐한 최루탄으로 가득해지는 공기.

데모를 하며 입을 막고 물러나는 대학생 무리들.

곤봉과 방패로 무장한 전경들이 대학생 무리를 쫓기 시작한다.

우르르 도망가기 시작하는 대학생들 사이로 보이는 안나. (콜록대며 찡그린 표정)

이준: 어, 엄마, 엄마! 괜찮아?! (엄마를 보고 놀라고 걱정하는 표정)

안나, 손수건으로 입과 코를 막고 기침을 하며 달리기 시작한다.

이준: 어, 엄마? 어디가! (안나를 따라 뛰어 쫓아간다.)

열심히 도망치던 안나, 여러 갈래의 길 앞에서 두리번거리는데,

저기 앞에 보이는 공사장. 벽돌더미가 눈에 들어온다.

이준: (갈림길 앞에서 멈춰 쉬며) 헥헥. 엄마가 이렇게 달리기를 잘했어? 근데 어디로 갔지?

　누군가가 어헉 하고 놀라는 소리, 소리가 난 곳을 쳐다보니 지헌이 있다.

이준: 아빠! 아빠 여기서 뭐해…

지헌: (벽돌 지게를 내려놓으며) 아가씨 지금 뭐하는 거요?

안나: (벽돌더미 뒤에 숨어) 쉿, 지금 전경들한테 쫓기고 있다고요. 좀만 있다가 갈게요.

지헌: 허참, 괜히 나까지 덮어쓰면 어쩌라고. 아가씨, 다른 데로 가서 숨어요.

안나: 정말 치사하게 이럴 거예요? 나는 자유를 위해 이 한 몸 바치고 있구만.

지헌: 자유? 학비에 부모님, 동생들까지 먹여 살려야하는 복학생한텐 자유도 사치요, 진짜 자유가
　　 먼지 모르는 거 같은데, 업무방해 말고 집에 가서 발 닦고 잠이나 자쇼.

안나: 아, 제발요, 저 새내기라고요, 이번 한번만 살려주세요.

지헌: 거참, 그냥 가래도.

　실랑이하는 그때 들리는 소리,

전경들: 저기 있다, 두 놈 다 잡아!(다가오는 전경 셋)

지헌: 난, 아니, 아냐.(어리둥절한 표정으로 손사래를 치는 지헌.)

　그때, 지헌을 잡아끌고 달리기 시작하는 안나.

이준: (독백) 헉, 엄마! 잡히면 안 돼! 아빠 빨리 도망가요!

　이준은 어떻게든 전경들을 막아보려고 벽돌을 던져보지만 속수무책이다.

　막다른 길에 다다른 둘. 지헌의 뒤에 안나가 서 있다.

　이준도 지헌의 옆으로 가 안나를 보호하려 한다.

지헌: (안나를 쳐다보며) 거봐요, 귀찮게 됐잖소. 일단 여기 있어봐요.

　지헌이 두 손바닥을 들고 설명하려 전경들 앞에 나선다.

지헌: (능글맞게 웃으며) 아이고 수고 많으십니다. 저는…

　픽! 날아오는 군홧발에 지헌이 배를 부여잡고 나가떨어진다.

　맞아서 아픈 배를 움켜잡고 지헌이 일어나 말한다.

지헌: 윽, 저희는 데모와 아―무 상관없는 선량한 시민입니다. 그럼 이만…

안나의 손을 잡고 나가려는 지헌. 안나도 조심스레 따라나선다.

나가려는 둘을 가로막는 전경 셋.

전경1: 그럼 왜 도망쳤어?!

전경2: 도둑이 제 발 저린다고 구린 게 있으니까 도망친 거 아냐?!

전경3: 그렇지. 이 새끼, 어디서 우릴 속이려고!

퍽! 바닥에 나가떨어진 지헌의 얼굴에 코피가 흐른다.

이를 보고 벌떡 일어나 호통을 치며 말하는 안나.

안나: 야! 죄 없는 시민을 왜 때려! 시키는 대로 사람이나 패는 무식한 놈들, 너네가 그러니까 욕을 먹는 거야!

이 말에 지헌과 이준이 깜짝 놀라 두리번거리며 서로를 쳐다본다. (이준을 알아보지는 못함)

지헌: 아. 젠장 / 이준: 아, 엄마. (지헌과 이준, 안나에게 따가운 눈총을 보낸다.)

날아오는 몽둥이찜질. 전경의 몽둥이와 군홧발에 매 맞는 두 남자.

지헌: (맞으면서 악에 받쳐 소리친다) 윽, 윽, 난 그냥 진짜 노가다꾼이라고!

멈칫하는 전경들. 이때 호주머니에서 툭 떨어지는 지헌의 지갑.

전경이 주워서 열어본다. 보이는 건 한국대학교 학생증.

전경들: 이 새끼가 또!

이때 날아오는 곤봉, 퍽!

지헌 머리를 맞고 정신을 잃는다.

〈제12화〉

피투성이가 되어 쓰러진 지헌은 전경 둘에 의해 질질 끌려간다.

나머지 한 전경이 안나를 잡고 끌어간다. 어쩔 줄 몰라하는 이준.

안나: 우린 죄가 없다고! 이거 놔!

이준: 엄마…도대체 이게 무슨 일이야.

　부르릉 떠나는 경찰차.

　장면 전환, 지헌과 안나, 남녀 유치장에 서로 나뉘어 갇혀있다. 불만스럽게 서로를 보는 둘.

　그리고 팔짱을 끼고 그 둘 사이에 서서 둘을 번갈아 한심하게 바라보는 이준.

이준: (독백) 뭐야, 아빠랑 엄마랑 이렇게 만난 거였어? 에휴, 이러니 아직도 싸우지.

　이때 누군가 내려오는 계단소리.

경찰들: 오셨습니까. 어떻게 여기까지.(경찰들이 경례를 하며 연신 굽실댄다.)

　낯익은 얼굴. 고상재. 얼굴을 보고 흠칫 놀라는 이준.

이준: 저…사람? 어떻게 여기에 또?

상재: 어이, 여기로 와봐.

경찰1, 2: 예, 무슨 일이십니까.

　상재는 경찰 둘을 구석으로 데리고 간다.

　경찰 둘과 둘러선 상재. 상재가 나직이 뭐라 뭐라 말한다.

　이준 상재가 무언가를 꾸미는 것 같아 몰래 조용히 다가가 엿듣는다.

경찰1: 예? 따님이시라고요? (고개 숙이며) 앗, 죄송합니다.

경찰2: 야, 고안나, 아아, 고안나씨 바로 훈방조치 해드려.

경찰1: 네. 저 그럼 같이 잡혀온 놈은 어찌할까요?

경찰2: 어, 그거야…. 저, 어떻게 할까요?

상재: 같이 잡혀왔다고? 흠. 그 놈 서류 가져와봐.

　심부름 경찰이 가져다 준 지헌의 서류를 상재가 받아든다.

　서류에 꽂힌 지헌의 학생증과 적혀진 신상정보.

　읽어 내려간다. 본인 정지헌, 부 정희명, 모 윤금순.

상재: (독백) 응? 정…희…명? 윤…금순?!

상재: 이놈 고향이 어딘지 물어봐.

(경찰1 가서 묻고 듣고 온다)

경찰1: 야. 정희명! 너 고향이 어디야!!

경찰1: 정희명 고향이 전라남도 보성이라고 합니다.

상재: (독백) 정희명 니놈이…(주먹을 움켜쥐며) 금순이랑 기어코… 저 빨갱이 새끼가. 감히 내 딸을…!

　고개를 돌려 지헌을 유심히 쨰려보면서 말한다.

상재: (경찰들에게 지시하듯) 순진한 내 딸 꼬인 저 빨갱이 새끼 확실히 밟아줘. 뒷처리는 내가 해줄 테니 걱정 말고.

경찰1, 2: 예, 알겠습니다! 안녕히 가십시오!

　이 말을 하고 유유히 사라지는 고상재. 다급하고 혼란스러운 이준.

이준: (독백) 엄마 아버지가 저 사람이라고? 저 사람 우리 아빠한테 무슨 짓을 할 지 몰라!

경찰1: 정지헌 고안나 나와!

　경찰의 호명에 정지헌과 고안나가 일어서고 철창 밖으로 나와 서 있다.

이준: (지헌의 앞을 가로막고 서서) 아빠, 아빠! 저 사람들 따라가면 안 돼요.

　안나의 어깨에 올라가는 손. 경찰2의 다독임.

경찰2: 안나양 아버지가 어떤 분인지 진즉에 말해주지 그랬어, 괜한 실수할 뻔 했잖아. 아직 어린데 허튼 짓 말고 공부나 열심히 해요. 여기 짐 갖고 나가요.

안나: 쳇, 갑자기 내가 달라 보이나 보지? 역겨운 놈들. 퉤. (바닥에 침을 뱉는다)

경찰1: 부잣집 아가씨라 교양이 넘치는구만, 쳇. 정지헌! 이 빨갱이 새끼. 따라와.

　경찰1이 정지헌을 붙잡고 끌고 가려한다.

지헌: (만류하며) 저는 왜요? 전 정말 아무것도 안 했어요!

안나: (놀라서 소리치며) 데모한건 난데 왜 이 사람을 끌고 가!

이준: 엄마! 빨리 외할아버지 말려야 해! 어서! 빨리!

안나: (지헌 앞을 단호하게 막아서며) 이 사람 데모랑 아—무 상관없어, 도망치던 나 때문에 전경들
한테 대신 맞은 거라고. 아빠한테 말하고 올 테니 털끝도 건들지 말고 기다려!

안나 분이 넘치는 채로 건물 위로 뛰어올라간다.

안나, 힘 있게 열어 제키는 철문.

눈부신 햇빛이 하얗게 쏟아진다.

〈제13화〉

숨을 헐떡이며 고상재의 사무실에 들어선 안나. 이준도 따라 와 안나 옆에 선다.

상재는 창문 앞 책상에 앉아 몸을 약간 돌린 채로 창밖을 보고 있다.

평화롭게 내리는 눈송이들, 소복소복 쌓여가는 눈 때문에 거리 풍경이 온통 하얗다.

안나: 아빠, 아까 그 사람 내가 부탁하는 바람에 억울하게 맞은 사람이에요. 풀어주세요.

상재: 법대로 알아서 할 텐데 네가 뭔 걱정이냐! 넌 다시는 데모판에 얼씬대지마!

안나: 알았다고요. 알았으니까, 아까 그 사람만 빨리 풀어줘요. 빨리요. 네?

안나, 상재에게 다가와서 손을 잡아 흔들며 간절히 부탁한다.

상재: 어허 신경 끄고 이제 사시 공부나 열심히 해! 떨어지면 분명 콧대 높은 니 에미가 내 탓을 할
거다! 그리고 그놈은 뼛속까지 빨갱이 핏줄이니 다시는 만나지마!

안나: 아빠! 모르는 사람인데도 도망치던 날 구해준 사람이라고요!

상재: (안나의 손을 뿌리치며) 내가 알아서 할 테니 넌 그만 돌아가!

상처와 충격을 받은 안나의 표정.

상재: (독백) 기나긴 악연의 끝을 내야 될 때 인가보군. 오래 숨겨둔 내 비장의 카드를…

어디론가 전화를 거는 고상재.

상재: 청장님, 보성에 빨갱이 집안이 있는데…글쎄 월북한 놈이 몰래 내려와 만나고 갔다고 하네요. 네네. 뭐 시키는 것 하나라도 했으면 간첩 아니겠습니까. 네, 지금이 터뜨리기 딱 좋은 시기입니다. 네네. 알아서 잘 하겠습니다. 예.

전화를 끊은 고상재, 부하를 부른다.

상재: (서류를 던져주며) 정희명이란 놈을 끌고 와, 애비는 간첩에 자식 놈은 데모꾼이니. 어때 그림 나오지.

부하: 예, 알겠습니다. (나간다)

이 말을 듣고 겁먹은 눈으로 황망히 상재를 쳐다보다, 무릎을 꿇고 싹싹 빈다.

안나: 아빠, 제가 잘못했어요. 제가 잘 할 테니 죄 없는 사람들 괴롭히지 말아요.

무릎을 꿇은 딸을 내려다보며 음흉하고 섬뜩하게 말하는 고상재.

상재: 세상에 죄 없는 사람은 없어. 당하는 건 그저 힘이 없을 뿐이다.

안나: 어떻게… 그런 말을. 정말 그렇게 해도 된다고 생각해요? 아빠가 뭔데… 결국 아빠도 역겹고 치졸한 그런 사람일뿐이잖아요!

분노로 흔들리는 상재의 눈빛.

짝! (뺨 때리는 소리)

돌아간 고개, 눈을 치켜뜨고 상재를 째려보는 안나.

안나: 어떻게든 아빠 마음대로는 안 될 거예요. 지켜보세요.

나가버리는 안나.

안나가 나가고 정적이 흐르는 방.

그대로 서 있는 상재 앞에 이준이 마주보고 섰다.

이준, 분노가 가득한 두 눈으로 상재를 쳐다보며 말한다.

이준: 뭐가 그렇게 억울해요. 그만큼 괴롭혔음 됐잖아요! 당신 정말 나쁜 사람이야!

이때 고상재의 뒤로 시커먼 그림자가 치켜 솟아오른다.

상재: 다 내 잘못이다 이거지. 힘이 약해 당한 것도 내 잘못, 당한 만큼 돌려주는 것도 내 잘못!

상재의 모습을 한 그림자와 상재가 이야기한다.(혼잣말 하는 것과 같이)

그림자(흑룡): 그래, 어차피 세상은 힘 있는 쪽 얘기만 살아남는 거야. 안 그래?

상재: 후후, 그렇지. 내가 그 고생 안했으면 니들이 지금 이정도로 살 수 있었겠어? 다 누구 덕분인데! 내가 어떻게 살아왔는데!

그림자가 점점 커지면서 상재의 다리 쪽에서부터 검은 기운이 나오기 시작한다.
검은 불길 타오르며 상재의 상체 쪽으로 서서히 올라오면서 상재의 못이 드러나기 시작한다.

그림자(흑룡): 분수를 모르고 날뛰는 놈들 모두 다 밟아 버리는 거야. 지금 밟지 않으면 또 나중에 언제 밟힐지 몰라, 안 그래?

상재: 암, 그 수모를 또 겪을 수야 없지. 후후, 정희명. 네가 뿌린 씨앗 내가 대신 수확해줄테니 기다려라. 악연이 이런 기회가 될 줄이야. 참 좋은 시절이야.

상재의 몸 전부를 잠식한 검은 그림자.
검은 그림자 기운에 잠식당하여 분노를 조절하지 못하는 상재.
이에 겁에 질린 이준.

이준: (독백) 엄마… 그래서 외할아버지가 없다고 한 거였어? 그럼 할아버지랑 아빠는? 결국 이 사람 때문에 돌아가시게 된 거야?!

점점 더 커지는 상재의 못. 못이 커질수록 검은 기운도 커진다.

이준: (독백) 저 못을 빼야 해!

이준이 손을 뻗는다.

〈제14화〉

이준이 손을 뻗는 순간, 벌컥 열리는 문.
문을 열고 들어가 가만히 서 있는 사람, 윤금순.

이준: 할머니? 할머니가 여길 어떻게! 어서 피해요! 여기 있으면 안 돼요!
금순: (간절하게) 우리 아들이 데모하다 잡혔다는데 아무도 안 알려주니 하도 답답해서… 물어물어 왔네요. 우리 지헌이 무사한가요?!

흠칫 놀라는 고상재, 검은 불길이 잦아든다.

상재: 흥, 애비는 빨치산에 아들놈은 데모꾼이라. 빨갱이가 빨갱이를 낳은 모양이지?(비웃으며 무시하듯 몸을 돌리며)
금순: (절박하게 상재의 팔을 붙잡으며) 우리 지헌이… 부모 잘못 만나 어렵게 자랐지만 죄 짓고 다닐 녀석 아니에요.

상재: (화가 난듯 돌아보며) 그럼 우리 아버지는! 평생 굽실대며 일만 한 불쌍한 늙은이, 경찰아들놈 둔 죄로 맞아죽었지. 그때 정희명 그놈도 모르는 척 하지 않았나!
금순: (상재를 응시하며 또박또박 따지듯) 그건 아저씨가 부탁한 거예요. 당신 찾으려고 눈에 불을 킨 사람들이 많다고, 제발 자기 대신 살려만 달라고 희명씨한테 찾아와 빌으셨다고요.

상재: (눈이 휘둥그레지며) 뭐? 우리 아버지가 정희명이한테?
금순: (간절하게) 그래요. 그이 덕분에 살았으니 이번에는 우릴 도와줘요. 제발…

상재: (혼란스럽게 일렁이는 검은 기운) 뭐 정희명이 날 구해? 흥. 고향 부모 다 버리고 도망치던 날 숨겨준 건 마을에 너 하나였어.
금순: (얼굴을 돌리고 주저하며)으음, 나도 희명씨한테 부탁받은 거예요. 아저씨 아주머니 봐서라도 목숨이라도 부지하게 해주자고. 자기가 나설 수는 없으니 나더러 몰래…
상재: (말을 가로막으며) 뭐, 그놈이? 말 같지 않은 소리 할 거면 닥치고 꺼져!

금순을 뿌리치며 몸을 돌리고 창가 쪽으로 와 갈등하는 상재. (창밖은 여전히 눈이 내려서 세상이 온통 하얀 눈밭인데, 상재를 휩싸는 검은 기운이 더욱 혼란스럽게 일렁이며 커져있다.)

상재: (흔들리는 상재의 눈동자로 혼잣말, 부들부들 떨리며 주먹을 쥐고, 곧 책상을 내려친다) 날 살려줬다고? 네 놈이 뭔데, 나한테 왜!

상재의 회상1
어렸을 적 당당하고 아름다웠던 금순의 모습, 환하게 웃는 미소.
오버랩 되면서 지금의 모습, 초라한 옷차림, 고생이 역력한 주름지고 늙은 손, 어두운 낯빛.
상재: (지금 금순을 보고 불만스럽게 소리치며) 세상 무서운 줄 알면 죽은 듯이 살았어야지, 지금 이 꼴이 뭐야! (나지막하게) 젠장, 그깟 그놈 하나 때문에.

상재의 회상2
가족을 잃고 산에서 울던 금순과 그 뒤에서 차마 안아주지 못하는 상재.
상재의 손바닥 위에 금가락지를 돌려주고 돌아서던 금순의 모습.
눈을 싸매고 누운 정희명을 간호하는 금순의 모습.

상재: (다시 분노가 끓어오르며) 그만해! 잘난 척 하더니 지금 꼬락서니하고는. 어때 좀 후회가 되나? 후훗, 그때 같이 서울로 떴으면 이렇게 부딪힐 일은 없었을 텐데 말이야.
금순. 힘없이 꿇어앉으며 두 손을 들어 불쌍히 빌고 있다.

상재: (의자에 앉는 상재) 듣자하니 눈먼 애비는 간첩질에 아들놈은 데모꾼이라던데… 훗, 개버릇 남 못주나보지. 쩝, 반동분자 핏줄 따위 당장 내일 죽어도 아무렇지 않다고.
금순: (죽는다는 말에 놀라 기어와 상재의 발목을 붙잡고 울며) 우리 지헌이, 못난 부모한테 태어난 죄밖에 없는 불쌍한 녀석이에요. 날 봐서라도 우리 지헌인 제발.

상재: (울고 있는 금순을 바라보며) 쳇, 내 목숨 빚은 아들놈으로 갚아주지. 그런데 정희명 그놈은 안 돼. 북에서 내려온 조카랑 작당하는 눈먼 간첩이라…아주 좋은 기회거든.

상재의 등 뒤로 다시 활활 타오르는 검은 화염, 이준 검은 화염을 보고 놀란 표정.

이준: (달려가 검은 화염 앞에 마주 서서 째려보며) 너, 내가 부셔버리고 말겠어!

　이준에게 보란 듯이 검은 화염 속 붉게 타는 눈동자, 혓바닥이 날름거린다.

　서서히 고상재의 몸을 휘감으며 상재에게 속삭이듯 빨간 혓바닥이 상재의 귀를 핥는다.

이준: (결연한 눈빛) 내가 널 없애고 말거야! (꽉 쥔 손에 들려있는 날 선 가위)

〈제15화〉

　커져가는 화염에 휩싸인 상재와 마주 대면해있는 이준.

부하직원: (문 열고 소식을 전하며) 국장님, 정희명 잡아 놓았습니다.

상재: 후후. 그래. 내가 직접 가지. 이 여자 끌어내.

　소리쳐 오열하며 저항하는 윤금순을 뒤로 하고 방을 나가는 상재.

　빈 복도를 걸어 나가는 상재를 휩싼 검은 불기운, 상재의 가슴에서 피어나는 못.

　여러 갈래로 갈라져 마치 큰 꽃이 핀 듯 한 모습.

이준: (독백) 저거야, 저걸 빨리 뽑아야 해!

　조사실 문 앞에 다다르자, 더욱 거세게 솟구치는 화염.

이준: (불길을 무릅쓰고 못을 뽑으려 하지만 쉽사리 뽑히지 않는다) 이것만 뽑으면!

　거센 화염이 상재의 못을 가리고 이준을 강하게 떨쳐 밀어내 뒤로 나가떨어져 쓰러진다.

　조사실로 들어서는 상재, 정희명이 앉은 자리 앞 책상 앞에 앉는다.

상재: 정희명. 오랜만이군.

희명: (눈을 감아 더 주름져 보이는 얼굴, 누추한 행색) 누, 누구요? 나한테 왜 이러시오?

상재: 이거 친구 목소리도 못 알아보니 섭섭한데. 간첩질 하느라 영- 귀가 다 먹었나봐.

희명: 사, 상재, 상재니? 나한테 왜 이러는 거냐. 난 아무 잘못도 없어. 죄라면 헤어진 피붙이 만난

거, 그거밖엔.

상재: (말꼬리를 자르며) 아이구, 뭐가 그리 급해. 알아서 불어주니 고맙긴 한데, 오랜만에 만났으니 천천히 얘기나 하자고.

(효과음) 퍽! 윽!

이준: (소리에 깜짝 놀라 정신을 차리고) 할아버지!

이준 조사실로 달려 들어간다.

상재를 둘러싼 검은 불길이 온 조사실을 가득 메웠다. (희명을 향한 상재의 무차별 몽둥이가 구타 계속되어 퍽퍽 때리는 소리와 희명의 고통 소리가 난무.)

아악! (희명의 비명소리)

검은 불길에 앞이 잘 보이지 않아, 상재를 찾기 위해 이준이 검은 기운을 헤치고 들어간다.

이준: 할아버지! 조금만 기다려요. 제가 구해드릴게요!

정신을 잃고 쓰러진 희명의 얼굴 위로 상재가 뿌리는 주전자의 물이 흐른다.

상재: 약해빠진 놈, 니 주제에 어디 감히! 정신 차려 이 새끼!

희명: 퀙. 제… 제발. (쏟아지는 물에 숨을 제대로 쉬지 못하며) 어허헉, 꾸엑. 으헉.

이준: 할아버지!!(더 급하게 헤집고 들어간다.)

상재에게 다다른 이준에게 보이는 광경-바닥에 쓰러져 있는 희명은 온몸은 피투성이, 눈동자는 돌아가 있고 입을 벌린 채 누워있다. 희명을 내려다보며 서 있는 고상재는 붉은 빛 눈동자로 씩씩대고 있는데, 상재의 손과 몽둥이에서 검은 기운이 피어오르고 있다.

이준: 나와! 이 비겁한 놈! 어딨어! 이 기생충 같은 새끼!

이준의 말에 상재의 몸을 칭칭 두르고 있는 서슬 퍼렇게 빛나는 검은 비늘의 몸뚱아리가 드러난다.(흑룡의 몸)

이준: 우리 가족한테 왜 이래! 우리 할아버지 살려내!

흑룡에게 빙의된 상재: 푸홋, 너 같은 조무래기가 낄 자리가 아니야. 귀찮으니까 꺼져.

숙-하고 나오는 검은 꼬리가 이준을 쳐서 쓰러뜨리고, 이준은 희명의 옆으로 쓰러진다.
둘을 보며 미친 듯이 웃는 상재, 아가리를 벌리고 포효하는 흑룡. (검은 화염이 더욱 거세다.)

이준: (피투성이 된 희명 바라보며) 할아버지, 할머니, 아빠, 엄마…그리고 외할아버지까지. 다 네
놈 짓이야! 너 때문에 우리 가족이 이렇게! 너, 내가 죽여 버릴 거야!

상재의 온몸을 휘감은 흑룡은 상재의 목을 조르고 상재와 희명 모두 고통스러워한다.
이준: (상재의 벌어진 못 가운데에 가위를 내다꽂으며) 네 녀석! 용서 못해!

괴상한 소리를 내며 고통스러워하는 상재, 여전히 상재의 몸을 휘감고 있는 흑룡.
흑룡의 머리는 이준을 잡아먹을 듯이 아가리를 크게 벌리고, 혓바닥을 날름거리며 **쐑쐑** 소리내
며 이준을 위협한다.
상재: 오호, 어린놈이 제법이구나. 꽤 맘에 드는 걸. 그럼 어디.

이준으로 옮겨 향하는 검은 기운. 벌려진 흑룡의 아가리가 이준을 삼키려 다가온다.
두 손으로 들어 막고, 게슴츠레 뜬 눈 사이로 흑룡 아가리 안쪽 깊숙한 곳에 꽂힌 긴 말뚝이 보인
다.
이준: (독백) 저거, 저거야!
이준이 시커멓고 뻘건 흑룡의 입 속으로 몸과 손을 뻗는다. 암전.

〈제16화〉

어두운 밤. 할머니 집 뒷산 용두암 꼭대기.
어두워서 얼굴이 잘 보이지 않는 두 사람(한복 차림).
부인: (주변을 살피며 조심스럽게) 여보, 여기에요, 다 왔어요.
남편: (조용히 속삭이며) 그려? 얼른 상차리세.

남자가 보따리에서 날이 시퍼렇게 선 쇠칼을 꺼낸다.

부인: 아이고, 동티라도 나면 어쩐대요. 저는 너무 무섭네요.

남편: 기가 하도 세니 이렇게라도 눌러야 된다잖소, 어서 박고 내려가세.

제사상을 차리고 앉아 두 손을 빌고 있는 여자와 땅에 푹- 쇠칼을 꽂는 남자.

곧 구르르릉 소리가 나더니 쇠칼을 꽂은 곳에서 붉은 물이 팍 터져 흐른다.

부인: (놀라 자빠지며) 아아악! 아이고 워째, 산신이 노하셨나봐요.

남편: (손을 대충 빌며) 뭐해, 얼른 챙겨 내려가자고!

공중에 둥둥 떠 있는 이준, 검은 기운이 온몸을 휘감고 있다.

쇠칼을 향해 손을 뻗어 칼을 잡아 뽑는다.

블랙홀에 들어간 듯, 빠르게 흐르는 시간.

같은 자리에 이준. 화창한 낮. 지도를 펴들고 멈춰 선 한 남자가 눈치를 보며 주저한다.

일본군: 여기다! 뭣들 해. 어서 박아.

남자가 내려치는 둔탁한 망치질. 큰 쇠말뚝이 깊이 박힌다.

천둥번개와 돌풍이 불고, 산이 기괴한 소리를 내며 진동한다.

갑자기 피같이 붉은 황톳물이 솟는다. 깜짝 놀라는 일본군과 남자.

일본군: 이게 무슨 일이야!

남자: (벌벌 떨며) 쇠말뚝을 박아 산신이 노하신 게지요.

일본군: 흥, 그까짓 산신, 자, 이거나 받아! (바닥에 던져 떨어진 동전들)

황톳물 폭포는 굽이굽이 계곡을 따라 콸콸콸 흐른다.

음기가 서린 듯 구름과 안개가 덮은 비룡산에 울려 퍼지는 정체모를 울음소리.

검은 흑룡의 기운에 휩싸인 채 떠 있는 이준, 쇠말뚝을 뽑으려 한다.

흑룡: (검은 기운 속 빛나는 빨간 눈동자) 어때, 인간들 탐욕 때문에 시작된 이 짓거리. 뭔가 익숙하

지?

이준: 알고 싶지 않아, 난 우리 가족만 구할 수 있다면 네놈 따위 죽이고 말거야.

흑룡: (검은 기운 속 날름거리는 혓바닥) 이거 섭섭한데, 네가 날 이해해줄 줄 알았거든.

이준: 왜! 도대체 나한테 왜 이러는 거야! 우리 가족은 네 일이랑 아무 상관없잖아!

흑룡: 훗, 눈에 쇠칼을 꽂은 것도, 돈 몇 푼에 쇠말뚝 박은 것도 결국 네놈 할애비들인데, 왜 그게 아무 상관이 없지? 네 눈에 못이 보이는 이유가 뭐라고 생각해!

이준: 뭐? (혼란스러운 듯) 알지도 못하는 조상 때문에 지금 내가 왜 저주를 받아야 해? 그럼 뭐가 해결되는데, 이미 모두가 불행해졌다고!

흑룡: 내가 그런 게 아니야, 봤잖아, 자기네들끼리 알아서들 찌르고 죽이고… 나야 덕분에 세상 구경이나 하고, 재미나 보는 거지. 후후.

이준: 네 놈의 교활한 혓바닥이 결국 불씨를 키운 거야, 인간들의 불행이 너한테 무슨 의미가 있는데, 넌 이미 강하잖아! 이제 그만하라고!

흑룡: 나도 승천을 꿈꾸던 한 때가 있었지. 그걸 망치고 나니까, 하나, 둘… 뭐라도 죽여야 내가 살겠더라고. 어때, 꽤 비슷하지. 너도 억울한 맘에 날 죽이려 하잖나.

이준: 아냐, 난 그저 왜 다른 건지, 남들처럼 행복해질 수 있는지 알고 싶었을 뿐이야.

흑룡: 지금이라도 고상재가 변하면, 너희 가족 모두 새롭게 행복할 수 있는 거 아닌가? 너도 괴롭히는 놈들 다 짓밟고 싶잖아? 네 몸으로 옮기면 너도 좋고, 나도 좋을 거 같은데.

이준: (흔들리는 눈동자) 그, 그건…

그때 이준의 가슴에서 솟아오르는 거대한 쇠말뚝.
쇠말뚝을 타고 올라오는 시커먼 불덩어리. 곧 온몸으로 번져나간다.

이준: 싫어, 싫다고! 네 녀석이 우리 외할아버지도 모자라 나까지.

흑룡: 후후, 이미 늦었어. 앞으로 잘 지내보자고.

흑룡 아가리를 벌리고 이준을 삼키려 다가온다.

이내 이준의 몸을 잠식하고, 눈앞이 어두워진다.

안 돼! 아악!

암전.

〈제17화〉

주위를 둘러보는 이준.

시커먼 불덩어리 속은 온통 핏빛 어둠으로 가득 차 있다.

우우우우웅– 하는 괴괴한 소리.

소리가 나는 곳을 찾아 이동한다.

한곳에 모여 있는 여러 개의 커다란 검은 구슬들(이준의 키보다 훨씬 크다).

조금씩 계속 커지는 구슬들이 서로 부딪히며 괴괴한 소리를 낸다.

검은 구슬 안을 하나하나 자세히 살펴보는 이준.

구슬1

독방을 휩싼 검은 기운, 낡은 죄수복의 피골상접한 희명이 쪼그려 앉아있다.

두 눈을 감고 피폐한 얼굴로 추위에 떨고 있다.

희명: 미안하오, 여보. 지헌아, 보고 싶구나. (하며 옆으로 푹 쓰러진다.)

이준: (구슬에 두 손을 붙이고) 할아버지, 이렇게 돌아가시면 안 돼요.

구슬2

젊은 아낙(20~30대) 모습의 윤금순. 머리에는 소쿠리를 이고, 허리에는 어린 아이를 업었다.

한쪽 손으로는 지팡이를 짚고, 다른 한 손으로는 짐 보따리를 들고 있다. 헤지고 낡은 얇은 옷을 입고, 거친 목도리를 둘러 추워 보인다. 업힌 아이가 으앙, 울자 달래는 금순의 말,

금순: 배고프지? 엄마가 집에 가서 젖 줄게, 울지 말어잉?

이준: (불쌍한듯) 할머니… 이렇게 고생하셨어요? 혼자서 이 많은 걸 다…

구슬3

면접실, 면접 명찰을 달은 정지헌이 앉아 있고, 면접관이 묻는다.

면접관: 신원특이자라고 하던데 가족 중에 어떤 분이 무슨 일로 연루되신 거죠?

얼굴이 빨개져 아무 말 못하고 고개를 숙이는 지헌.

뒷골목 쓰레기통, 지헌 명찰을 구겨 던진다.

지헌: 말로만 폐지하면 다야?! 이놈의 주홍글씨! 다 지긋지긋해!

이준: (속상한듯) 아빠, 저한테 왜 숨기셨어요…전 그것도 모르고…

구슬4

젊은 시절의 안나, 공중전화박스에서 전화기를 들고서,

안나: (숨죽여 눈물을 흘리며) 예전에 알던 제 아버지는 오래 전에 죽었어요.

결혼식장, 턱시도를 입은 지헌과 웨딩드레스를 입는 안나.

안나는 신부 측 부모의 빈자리를 보며 눈물 흘린다.

이준: (눈물 그렁그렁하여) 엄마… 외할아버지랑 화해할 순 없었어?

구슬5

젊은 상사: (냉정하게) 그 동안 수고 많이 하셨죠. 이제 좀 쉬세요.

명패가 담긴 박스를 들고 옥상에 오른 고상재. 희끗희끗한 머리에 주름진 얼굴.

휴대폰으로 전화를 건다. '딸'이라고 뜨는 화면, 그러나 곧,

수화음: 고객의 사정으로 당분간 전화를 할 수 없습니다.

상재, 뚜뚜 거리는 휴대폰을 들고 혼잣말을 한다.

상재: 그땐 어쩔 수 없었어, 그 방법밖엔…제발 죽기 전에 우리 손자 한번만이라도…흑.

이준: (의아해하며) 응? 외할아버지가 날?…

구슬6

이준에게 손가락질, 욕하거나 때리고 괴롭히는 청소년들.

뭘 봐? 변태 새끼.

뭐라고? 아 재수 없어

왜 자꾸 쳐다봐, 기분 더럽게.

야 이 눈썹 열라 구리다, 뽑아도 되냐?

이준: (분노하며) 너희들, 내가 가만두지 않을 거야.

구슬7

얼굴에 멍이 든 이준이 빈방에 홀로 서서 거울을 바라보고 있다.

거울 속의 이준, 거울을 바라보고 있는 방안의 이준.

거울 속에 비친 모습, 검게 타오르는 화염과 빨간 눈동자와 검은 비늘, 갈라진 혓바닥까지 흑룡화된 모습이다. 깜짝 놀라 거울 밖 모습을 본다.

이미 자기가 곧 그 검은 불덩어리가 된 채로 구슬 밖 이준을 보며 씩 웃는다.

구슬 밖 이준: (혼란스러워 하며) 아냐, 넌 내가 아냐! 다 가짜야!

〈제18화〉

이준: (머리를 감싼 채 소리 지르며) 저건 내가 아냐! 만들어진 허상일 뿐이야!

이준이 내지르는 소리에 일곱 구슬이 계속 커지며 서로 크게 부딪힌다.

메아리처럼 크게 맴도는 뎅그렁 우웅— 거리는 소리에 귀를 막고 휘청 휘청 괴로워하는 이준.

흑룡 순간이동 하듯 계속 쉭— 쉭— 자리를 옮기며 눈앞에 나타나 말하고 사라지고 반복.

흑룡: 우리 속에 갇힌 줄 모르고 서로를 적으로 만들더니. 가시 돋친 채 서로를 찔러대고, 자기가 더 아프다고 내세우는 꼴이란. 멍청한 인간들, 후후.

이준: (흑룡을 찾으며) 닥쳐, 할아버지들도 할머니, 엄마아빠도… 네 힘에 놀아난 불쌍한 인간일 뿐이야.

흑룡: 나도 인간들 술수에 당한 피해자인 걸? 빛이 있다면 그림자도 있기 마련이야. 아픈 기억이야 역사는 곧 잊을 테고. 또 서로 깔아뭉개고, 죽이겠지. 인간사의 촌극이 늘 그랬듯이.

이준: (사라진 흑룡을 향해 소리를 치며) 도와주진 못할망정, 상처나 파먹고 사는 이 기생충 같은 놈! 한 치 앞을 모르고 살아가는 어리석은 인간들이 가엾지도 않나!

흑룡: 현실의 불만 속엔 불편한 진실이 있고, 역사는 늘 되풀이되지. 그렇다고 계속 당할 순 없잖아. 피할 수 없다면 짓밟는 게 낫지, 안 그래? 난 그걸 도와줬을 뿐이라고.

이준: (두리번거리다 녹초가 되어) 난…이 불행을 바로 잡고 싶을 뿐이야. 제발 어떻게 하면 되는지 알려줘.

흑룡: 네 안에 내 힘으로 불행하게 만든 놈들을 찾아내 복수하는 거야. 그럼 네 가족들도 행복해지고, 널 무시하는 놈들도 없어질 거야. 받은 만큼만 돌려주는 거라고.

이준: (힘 빠진 목소리와 눈빛으로) 그래, 다들 그렇게 시작했겠지… 근데 나는 조금 다르지 않을까.

    소리 내어 비웃는 흑룡과 구슬을 바라보는 이준.
    구슬 안에서 소리치는 희명과 상재.

희명: 준아! 완전한 복수란 없어. 결국 모두가 불행해질 뿐이다, 우릴 봤잖니!

상재: 그래! 세상에 영원한 승자란 없어. 복수는 내게 돌아오는 고통의 화살이야! 나를 봐!

    이준, 갈등하며 구슬 속 이준을 바라본다.
    피멍이 든 슬픈 얼굴의 구슬 속 이준, 구슬 밖 이준을 응시하며 검은 불길이 활활 타올라 나오는 손을 들어 구슬에 갖다 올린다.
    구슬 밖 이준, 홀린 듯 천천히 구슬에 손을 올리고, 순식간에 구슬 밖으로 번지는 검은 불길.
    검은 불길 속에 구슬이 불타더니 금이 가고, 깨지고, 터져 폭발한다.
    회오리바람 같이 거세게 몰아치는 기운 속에서 나타나는 새 이준.
    빛나는 붉은 눈동자를 가진 새 이준이 멀리 서서 구 이준을 향해 두 손을 뻗는다.

구 이준: (거부하려 하지만 손이 올라간다) 으으악, 싫어!

    새 이준의 손에서 나오는 검은 불기운과 구 이준의 손에서 나오는 희고 푸른빛이 맞닿는다.

구 이준: (고통스러워하며) 아아악ㅡ, 넌 가짜일 뿐이야!

새 이준: (섬뜩하게 웃으며) 오호, 꽤 쓸 만한 몸이구나, 내가 너보단 더 잘 맞겠어!

    새 이준이 크게 뱀처럼 입을 벌리자 검은 에너지가 흘러나와 구 이준의 입으로 들어간다.

구 이준: (아주 고통스러워하며) 으-으아악!

　고통스러워하는 이준을 보고 구슬을 두드리며 울고 불며 안타까워하는 구슬 안 6인.

　에너지가 전달될수록 둘의 거리가 점점 가까워진다.

　점점 힘이 빠져 희미해지는 구 이준의 몸 색깔, 죽어가는 것처럼 보인다.

　그것을 본 구슬 안 상재(구슬은 새 이준의 등 뒤쪽)가 아주 고통스럽게 자기 몸에 박힌 못을 빼내고, 구슬을 찍어 부수기 시작한다.

　이를 보고 나머지 5인도 모두 자기의 못을 고통스럽게 빼낸다.

　빼낸 못으로 구슬을 찍자 구슬이 깨어지고, 6인은 웃으며 연기처럼 사라진다.

　공중에 떠있는 6개의 못이 하나로 합쳐진다.

　희게 빛나는 탐스러운 큰 꽃 한 송이가 되어 공중에 떠 있다.

구 이준: (눈물이 맺히며) 엄마…아빠…다 어디로 갔어.

　눈물이 앞을 가리는데 어느새 코앞으로 다가온 새 이준, 구 이준의 손을 맞잡는다.

구 이준: (손을 뿌리치려고 하며) 이거 놔!

새 이준: 그런다고 내가 사라질 거 같아? 나는 오래전부터 네 깊은 곳에 있었는걸. 그런데 이제 그만 사라져줘야겠다. 후후.

　새 이준의 가슴에서 솟아나는 커다란 뱀 비늘 모양의 못(날카롭게 빛난다.)

구 이준: (새 이준을 와락 껴안으며) 아니야…난…너…랑은… 달라!

새 이준, 구 이준 모두: 으으으악-!

　구 이준의 등 뒤로는 비늘 모양의 못이 튀어나와있고,

　새 이준의 등 뒤로는 흰 빛깔의 큰 꽃이 꽂힌 채로 활짝 피어 있다.

〈제19화〉

비룡산자락 선산의 묏자리로 올라가는 꽃상여와 그 뒤를 따르는 사람들의 행렬.
곡절 있는 상여소리.

(효과음) 어허넘 어허넘, 어이가리 넘차 너화넘/여보소 친구네들 이내 말을 들어보소/자네가 죽어도 이길이요, 내가 죽어도 이길이로다/어허 넘차 너화넘, 어이가리 넘차 너화넘.

(장면전환)

용두암 근처, 바다를 바라보고 자리 잡은 묏자리를 파다보니 길다란 쇠말뚝 하나가 박혀있다.
일꾼: 어찌할까요?
지헌: 허참, 진작에 뽑아냈어야 하는데 몰랐구만요. 쑥 뽑아내소.

일꾼들의 손에 쑥 뽑혀진 쇠말뚝이 무덤 옆에 내려져 있다.

산소 옆에 둘러앉아 술판을 벌인 사람들.
희희낙락 술 마시는 사람들 사이로 오가는 말들.
노인1: 사형 선고 받았다가 양심수 석방된 우리 정동지, 여하튼 억센 팔자여.
노인2: 빨치산 갔다 눈 잃은 게 지금 보면 다행이제. 앞이라도 보였어봐. 그땐 얄짤없이 꽥(목에 손을 그으며 죽는다는 표시) 이거여.
노인3: 뭐 안보여도 자식 낳고, 이만치 다 잘 길렀으면 성공했네, 성공혔어. 허허

저 산등성이 끝으로 웬 노인 한명이 올라온다.
늙은 금순: 저! 저!(손으로 가리키며)
중년 안나: 어, 여기를 어떻게!(놀라 손으로 입을 막으며)

서서히 다가오는 무표정의 고상재.
고상재는 힘겹게 걸어와 정희명의 산소 앞에가 아무 말 없이 술을 따라 무덤에 붓는다.
검은 선글라스를 쓰고 찍은 정희명의 영정 앞에 힘없이 주저앉는 상재.

상재 주르륵- 흘리는 눈물.

윤금순: 이제야 속이 시원하오? 당신이 그리 죽자고 괴롭히던 양반, 인자 저-짝으로 깨 팔러 가 부렸소. 근데 어쩌자고 여까지 또 왔단 말이요.

검버섯이 피고 시커멓게 병색이 짙은 얼굴, 고상재는 숨을 쌕쌕이며 말한다.
상재: 이 놈이 죽었응게 이놈 따라 이 맴도 자연히 없어져야 할 거 아잉가! 근디 왜 내 속이 꽉 막힌 거 모냥 이렇소? 저 놈이 아니라 이, 이 맴을 죽였어야 하는 거인디…금순이, 나도 이제 죽을 날이 가차운가 비요.(흐느껴 운다)

금순: 산송장 되야 그런가 별 소리를 다 허네요. 나도 인자 곧 떠나는 마당에 뭐가 아쉬울 게 있겄소. 시절도 참 지랄 맞게 타고 난 거이제. 가는 마당에 우리가 다 안고 갑시다. 그래야 남은 우리 아그들도 참말로 행복하지 않겄소.(지헌과 안나를 쳐다본다.)

지헌과 안나, 금순과 상재 잎에 꿇어 앉아 운다.
조용히 지켜보는 일꾼들과, 술판 무리들.

금순: (눈물을 쓱 닦으며) 오랜만에 어려운 걸음 하셨는디 딸사위 절이나 실컷 받으소. 부모 잘못 만나 고생 욱시게한 불쌍한 애들이여.

안나: 아버지… 안녕하셨어요.
지헌: 장인어른, 인사가 너무 늦었습니다.
  큰 절을 하는 안나와 지헌.

(장면전환)

등 뒤로 감춘 듯 쇠말뚝을 쥔 손.
그리고 불쑥 나타나는 소리.
(효과음) 안녕하세요.

〈제20화〉

이준: 안녕하세요.
 꾸벅 인사를 한다.

금순: 아이고 우린 준이, 아 이놈이 7년 동안 요 산에 빌어서 낳은 우리 귀한 장손이요.
이준: 외할아버지,… 저 아시겠어요? 제가 이준이에요.
상재: 아따, 내가 왜 우리 손자를 못 알아봐, 아주 날 똑 닮았구마잉.
금순: 어따, 무덤 주인이 벌떡 일어나겠구만! 요놈 눈빛이 지 할애비 어렸을 적이랑 아주 판박이여.
 코가 삐뚤어져도 말은 바로 해야제.

 상재는 입을 삐죽거리며 머쓱해 하나, 모두들 웃으며 화기애애 하다.

 술잔을 주고받으며 허물어져 노는 술판의 어른들을 멀리서 바라본다.
 몇몇 가슴에는 녹이 슬고 모지라진 못들이 여전히 박혀있다.
 몇몇의 가슴에는 헐거워 곧 빠질 듯 덜렁이는 못들도 보인다.
 못이 빠져 이미 뚫린 구멍으로 따뜻하고 밝은 흰 기운이 흘러 통하는 사람도 있다.(금순, 상재, 지현, 안나)

 딩동. 휴대폰 메시지 알림소리.
 휴대폰을 확인하고 멈칫하는 이준.

메시지: 이준아…어제는 미안해…나 너한테 하고 싶은 말이 있는데, 꼭 들어주면 좋겠어. 돌아오면
 연락 줘. 기다릴게^^.

 1화에서 매몰차게 돌아서던 그 여자아이의 얼굴이 떠오른다.
이준의 메시지: (입력하며) 고마워. 나도 미안해. 나쁜 맘으로 그런 건 아니었어. 나도 말할 게 많은
데…내일 학교에서 보자^^

 그 뒤로 술판 속에서 뒤섞이는 왁자지껄한 소리.

침을 튀기며 이야기하는 노인들.

노인1: 여기가 비룡승천혈 명당인디, 일본놈들이 이 산 정기를 끊을라고 쇠말뚝을 박았다 안 혀요?

노인2: 아, 내가 듣기로는 옛날에는 하도 이 산기운이 세기로 조 아래 장자집이 자꾸 무너진게, 그
        랴서 용눈깔에다 칼을 꽂았다 허드만?

노인3: 근디 워째 예전보다 용소물이 훨씬 맑아졌구만, 맨 뻘건 흙탕물 아니던가.

노인4: 그기 용소에 살던 이무기가 바다로 나가 승천해서 그렇다두만. 참말로 누가 봤당게.

노인1: 에이 설마. 그런 걸 누가 어찌 본다요.

노인4: 아이, (행동으로 과장하며) 저 김씨가 새벽에 소피가 매려 나가는디, 저—짝 용소에서 새—파
        란 용이 여의주를 물고 쌰악— 하고 바다로 날아가 부르륵 용트림하고 승천 했다두만!

노인2: 헤헤, 길 건너 신씨 영감은 아직도 저짝 골짜기에서 허연 호랭이가 어른어른 한다고 하던디,
        그것도 참말이랑가?

노인1: 아이구, 호랭이 씨가 마른지가 언젠디. 전부 어데서 그렇게 싱거운 말들만 듣고 다니는가.

노인3: 다 거짓부리 속에 참말이 있는 법이제, 캬, 오늘 술맛난다. 자 다들 한잔씩 허드라고.

이준은 좀 전에 뽑은 쇠말뚝을 들고 자리를 일어선다.

용두암에 서서 저 멀리 보이는 푸른 바다를 가만히 쳐다보는 이준.

쇠말뚝을 들어 아래로 던지는 이준.

풍덩.

용소물에 흰 물거품이 일고, 곧 잔잔한 파문을 바라보며 읊조리 듯 말한다.

이준: 괜찮아. 이제 좋은 일만 있을 거야.

이준 주변을 다시 쳐다본다.

아무 일도 없었는 듯 평화로운 화기애애한 풍경.

빨갛게 지는 노을. 이글이글 불타는 태양이 해수면 아래에 걸려있다.

이 모든 모습을 흐뭇하게 내려다 바라보는 산꼭대기의 백발의 여산신.

그리고 그 옆에 심드렁하게 앉아 하품하는 커다란 백호.

돌아선 이준, 정희명의 무덤을 쳐다본다.
정희명의 무덤가에 한 송이 흰 꽃이 피어난다.
흰 꽃 앞에 앉아 꽃잎을 만지는 이준.

꽃잎이 떨어지고 바람에 휘날려 공중으로 뱅그르르 돌며 떠올라간다.
저 멀리 하늘가로 사라진 꽃잎.
그 곳에 선글라스를 벗고 눈을 뜬 모습의 희명이 편안히 날아올라 있다.
희명의 미소. 서서히 옅어지며 사라지는 희명의 모습.

그 위로 서서히 저녁 반달이 겹쳐 떠오른다.